# TROVÃO, OUÇA O MEU GRITO

MILDRED D. TAYLOR

# TROVÃO, OUÇA O MEU GRITO

CAMALEÃO
Rio de Janeiro, 2023

# Trovão, Ouça o Meu Grito



Camaleão é um selo da Editora Faria e Silva do Grupo Editorial Alta Books (STARLIN ALTA EDITORA E CONSULTORIA LTDA).



ISBN: 978-65-81275-81-5

*Translated from original Roll of Thunder, Hear My Cry. Copyright © 2016 by Mildred D. Taylor. ISBN 978059313876-2. This edition published by arrangement with Dial Books for Young Readers, an imprint of Penguin Young Reader's Group, a division of Penguim Random House LLC. PORTUGUESE language edition published by Starlin Alta Editora e Consultoria Eireli, Copyright © 2023 by* STARLIN ALTA EDITORA E CONSULTORIA LTDA..

Impresso no Brasil — 1a Edição, 2023 — Edição revisada conforme o Acordo Ortográfico da Língua Portuguesa de 2009.

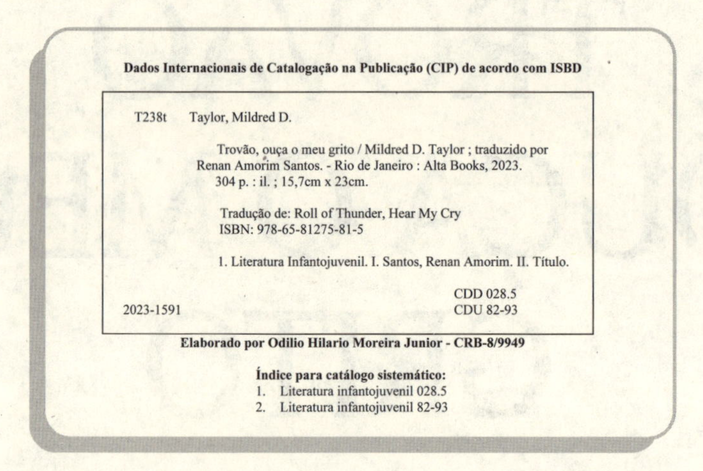

**Dados Internacionais de Catalogação na Publicação (CIP) de acordo com ISBD**

T238t Taylor, Mildred D.

Trovão, ouça o meu grito / Mildred D. Taylor ; traduzido por Renan Amorim Santos. - Rio de Janeiro : Alta Books, 2023.
304 p. : il. ; 15,7cm x 23cm.

Tradução de: Roll of Thunder, Hear My Cry
ISBN: 978-65-81275-81-5

1. Literatura Infantojuvenil. I. Santos, Renan Amorim. II. Título.

CDD 028.5
2023-1591 CDU 82-93

**Elaborado por Odilio Hilario Moreira Junior - CRB-8/9949**

**Índice para catálogo sistemático:**
1. Literatura infantojuvenil 028.5
2. Literatura infantojuvenil 82-93



**Camaleão é um selo do Grupo Editorial Alta Books**

**Produção Editorial:** Grupo Editorial Alta Books
**Diretor Editorial:** Anderson Vieira
**Editor da Obra:** Rodrigo Faria e Silva
**Vendas Governamentais:** Cristiane Mutüs
**Gerência Comercial:** Claudio Lima
**Gerência Marketing:** Andréa Guatiello

**Assistente Editorial:** Milena Soares
**Tradução:** Renan Amorim Santos
**Copidesque:** Rafael de Oliveira
**Revisão:** Vinicius Barreto; Evelyn Diniz
**Diagramação**: Rita Motta

Rua Viúva Cláudio, 291 — Bairro Industrial do Jacaré
CEP: 20.970-031 — Rio de Janeiro (RJ)
Tels.: (21) 3278-8069 / 3278-8419
**www.altabooks.com.br** — altabooks@altabooks.com.br
**Ouvidoria:** ouvidoria@altabooks.com.br

Editora
**afiliada à:**

*Em memória do meu amado pai,*
*que viveu muitas aventuras do jovem Stacey*
*e que, em essência, foi o homem David*

# INTRODUÇÃO

*por Jacqueline Woodson*

Eu tinha treze anos quando conheci a família Logan, e embora morasse em Brooklyn, Nova York, passei muitos anos no Sul. Em Cassie Logan, encontrei minha alma gêmea — o nome do meu irmão era Hope e o nome do irmão dela era Stacey. Ambas estávamos familiarizadas com avós amorosas e noites em família sentadas nos degraus da varanda. E também com o calor do Sul, suas leis injustas, sua história profunda e sua beleza. Ler um livro e ver muito de mim refletido nas suas páginas foi emocionante. Mas mais do que isso, *Trovão, ouça meu grito* me ajudou a entender a história de vida de muitas outras pessoas ao longo dos anos — afinal, que criança não gostaria de sentir o amor e ouvir as risadas da sua família? Que criança não gostaria de se vingar de um valentão da mesma maneira que Cassie Logan por fim se vingou de Lillian Jean Simms? Que criança, no fundo do seu coração, nunca pensou em liberdade e justiça? Então eu li este livro. Depois o reli. E o reli novamente. Quando me tornei adulta, já havia lido *Trovão, ouça meu grito* mais de doze vezes, mergulhando de cabeça na história dessa incrível família, torcendo por ela e esperando, a cada vez, que tudo acabasse bem. Mildred D. Taylor nunca me decepcionou.

Quando era criança, eu sonhava em me tornar uma escritora. Sei que me tornei uma escritora porque a sra. Taylor escreveu este livro e me vi nas suas páginas, da mesma forma que milhares de outros leitores se viram desde então. Mildred D. Taylor me guiou em direção às minhas histórias. Cassie Logan me deu força para escrevê-las. Que leitor, que escritor poderia pedir por algo mais?

# PREFÁCIO

*por Mildred D. Taylor*

Eu estava lavando roupas no porão da casa dos meus pais no dia em que algumas palavras bem especiais vieram até mim em forma de música. Desde o início, eu sabia que as palavras — a música — eram importantes, então subi as escadas para encontrar um gravador para não as perder. Não sei onde essa gravação foi parar, mas essa música permaneceu comigo porque se tornou parte de mim. Jamais me esqueceria dela.

Quase um ano antes de ouvir essa música, eu estava trabalhando no livro que haveria de se tornar *Trovão, ouça meu grito*. Nessa época, eu estava fazendo revisões e edições para uma empresa fiscal durante o dia, e escrevia às noitinhas e nos finais de semana. A escrita me consumiu; o livro dominou minha vida. Estava morando em Los Angeles, mas minha mente sempre parecia andar nas vias secundárias do Mississippi, em outra época e lugar. Quando o livro estava quase concluído, achei que a escrita estava ficando cada vez mais difícil. Os eventos concludentes do livro eram poderosos e precisavam ser escritos dessa forma, mas não estava conseguindo acertar o tom.

Eu precisava escrever mais dois capítulos quando meus pais me pediram para voltar para casa. Minha mãe precisava fazer uma operação, e meu pai já não estava trabalhando há várias semanas por causa de uma fadiga incomum e de uma gripe da qual ele parecia não conseguir se livrar. Assim, tirei uma licença do meu trabalho de revisão e voltei para Toledo. Minha mãe se recuperou rapidamente da sua operação, e meu pai parecia bem. Mas ele disse que se sentia muito cansado. Os médicos estavam fazendo testes atrás de testes. Nenhum deles parecia saber qual era o problema ou, se sabiam, não estavam dizendo.

No dia em que ouvi a música, meu pai estava sentado na sua poltrona favorita, uma grande poltrona reclinável de couro que ficava do lado da lareira da sala. Com as palavras da música dançando na minha mente, fui até meu pai. Disse-lhe como essas palavras haviam chegado até mim e o quão especial elas eram. Que parecia que eu não havia pensado nelas, mas que elas haviam simplesmente sido colocadas na minha mente para serem transcritas. Expliquei o que elas significavam para mim e para o livro. Então compartilhei algo bastante especial com ele. Disse-lhe o que essas palavras haviam me contado, que o livro que estava escrevendo ganharia a Medalha Newbery. Que soube disso assim que ouvi a música. Não havia pensado nisso antes, mas sabia agora. Meu pai não sabia o que era a Medalha Newbery, então expliquei isso a ele. Ele sorriu e disse que teria orgulho disso. Então cantei a música para o meu pai.

Oito meses depois, meu pai faleceu.

Seis meses após a sua morte, *Trovão, ouça meu grito* foi publicado.

Quatro meses depois, foi anunciado que *Trovão, ouça meu grito* havia ganhado a Medalha Newbery de 1977 como contribuição mais notável para a literatura infantil norte-americana. Eu recebi esse prêmio, mas nunca o considerei como meu. Considerei-o como do meu pai, pois sem as palavras e ensinos dele, sem a história de família que ele compartilhou comigo, sem todas as histórias que ele me contou durante a minha vida, sem sua determinação de que eu conhecesse o Sul e o Norte, *Trovão, ouça meu grito* nunca teria sido escrito.

Nos vinte e cinco anos desde a publicação de *Trovão, ouça meu grito*, continuei escrevendo as histórias que meu pai e outros membros da minha família contaram. Desde que me lembro, essas histórias foram encenadas nas varandas à luz do luar ou na frente do fogo das lareiras. Foram histórias contadas com tanto entusiasmo e habilidade de interpretação que pessoas que já estavam mortas há muito tempo voltaram a viver através das vozes e dos movimentos dos narradores. Foram histórias sobre meu bisavô, que nasceu como escravo e era filho de um proprietário de terras branco e de uma mulher afro-indiana. Sobre minha bisavó, cuja força manteve a família unida depois da morte do meu bisavô e cuja generosidade é mencionada até hoje na família. Sobre meus tios-avós, que se rebelaram contra o racismo do Sul. Sobre meu pai, seus irmãos e sua irmã crescendo na terra que meu bisavô comprou no século XIX. Sobre família. Sobre uma comunidade rural. Sobre injustiça racial. Às vezes, essas histórias estavam repletas de risos; outras vezes, de tragédia. Havia muita história nesses relatos, e continuei a contá-la em *Let the Circle Be Unbroken*, *The Gold Cadillac*, *The Friendship*, *The Road to Memphis*, *Mississippi Bridge* e *The Well* [todos sem tradução no Brasil]. Todos estes livros, incluindo *The Gold Cadillac*, fazem parte da saga da família Logan.

Ao longo dos meus anos de escrita, procurei apresentar um aspecto da história norte-americana que não foi incluída nos livros de história da minha infância. Procurei apresentar uma família unida no amor e no respeito próprio e pais fortes e sensíveis, que procuravam guiar seus filhos com sucesso através do perigoso labirinto de se viver em uma sociedade discriminatória sem prejudicar seu espírito. Queria que os leitores conhecessem essa família, que era baseada na minha, e queria que sentissem que eram seus parentes e que se colocassem no lugar deles.

Foi uma longa jornada escrever livros baseados nas histórias contadas pelo meu pai e por outros membros da minha família desde a minha infância até agora, mas sempre procurei manter o rumo. Desde *Song of the Trees*, meu primeiro livro, a *The Land* [ambos sem tradução no Brasil], minha obra atual, procurei apresentar um retrato realista da vida nos EUA tal como os membros mais velhos da minha família descreveram e tal como me lembro dos dias antes do Movimento dos Direitos Civis. Em todos esses livros, recontei não apenas o prazer de crescer em uma família grande e apoiadora, mas meus próprios sentimentos de precisar lidar com a segregação e com o preconceito. Escrever esses sentimentos nunca foi fácil, mas quando meus primeiros livros foram publicados, as pessoas entenderam esses sentimentos e a história que escrevi.

— Sim — diziam elas. — Nós nos lembramos como foi isso.

Hoje em dia, porém, as gerações mais jovens não sabem como foi a época quando havia placas nas portas dos banheiros, nas fontes de água e nas janelas de restaurantes e hotéis que diziam: APENAS BRANCOS. PROIBIDOS NEGROS. A geração atual de crianças, bem como muitos dos seus pais e professores, não precisou aguentar tais afrontas ou até aspectos piores do racismo que prevaleceu nos EUA, e sou grata por isso. Infelizmente, porém, como sabemos, o racismo ainda existe.

Nos meus livros, procurei contar a história da minha família, bem como dos efeitos do racismo, não só sobre as vítimas dele, mas também sobre os próprios racistas. Relatei eventos que eram difíceis de ler, mas que esperava que trouxessem mais compreensão. No entanto, hoje em dia, existem aqueles que acham que minhas narrativas são dolorosas demais e que procuram remover livros como os meus das listas de leituras escolares. Que dizem que esses livros deviam ser removidos porque eles usam a palavra com N. Que afirmam que esses eventos, tal como descritos nos meus livros e nos livros de outros, não aconteceram. Que não querem se lembrar do passado ou que não querem que seus filhos saibam sobre o passado e desejam enterrar a história.

Quando soube desses sentimentos, fiquei bastante perturbada. Fiquei bastante perturbada também com a possibilidade de que minhas palavras tivessem prejudicado alguma criança. Como mãe, sei o que é não querer que seu filho escute palavras dolorosas. Mas, também como mãe, não concordo com tentar impedir uma criança de aprender sobre uma história que faz parte dos EUA, uma história sobre uma família que representa milhões de famílias que são fortes e amorosas e que continuam sendo unidas e fortes apesar dos obstáculos que enfrentam.

Em anos recentes, devido à minha preocupação com nossa sociedade "politicamente correta", hesitei em usar palavras que eram faladas na época em que a narrativa dos meus livros acontece. Mas assim como devo ser honesta comigo ao contar minhas histórias, percebi que preciso ser honesta com os sentimentos das pessoas sobre quem escrevo e com as histórias contadas. Meu pai e os outros narradores contaram histórias verdadeiras sobre a minha família, e é essa a história que conto nos meus livros. Quando houve humor, minha família contou isso. Quando houve tragédia, minha família contou isso. Quando as palavras feriram, minha família as disse. Minhas histórias não serão "politicamente corretas", de modo que haverá pessoas que se sentirão ofendidas com elas. Mas, como sabemos, o racismo é ofensivo.

Não é educado, e sim cheio de dor.

Quando meu pai e os outros narradores compartilharam a dor da vida deles e da vida de outros comigo, fiquei indignada com o fato de que uma pessoa pudesse tratar outra com tal desumanidade e desrespeito, e, a partir dessa indignação, fiquei determinada a contar essas histórias a outras pessoas. Atualmente, as histórias que meu pai me contou quando era criança afetaram muitas outras pessoas ao redor do mundo que se viram refletidas na família Logan. Enxergaram-se nela, e isso as inspirou. Lembro-me de uma garota em particular.

Era uma garota zulu da África do Sul que leu *Trovão, ouça meu grito* durante os dias do apartheid. Ela me escreveu porque a luta dela foi muito parecida com a da família Logan, e como essa família venceu a luta, isso lhe deu a fé de que, um dia, ela e o povo dela também venceriam. Meu pai teria orgulho dela.

Agora tenho apenas mais uma história para contar sobre a família Logan. É a história da família do Norte, nos dias da Segunda Guerra Mundial e das primeiras sementes do Movimento dos Direitos Civis. Enquanto escrevo esse último livro da saga da família Logan, continuarei a observar os mesmos princípios que sempre estiveram comigo. Também guardarei no coração as palavras especiais que me inspiraram a escrever *Trovão, ouça meu grito*. É a música que cantei para o meu pai.

*Trovão,*

*Ouça meu grito*

*Sobre as águas*

*No Céu*

*O velho está vindo*

*Até aqui*

*Chicote na mão*

*Para me espancar*

*Mas não*

*Vou deixar ele*

*Me mudar*[1]

Este prefácio apareceu originalmente na edição de aniversário de 25 anos, publicado em 2001.

.....

1 Original: Roll of thunder, / Hear my cry / Over the water / Bye and bye / Ole man comin' / Down the line / Whip in hand / To beat me down / But I ain't / Gonna let him / Turn me 'round. (N. T.)

# NOTA DA AUTORA

Meu pai era um mestre contador de histórias. Ele conseguia contar uma boa e velha história que me fazia segurar os lados do meu corpo enquanto rolava de rir e lágrimas de alegria escorriam pelas minhas bochechas ou uma história realista e difícil que me fazia tremer e agradecer pelo meu ambiente quentinho e seguro. Ele sabia contar histórias de beleza, graça e belos sonhos e retratá-las tão vividamente quanto uma foto, com toques de personalidade e diálogo. Sua memória detalhava cada evento de dez ou quarenta anos atrás ou mais como se tivessem acontecido ontem.

Ao lado da lareira da nossa casa no Norte ou no Sul, onde nasci, aprendi uma história que não foi escrita em livros, mas passada de geração em geração nos degraus de varandas iluminadas à luz do luar e ao lado de lareiras que estavam se apagando em casas de um cômodo só, uma história de avós, de escravidão e dos anos depois da escravidão; daqueles que continuaram vivendo, ainda sem liberdade, mas que não permitiram que seu espírito fosse escravizado. Da minha própria herança e de mim mesma. Do meu pai, o homem de quem aprendi ainda mais, pois ele foi abençoado com um dom especial que fazia com que ele se destacasse acima de todos os outros homens. Ele era caloroso e inabalável, um homem que não abriria mão dos seus princípios. Havia dentro dele uma força rara que sustentou não apenas minha irmã, a mim e toda a família, mas todos aqueles que buscavam seu conselho e baseavam-se na sua sabedoria.

Ele era uma pessoa bastante complexa, mas me ensinou muitas coisas de forma simples, coisas que uma criança deveria saber: como andar a cavalo e patinar; como fazer bolhas de sabão e um nó que podia dar conta dos ventos do inverno; como dar banho em um vira-lata fiel chamado Tiny. Com o passar do tempo, ele também me ensinou coisas mais complexas. Ele me ensinou sobre mim, sobre a vida. Sobre esperanças e sonhos. E sobre o amor às palavras. Sem seus ensinamentos, sem suas palavras, minhas palavras não teriam existido.

Meu pai faleceu na semana passada. As histórias da forma que só ele podia contar morreram com ele. Mas sua voz de alegria e suas risadas, sua força persistente, seus princípios e sua sabedoria constante permaneceram, uma parte de todos aqueles que o conheciam e amavam. Permanecem também nas páginas deste livro, com seu espírito orientador e sua força total.

Esta nota da autora apareceu originalmente na primeira edição, publicada em 1976.

ÁRVORE GENEALÓGICA
DA FAMÍLIA LOGAN

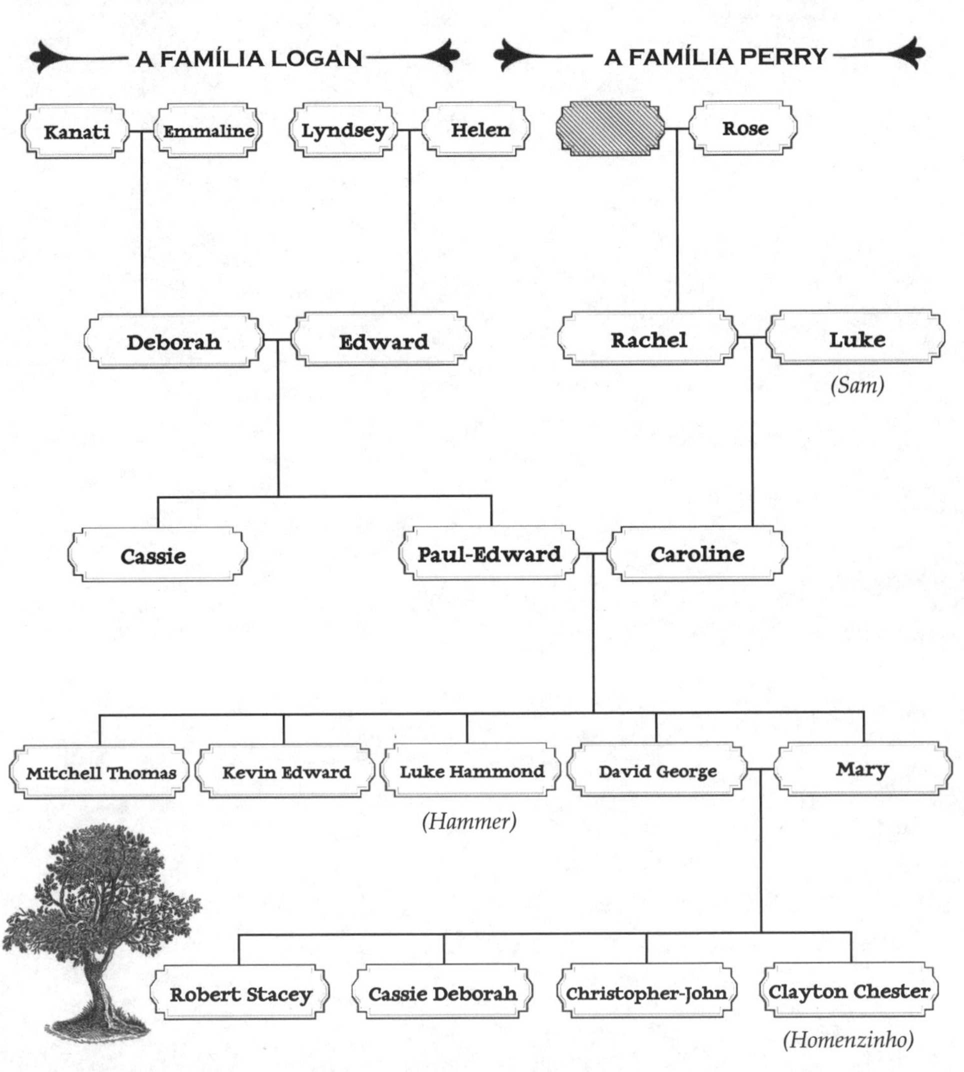
A FAMÍLIA LOGAN
A FAMÍLIA PERRY
Kanati
Emmaline
Lyndsey
Helen
Rose
Deborah
Edward
Rachel
Luke
(Sam)
Cassie
Paul-Edward
Caroline
Mitchell Thomas
Kevin Edward
Luke Hammond
(Hammer)
David George
Mary
Robert Stacey
Cassie Deborah
Christopher-John
Clayton Chester
(Homenzinho)

# TROVÃO, OUÇA O MEU GRITO

# 1

— Homenzinho, dá para andar mais rápido? Se continuar assim, vamos nos atrasar.

Meu irmão mais novo não me deu nenhuma atenção. Agarrando com mais firmeza seu caderno encapado com jornal e seu almoço em lata, que incluía pão de milho e salsichas, ele continuou se concentrando na estrada poeirenta. Estava vários metros atrás dos meus outros irmãos, Stacey e Christopher-John, e de mim, procurando evitar que a poeira avermelhada do Mississippi subisse a cada passo e caísse nos seus brilhantes sapatos pretos e nas bainhas das suas calças de veludo, erguendo cada pé bem alto antes de pisar delicadamente no chão novamente. Sempre meticulosamente asseado, este Homenzinho de seis anos nunca permitia que poeira, rasgos ou manchas desfigurassem nada do que ele possuía. Hoje não seria uma exceção.

— Se continuar com isso e chegarmos atrasados, você vai se ver com a mamãe — ameacei, puxando com raiva o colarinho alto do vestido elegante que mamãe havia me obrigado a usar para o primeiro dia da escola – como se esse evento fosse algo especial. Para mim, ir à escola em uma bela manhã, perfeita para correr nas trilhas frescas e caminhar no lago da floresta, era concessão suficiente; roupas chiques já era pedir demais. Christopher-John e Stacey também não estavam felizes com as roupas nem com a escola. Apenas o Homenzinho, que estava começando sua jornada escolar, achava as duas coisas intrigantes.

— Podem ir na frente e se sujar, se quiserem — respondeu ele, sem tirar os olhos dos seus passos cuidadosos. — Eu vou ficar limpo.

— Aposto que a mamãe vai te "bagunçar" todo se continuar com isso — resmunguei.

— Ah, Cassie, deixe ele em paz — mandou Stacey, franzindo as sobrancelhas e chutando a estrada com irritação.

— Eu não disse nada além...

Stacey me encarou com um olhar ameaçador, e me calei. Ele estava se irritando com facilidade nos últimos dias. Se eu não soubesse o motivo, poderia muito bem ter esquecido que, aos doze anos, ele já era maior do que eu e que eu havia prometido à mamãe voltar limpa e feminina da escola.

— Poxa — murmurei por fim, incapaz de me conter de fazer comentários adicionais —, não é minha culpa se você tem que estar na classe da mamãe este ano.

A expressão de raiva de Stacey se intensificou. Ele enfiou os punhos nos bolsos, mas não disse nada.

Christopher-John, caminhando entre Stacey e eu, nos observava desconfortavelmente, mas não interferiu. Este menino baixinho e gordinho de sete anos tinha pouco interesse em questões problemáticas, preferindo continuar em paz com todos. Contudo, ele sempre mostrou sensibilidade para com os demais. Assim, passando a alça da lata que continha seu almoço e que estava na mão direita pelo pulso direito e seu caderno manchado da mão esquerda para a axila esquerda, ele enfiou suas mãos livres nos bolsos e procurou adotar uma expressão tão melancólica quanto a de Stacey e tão irritada quanto a minha. Mas, alguns minutos depois, ele aparentemente se esqueceu do que deveria estar com raiva e começou a assobiar alegremente. Pouca coisa conseguia deixar Christopher-John infeliz por muito tempo, nem sequer a ideia da escola.

Puxei meu colarinho novamente e arrastei meus pés na poeira, permitindo-a entrar nas minhas meias e sapatos como uma neve vermelha e arenosa. Eu odiava aquele vestido. E aqueles sapatos. Havia pouca coisa que podia fazer de vestido, e quanto aos sapatos, eles aprisionavam aqueles pés amantes da liberdade que estavam acostumados a sentir o calor da terra.

— Pare com isso, Cassie — gritou Stacey, ao passo que a poeira formava nuvens ao redor dos meus pés. Ergui a cabeça, pronta para protestar. O assobio de Christopher-John se transformou em um som rouco e nervoso, de modo que deixei a questão de lado e segui em frente com um silêncio melancólico, com meus irmãos adotando um silêncio reflexivo assim como eu.

Diante de nós, a estrada banhada pelo Sol seguia como uma vagarosa serpente vermelha, dividindo a elevação lateral da floresta, com suas árvores antigas e silenciosas, à esquerda, do campo de algodão, coberto de talos verdes e roxos, à direita. Uma cerca de arame farpado acompanhava a extensão do grande campo, seguindo para o leste por quatrocentos metros até chegar em um íngreme pasto verde que indicava o fim dos nossos cento e sessenta hectares. Um velho carvalho na colina, que ainda podíamos ver, era o marco divisório oficial entre a terra da família Logan e o começo da densa floresta. Além da cerca protetora da floresta, as grandes fazendas, onde trabalhavam diversas famílias, abrangiam dois terços de uma plantação de dezesseis quilômetros quadrados. Esta era a terra de Harlan Granger.

A nossa terra também já foi da família Granger, mas eles a venderam durante a Reconstrução a um ianque para conseguir pagar os impostos. Em 1887, quando a terra foi vendida novamente, meu avô comprou oitenta hectares dela, e em 1918, depois que esses oitenta hectares foram pagos, ele comprou mais oitenta. Essa era uma terra boa e rica, sendo que grande parte dela ainda era floresta virgem, e não havia nenhuma dívida atrelada à metade dela. Mas havia uma hipoteca atrelada aos oitenta hectares comprados em 1918 e impostos sobre todos os cento e sessenta hectares, e nos últimos três anos, o algodão não havia sido suficiente para pagar ambos e viver dele.

Foi por isso que o papai foi trabalhar na ferrovia.

Em 1930, o preço do algodão caiu. Assim, na primavera de 1931, o papai começou a procurar emprego, indo de norte a sul, de Memphis ao interior do Delta do Mississippi. Ele também foi para o oeste, em Louisiana. Foi lá que ele encontrou trabalho instalando os trilhos da ferrovia. Ele trabalhou o resto do ano longe de nós, e só voltou no ponto mais rigoroso do inverno, quando o chão estava frio e infértil. Na primavera seguinte, após a plantação, ele fez o mesmo. Já era 1933, e o papai estava novamente em Louisiana, instalando trilhos.

Certa vez, eu lhe perguntei por que ele tinha que ir, por que a terra era tão importante. Ele me pegou pela mão e disse, com uma voz branda:

— Olhe ao seu redor, Cassie. Tudo isso pertence a você. Você nunca precisou morar na terra de outra pessoa, e enquanto eu viver e essa família continuar existindo, você nunca vai precisar fazer isso. Isso é importante. Talvez você não consiga entender agora, mas vai entender algum dia. Você vai ver.

Encarei o papai com uma expressão estranha quando ele me disse isso, porque sabia que nem toda essa terra era minha. Parte dela pertencia a Stacey, a Christopher-John e ao Homenzinho, sem mencionar que uma parte dela pertencia à vovó, à mamãe e ao tio Hammer, o irmão mais velho do papai que morava em Chicago. Mas o papai nunca dividiu a terra na mente dele; ela simplesmente pertencia à nossa família. Por ela, ele trabalharia todo aquele verão, longo e quente, martelando o aço; a mamãe daria aulas e administraria a fazenda; a vovó, com seus sessenta anos, trabalharia como uma mulher de vinte nos campos e cuidaria da casa; e os meninos e eu usaríamos roupas puídas e lavadas ao ponto de perder a cor; mas os impostos e a hipoteca sempre seriam pagos. O papai disse que eu entenderia algum dia.

Quisera eu.

Quando os campos acabaram e as árvores da floresta dos Granger demarcavam os dois lados da estrada com seus galhos longos e altos, um menino alto e magro veio da trilha da floresta e colocou seu braço fino nos ombros de Stacey. Era T.J. Avery. Seu irmão mais novo, Claude, apareceu logo depois, com um sorriso tímido, como se lhe doesse fazer isso. Nenhum deles tinha sapatos, e suas melhores roupas, remendadas e gastas, estavam folgadas sobre seus corpos frágeis. A família Avery trabalhava na terra dos Granger.

— Bem — disse T.J., posicionando-se alegremente do lado de Stacey —, lá vamos nós de novo, começando outro ano escolar.

— Pois é — suspirou Stacey.

— Ah, cara, não fique tão triste — encorajou T.J., animado. — Sua mãe é uma ótima professora. Eu sei muito bem. — E sabia mesmo. Ele não havia passado de ano na turma da mamãe, e agora estava voltando para tentar de novo.

— Droga! Você não pode dizer isso — exclamou Stacey. — Você não precisa passar o dia inteiro na sala de aula com sua mãe.

— Veja pelo lado positivo — incentivou T.J. — Pense na vantagem que você tem. Você vai aprender todo tipo de coisa antes do resto de nós... — Ele deu um sorriso malandro. — Tipo o que vai cair na prova.

Stacey tirou o braço de T.J. dos ombros.

— Se você acha isso, não conhece a minha mãe.

— Não precisa ficar nervoso — replicou T.J., sem se deixar intimidar.

— É só uma ideia. — Ele ficou em silêncio por um momento e, então, anunciou: — Aposto que vocês não ouviram nada sobre os queimados de ontem à noite.

— Queimados? Que queimados? — perguntou Stacey.

— Cara, vocês não sabem nada? Os Berry foram queimados. Eu pensei que a avó de vocês tinha ido lá ontem à noite para ver como eles estavam.

É claro que sabíamos que a vovó tinha ido visitar alguém doente na noite passada. Ela era boa com remédios, e as pessoas costumavam chamá-la em vez de um médico quando ficavam doentes. Mas não sabíamos nada sobre ninguém queimado, e, com certeza, nada sobre os Berry.

— De quem ele está falando, Stacey? — perguntei. — Eu não conheço ninguém dessa família.

— Eles moram bem longe, do outro lado de Smellings Creek. E vão à igreja às vezes — respondeu Stacey, de forma automática. Então voltou a falar com T.J. — O sr. Lanier veio bem tarde e levou a vovó. Ele disse que o sr. Berry estava doente e precisava que ela cuidasse dele, mas não disse nada sobre ele estar queimado.

— Ele está doente mesmo. Ele quase morreu queimado. Ele e dois sobrinhos dele. E sabe quem tacou o fogo?

— Quem? — perguntamos Stacey e eu ao mesmo tempo.

— Bem, como parece que vocês não sabem nada — prosseguiu T.J., com sua habitual forma revoltante de atiçar a curiosidade —, talvez eu não devesse lhes dizer. Poderia fazer mal para os seus ouvidos.

— Ah, cara — disse eu —, não comece com isso de novo. — Eu não gostava muito de T.J., e a enrolação dele não ajudava em nada.

— Vamos, T.J. — pediu Stacey. — Conte.

— Bem... — murmurou T.J., ficando em silêncio em seguida, como se estivesse pensando se deveria ou não contar.

Chegamos ao primeiro de dois cruzamentos e seguimos para o norte; depois de mais um quilômetro e meio de caminhada, chegaríamos no segundo cruzamento e seguiríamos em direção ao leste novamente.

Por fim, T.J. disse:

— Está bem. Veja só, eles se queimarem não foi um acidente. Alguns homens brancos tacaram fogo neles.

— Q-quer dizer que tacaram fogo neles como se fossem lenha? — gaguejou Christopher-John, com olhos esbugalhados, não conseguindo acreditar.

— Mas por quê? — perguntou Stacey.

T.J. ergueu os ombros. — Não sei por quê. Só sei que tacaram. Só isso.

— Como você sabe? — perguntei, com suspeita.

Ele deu um sorriso convencido.

— Porque, enquanto estava indo para a escola, a mãe de vocês falou com a minha sobre isso.

— É mesmo?

— Sim, e vocês deviam ver como ela estava quando saiu de casa.

— Como? — perguntou o Homenzinho, interessado o suficiente para erguer os olhos da estrada pela primeira vez.

T.J. olhou ao redor sombriamente e sussurrou:

— Como ... a morte.

Ele fez uma pausa para que suas palavras causassem o choque intencional, mas o efeito foi arruinado pelo Homenzinho, que perguntou baixinho:

— Como é a morte?

T.J. se virou, irritado.

— Ele não sabe nada?

— Mas como é? — insistiu o Homenzinho, exigindo saber. Ele também não gostava de T.J.

— Como meu avô estava antes de o enterrarmos — descreveu T.J., como se soubesse de tudo.

— Ah — respondeu o Homenzinho, perdendo o interesse, voltando a se concentrar na estrada.

— Eu te digo, Stacey, cara — prosseguiu T.J. taciturno, balançando a cabeça —, às vezes não sei o que dizer sobre essa sua família.

Stacey ficou ereto, imaginando se as palavras de T.J. eram ofensivas ou não, mas T.J. acabou com a dúvida imediatamente dizendo afavelmente:

— Não me entenda mal, Stacey. São bons meninos, mas essa Cassie quase me fez apanhar de manhã.

— Bom — respondi.

— Como ela fez isso? — perguntou Stacey, rindo.

— Você não estaria rindo se isso tivesse acontecido com você. Ela contou para a sua mãe que eu fui para o salão de dança da loja dos Wallace, e a sra. Logan contou para a mamãe. — Ele me encarou com desdém e prosseguiu. — Mas não se preocupe. Eu escapei dessa. Quando a mamãe me perguntou sobre isso, eu apenas disse que o Claude estava sempre entrando escondido lá para pegar um pouco daqueles doces que o sr. Kaleb distribui de graça às vezes, e que eu precisei entrar e tirar ele de lá porque eu sabia muito bem que ela não nos queria ali. Rapaz, como ele apanhou! — T.J. gargalhou. — A mamãe acabou com ele.

Eu encarei Claude, que estava em silêncio.

— Você deixou ele fazer isso com você? — perguntei, incrédula. Mas Claude apenas sorriu daquela maneira estranha dele, e entendi que sim. Ele tinha mais medo de T.J. do que da mãe.

Novamente, o Homenzinho olhou para frente, e eu podia ver seu desgosto por T.J. aumentando. O amistoso Christopher-John encarou T.J. e, colocando seu curto braço nos ombros de Claude, disse:

— Vamos, Claude. Vamos na frente. — Então ele e Claude apertaram o passo e se adiantaram na estrada, indo para longe de T.J.

Stacey, que costumava desconsiderar os atos desonestos de T.J., balançou a cabeça.

— Isso foi sujo.

— Oras, o que você esperava que eu fizesse? Eu não podia deixar ela pensar que estava indo lá porque gostava, não é? Ela teria me matado!

"E já vai tarde", pensei, prometendo a mim mesma que se ele fizesse algo parecido comigo, eu daria uma bem dada nele.

Estávamos nos aproximando do segundo cruzamento, onde valas profundas demarcavam os dois lados da estrada e a densa floresta subia a alta elevação irregular de argila. De repente, Stacey se virou.

— Rápido — gritou ele. — Fora da estrada! — Sem dizer mais nada, todos nós, com exceção do Homenzinho, subimos a elevação do lado direito da estrada, em direção à floresta.

— Suba aqui, Homenzinho — ordenou Stacey, mas o Homenzinho apenas olhou para a elevação vermelha, coberta irregularmente com arbustos amarronzados, e continuou andando. — Anda, faça o que eu te disse.

— Mas minhas roupas vão ficar sujas! — protestou o Homenzinho.

— Vão ficar muito mais sujas se você ficar aí. Veja!

O Homenzinho se virou e arregalou os olhos quando viu um ônibus vindo em sua direção, levantando nuvens de poeira vermelha, como se fosse um dragão amarelo cuspindo fogo. O Homenzinho seguiu em direção à elevação, mas ela era íngreme demais. Correu freneticamente ao longo da estrada, procurando por um ponto onde pudesse se apoiar e, ao encontrar um, pulou na elevação, mas não antes de o ônibus passar do seu lado, cobrindo-o com uma névoa escarlate, com rostos brancos e risonhos colados nas janelas dele.

O Homenzinho ergueu um punho ameaçador no ar pesado e, então, olhou tristonho para si mesmo.

— Ora, ora, o Homenzinho acabou sujando suas roupas chiques — disse T.J., rindo ao pular da elevação. Lágrimas de raiva escorreram dos olhos do Homenzinho, mas ele as enxugou rapidamente, antes que T.J. pudesse vê-las.

— Ah, cale a boca, T.J. — soltou Stacey.

— É, cale a boca, T.J. — repeti.

— Vamos, Homenzinho — disse Stacey. — E da próxima vez, faça o que eu disser.

O Homenzinho pulou da elevação.

— Por que fizeram isso, Stacey, hein? — perguntou ele, batendo a poeira. — Por que eles nem pararam para a gente?

— Porque eles gostam de ver a gente correndo, e aquele ônibus não é nosso — respondeu Stacey, fechando os punhos e enfiando-os nos bolsos.

— Bem, e onde está o nosso ônibus? — perguntou o Homenzinho.

— Nós não temos um.

— E por que não?

— Pergunte para a mamãe — concluiu Stacey, enquanto um menino loiro, descalço e pálido vinha correndo pela trilha da floresta em nossa direção. Ele rapidamente nos alcançou e cumprimentou Stacey e T.J.

— Oi, Stacey — disse ele, com timidez.

— Oi, Jeremy — respondeu Stacey.

Houve um silêncio incômodo.

— As aulas de vocês começam hoje?

— Sim — falou Stacey.

— Eu queria que as nossas estivessem começando também. — Jeremy suspirou. — Estamos tendo aulas desde o fim de agosto. — Os olhos de Jeremy eram azuis bem claros e pareciam chorar quando ele falava.

— Pois é — continuou Stacey.

Jeremy chutou a poeira com força e olhou para o norte. Ele era um menino estranho. Desde que comecei a ir à escola, ele nos acompanhava até o cruzamento de manhã e nos encontrava lá à tarde. As outras crianças zombavam dele na escola, e ele havia aparecido mais de uma vez com vergões vermelhos nos braços, os quais Lillian Jean, sua irmã mais velha, revelara com satisfação ser o resultado da sua associação com a gente. Ainda assim, Jeremy continuava a se encontrar conosco.

Quando chegamos ao cruzamento, outras três crianças, uma menina de doze ou treze anos e dois meninos, todos muito parecidos com Jeremy, passaram correndo. A menina era Lillian Jean.

— Jeremy, vamos — disse ela, sem olhar para trás, e Jeremy, com um sorriso tímido, acenou discretamente e a seguiu.

Ficamos parados no cruzamento, encarando-os. Jeremy olhou para trás, mas depois dos berros de Lillian Jean, ele não voltou a fazer isso. Eles estavam indo para a Escola do Condado Jefferson Davis, um grande prédio branco de madeira que podíamos ver à distância. Atrás do prédio ficava um grande campo de esportes com fileiras de bancos cinzentos. Na frente dele, havia dois ônibus amarelos, um que era nosso algoz e outro que trazia alunos de outra direção, e vários alunos que estavam esperando pelo som do sino da manhã. No centro do grande gramado frontal, o vento agitava a bandeira vermelha, branca e azul do Mississippi, com o emblema da Confederação no canto superior esquerdo. Logo abaixo dela estava a bandeira dos Estados Unidos. Enquanto Jeremy, sua irmã e seus irmãos seguiam em direção a essas bandeiras invertidas, viramo-nos para o leste, em direção à nossa escola.

A Escola de Ensino Fundamental e Secundário Great Faith, uma das maiores escolas para negros do condado, era o triste destino da nossa jornada de uma hora. Consistindo em quatro casas de madeira castigadas pelo vento em palafitas de tijolos, trezentos e vinte alunos, sete professores, um diretor, um zelador e sua vaca, que mantinha a grama suficientemente baixa durante a primavera e o verão, a escola ficava perto de três plantações, sendo que a plantação dos Granger era a maior e mais próxima. A maioria dos alunos era de famílias que trabalhavam na terra dos Granger, e os outros eram de famílias que trabalhavam nas plantações dos Montier e dos Harrison. Como os alunos eram necessários nos campos desde o início da primavera, quando o algodão era plantado, até quando a maior parte dele já havia sido colhido, no outono, a escola ajustou seus termos concordemente, começando em outubro e entrando de férias em março. Mesmo então, contando a partir deste dia, vários alunos mais velhos só seriam vistos novamente depois de um ou dois meses, até que o último capulho de algodão fosse colhido dos campos, mas a maioria acabava largando a escola. Por causa disso, as turmas dos graus mais avançados diminuíam a cada ano.

Os prédios das turmas, com a parte de trás praticamente encostada na floresta, formavam um semicírculo que ficava de frente para uma igreja de um só cômodo, do outro lado do complexo. Era a esse tipo de igreja que muitos dos alunos da escola e seus pais pertenciam. Quando chegamos, um gigantesco sino de ferro tocava vigorosamente no campanário da igreja, avisando aos alunos que chegavam que eles tinham apenas mais cinco minutos de liberdade.

O Homenzinho imediatamente atravessou o gramado e correu em direção ao poço. Stacey e T.J., ignorando o resto de nós, agora que estavam no terreno da escola, afastaram-se para se juntar aos outros meninos do sétimo ano, e Christopher-John e Claude se apressaram para se juntar aos seus colegas do último ano. Sozinha, arrastei-me em direção ao prédio onde eram dadas aulas dos primeiros quatro anos e me sentei no primeiro degrau. Jogando meus lápis e caderno no chão, coloquei meus cotovelos sobre os joelhos e apoiei meu queixo nas palmas das mãos.

— Oi, Cassie — disse Mary Lou Wellever, a filha do diretor, exibindo-se com um novo vestido amarelo.

— Oi — respondi, franzindo as sobrancelhas com tanta ferocidade que ela parou de andar. Encarei-a por um momento, pensando que *já era de se esperar* que ela estivesse usando um vestido novo. Ninguém mais estava. Remendos em calças desbotadas e vestidos eram abundantes em meninos e meninas que acabavam de vir da correria dos campos de algodão. As meninas ficavam desconfortavelmente de pé, com medo de se sentar, e os meninos puxavam sem parar os colarinhos engomados e abotoados até o pescoço. Alguns alunos tinham sorte suficiente de ter sapatos. Porém, como eram pequenos, iam saltando para alternar qual pé sentiria o aperto deles. Nesta noite, suas roupas seriam embrulhadas em jornais e penduradas para serem usadas no domingo e os sapatos seriam embalados e usados novamente só quando o clima ficasse tão frio que seria impossível caminhar pelas estradas congeladas a pé; mas hoje, todos nós teríamos que sofrer.

No lado mais afastado do gramado, vi Moe Turner correndo em direção ao prédio da sétima série e fiquei impressionada com a sua energia. Moe era um dos amigos de Stacey. Ele morava na plantação dos Montier: uma caminhada de três horas e meia da escola. Devido a essa distância, muitas crianças da plantação dos Montier só vinham para a Great Faith depois de terminarem os quatro anos de escola perto de Smellings Creek. Mas havia algumas meninas e meninos como Moe que faziam essa caminhada todos os dias, deixando suas casas enquanto o céu ainda estava escuro e só voltando quando estava escuro novamente. Da minha parte, eu definitivamente estava feliz por não ter que morar tão longe. Acho que meus pés não estavam tão ansiosos assim para que eu recebesse educação.

O som do segundo sino soou. Levantei-me e bati a poeira do traseiro enquanto os alunos da primeira, segunda, terceira e quarta série se amontoavam nas escadas que davam para o corredor. O Homenzinho passou todo orgulhoso, com seu rosto e mãos limpos e seus sapatos pretos brilhando novamente. Olhei para os meus sapatos, sujos com poeira vermelha, e, erguendo meu pé direito, esfreguei-o na minha panturrilha esquerda e, depois, trocando de lado, repeti o procedimento. Quando o último som do sino reverberou no complexo, apanhei meus lápis e caderno e corri para dentro.

Um corredor se estendia da porta da frente à porta de trás do prédio. Nos dois lados do corredor, havia mais duas portas, ambas levando para o mesmo cômodo grande que era dividido em duas salas de aula por uma cortina pesada de tela. A segunda e terceira série ficavam à esquerda e a primeira e quarta série ficavam à direita. Corri para a parte de trás do prédio, virei à direita e deslizei pelo banco da terceira fileira, ocupada por Gracey Pearson e Alma Scott.

— Você não pode sentar aqui — protestou Gracey. — Estou guardando este lugar para Mary Lou.

Olhei para trás e vi Mary Lou Wellever colocando sua lancheira em uma prateleira no fundo da sala e respondi:

— Não está mais.

A sra. Daisy Crocker, que tinha uma pele marrom-amarelada e olhos esbugalhados, me encarou do meio do cômodo com um olhar que dizia: "Entããããão, é você, Cassie Logan". Depois ela contraiu os lábios e puxou a cortina ao longo da vara de ferro enferrujada e a recolheu com um nó perto da parede de trás. Com a cortina recolhida, os alunos da primeira série nos encararam inquisidoramente.

O Homenzinho estava sentado perto da janela, com suas mãos cruzadas, esperando pacientemente que a sra. Crocker começasse a falar.

Mary Lou me cutucou.

— Este é o meu lugar, Cassie Logan.

— Mary Lou Wellever — chamou a sra. Crocker, de forma afetada —, sente-se.

— Sim, senhora — respondeu Mary Lou, me encarando com puro ódio antes de se virar.

A sra. Crocker andou rapidamente até a sua mesa, que ficava em cima de uma pequena plataforma e estava cheia de objetos grandes cobertos com lona. Ela bateu na mesa com uma régua, embora a sala já estivesse em silêncio, e prosseguiu:

— Crianças, bem-vindas à Escola de Ensino Fundamental Great Faith.

Virando-se ligeiramente, de modo que pudesse olhar diretamente para o lado esquerdo da sala, ela continuou:

— Para todos os alunos da quarta série: é muito bom tê-los na minha turma. Estarei esperando muitas coisas boas e maravilhosas de vocês.

Então, dirigindo-se ao lado direito da sala, ela disse:

— E para os nossos amiguinhos da primeira série, que estão começando a trilhar a estrada do conhecimento e da educação, que o caminho do aprendizado constante esteja sempre à frente dos seus pequenos pés.

Já entediada, coloquei meu braço direito sobre a mesa e apoiei minha cabeça na mão erguida.

A sra. Crocker sorriu mecanicamente e bateu na mesa de novo.

— Agora, pequeninos — prosseguiu, ainda se dirigindo à primeira série —, sua professora, a sra. Davis, ficou presa em Jackson por alguns dias, de modo que terei o prazer de plantar as primeiras sementes de conhecimento na sua mente. — Ela se posicionou na frente deles como se esperasse ser aplaudida por essa notícia. Então, com um movimento dos seus grandes olhos para incluir a quarta série, ela continuou.

— Visto que estarei sozinha, vamos ter que fazer alguns sacrifícios nos próximos dias. Vamos trabalhar, trabalhar e trabalhar, mas vamos fazer isso como menininhos e menininhas cristãos e compartilhar, compartilhar e compartilhar. Estamos dispostos a fazer isso?

— SIM, SRA. CROCKER — responderam as crianças em uníssono.

Mas eu fiquei em silêncio. Nunca aprovei respostas em grupo. Ajustando minha cabeça na mão, dei um grande suspiro, pensando nos membros da família Berry que foram queimados.

— Cassie Logan?

Olhei para cima, alarmada.

— Cassie Logan!

— Sim, senhora? — Levantei-me rapidamente para encarar a sra. Crocker.

— Você não está disposta a trabalhar e compartilhar?

— Estou, senhora.

— Então diga!

— Sim, senhora — murmurei, voltando a sentar enquanto Mary Lou, Gracey e Alma riam. Estava apenas cinco minutos no novo ano letivo e já estava em problemas.

Por volta das dez da manhã, a sra. Crocker já havia designado novos assentos e escrito nossos nomes na sua tabela de lugares. Eu ainda estava do lado de Gracey e Alma, mas havia saído da terceira fileira e ido para a primeira, na frente de um aquecedor a lenha.

Embora estar cara a cara com a sra. Crocker não fosse algo desejável, a ideia de ficar quentinha quando começasse a ficar frio não era algo a ser desprezado, de modo que resolvi tirar o máximo de proveito da minha posição um tanto ambígua.

Então a sra. Crocker fez um anúncio incrível: teríamos livros este ano.

Todos ficaram surpresos, afinal a maioria dos alunos nunca havia nem sequer segurado um livro, além da Bíblia da família. Admito que até eu fiquei um tanto emocionada. Embora a mamãe tivesse vários livros, nunca tive um livro para chamar de meu.

— Tivemos muita sorte de consegui-los — explicou a sra. Crocker, ao passo que mal podíamos esperar pela grande revelação. — O próprio superintendente das escolas do condado trouxe esses livros aqui para que pudéssemos usá-los, e precisamos cuidar muito bem deles. — Ela foi até a mesa. — Então vamos todos prometer que vamos ter o máximo de cuidado com esses novos livros. — Ela nos encarou, esperando nossa resposta. — Muito bem, todos juntos, vamos repetir: "Prometemos que vamos cuidar muito bem dos nossos novos livros". — Ela olhou especificamente para mim ao falar isso.

— PROMETEMOS QUE VAMOS CUIDAR MUITO BEM DOS NOSSOS NOVOS LIVROS!

— Muito bem — disse a sra. Crocker, e então levantou orgulhosamente a lona.

Visto que estava sentada bem perto da mesa, eu podia ver as capas dos livros: eram de vários tons de vermelho, estavam bem gastas e os cantos cinzentos das páginas estavam manchados a lápis, giz de cera e tinta. Minha antecipação de ter meu próprio livro se reduziu a uma grande decepção. Mas a sra. Crocker continuou a refletir um grande orgulho ao chamar cada aluno da quarta série até a sua mesa e, depois de anotar um número no seu livro de chamada, entregar-lhe um livro.

Quando voltei da mesa dela, percebi que os alunos da primeira série estavam ansiosamente observando a pilha de livros que continuava diminuindo. A sra. Crocker também deve ter percebido isso, pois, quando me sentei, ela disse:

— Não se preocupem, pequeninos, temos bastantes livros para vocês também. Veja lá na mesa da sra. Davis. — Seus olhos esbugalhados se voltaram para a plataforma coberta da professora, bem na frente deles, e um suspiro de alívio encheu a sala.

Olhei para o Homenzinho, e o rosto dele se iluminou de excitação. Eu sabia que ele não podia ver as capas sujas ou as páginas danificadas de onde estava sentado, e embora sua mania de limpeza fosse, muitas vezes, irritante, eu não gostava de pensar na sua decepção quando visse como os livros realmente estavam. Mas não havia nada que pudesse fazer quanto a isso, de modo que abri meu livro no meio e comecei a virar as páginas manchadas. Meninas de tranças loiras e meninos de olhos azuis me encaravam. Encontrei uma história sobre um menino e seu cachorro perdidos em uma caverna e comecei a ler enquanto a voz da sra. Crocker zumbia em monotonia.

De repente, fiquei consciente da quebra do tom monótono e ergui o olhar. A sra. Crocker estava sentada à mesa da sra. Davis com os livros da primeira série empilhados na sua frente, encarando com ferocidade o Homenzinho, que estava empurrando um livro de volta para a mesa.

— O que foi que você disse, Clayton Chester Logan? — perguntou ela.

A sala ficou em silêncio. Todo mundo sabia que o Homenzinho não representava um grande problema para ninguém, mas ninguém nunca chamava o Homenzinho de "Clayton Chester" a menos que ele ou ela estivesse falando sério.

O Homenzinho sabia disso também. Seus lábios se abriram ligeiramente enquanto suas mãos se afastavam do livro. Ele tremia, mas não desviava os olhos da sra. Crocker.

— E-eu disse que gostaria de outro livro, por favor, senhora — gemeu ele. — Este está sujo.

— Sujo! — repetiu a sra. Crocker, chocada com tal audácia. Ela se levantou, encarando o Homenzinho como se fosse uma gigante esquelética, mas o Homenzinho ergueu a cabeça e continuou a olhá-la nos olhos. — Sujo! E quem você acha que é, Clayton Chester? O condado está nos dando estes ótimos livros durante essa época difícil, e você vai ficar parado aí e me dizer que o livro está muito sujo? Pegue este livro ou não pegue nada!

O Homenzinho abaixou os olhos e não disse nada enquanto encarava o livro. Por um bom momento, ele ficou ali. Quase não era possível enxergar seu rosto atrás da mesa. Então ele se virou, olhou para os poucos livros que restavam e, parecendo perceber que eles estavam quase tão sujos quanto o que a sra. Crocker havia lhe dado, olhou para mim, do outro lado da sala. Fiz que sim com a cabeça, e o Homenzinho, olhando novamente para a sra. Crocker, pegou o livro da mesa, e com a postura ereta e com a cabeça erguida, voltou para o seu assento.

A sra. Crocker se sentou novamente.

— Parece que algumas pessoas por aqui estão se achando muito importantes. Não vou tolerar mais isso — repreendeu. — Sharon Lake, venha pegar o seu livro.

Observei enquanto o Homenzinho se sentava ao lado de outros dois meninos. Ele ficou sentado por um tempo, impassível, olhando pela janela; então, evidentemente aceitando o fato de que o livro à sua frente era o melhor que poderia esperar, virou-se para ele e o abriu. Mas, analisando a contracapa do livro, sua expressão ficou confusa, passando de aceitação forçada a perplexidade. Ele franziu as sobrancelhas. Então seus olhos se esbugalharam, e, de repente, ele inspirou e levantou-se da sua cadeira como um animal ferido, jogando o livro no chão e pisando furiosamente sobre ele.

A sra. Crocker correu em direção ao Homenzinho e o levantou com suas mãos poderosas. Ela o chacoalhou vigorosamente e, depois, voltou a colocá-lo no chão.

— O que houve com você, Clayton Chester?

Mas o Homenzinho não disse nada. Ele só ficou encarando o livro aberto, tremendo com uma raiva indignante.

— Pegue o livro — ordenou ela.

— Não — respondeu o Homenzinho.

— Não? Vou te dar dez segundos para pegar este livro, menino, se não vou pegar minha chibata.

O Homenzinho mordeu o lábio inferior, e eu já sabia que ele não pegaria o livro. Rapidamente, abri na contracapa do meu próprio livro e vi imediatamente o que fez com que o Homenzinho ficasse tão furioso. Carimbada na contracapa, havia uma tabela que dizia:

PROPRIEDADE DO CONSELHO DE EDUCAÇÃO
Condado de Spokane, Mississippi
Setembro de 1922

| RETIRADA CRONOLÓGICA | DATA DA RETIRADA | CONDIÇÃO DO LIVRO | RAÇA DO ALUNO |
|---|---|---|---|
| *1* | *Setembro de 1922* | *Novo* | *Branco* |
| *2* | *Setembro de 1923* | *Excelente* | *Branco* |
| *3* | *Setembro de 1924* | *Excelente* | *Branco* |
| *4* | *Setembro de 1925* | *Muito Bom* | *Branco* |
| *5* | *Setembro de 1926* | *Bom* | *Branco* |
| *6* | *Setembro de 1927* | *Bom* | *Branco* |
| *7* | *Setembro de 1928* | *Mediano* | *Branco* |
| *8* | *Setembro de 1929* | *Mediano* | *Branco* |
| *9* | *Setembro de 1930* | *Mediano* | *Branco* |
| *10* | *Setembro de 1931* | *Ruim* | *Branco* |
| *11* | *Setembro de 1932* | *Ruim* | *Branco* |
| *12* | *Setembro de 1933* | *Muito Ruim* | *Crioulo* |
| *13* | | | |
| *14* | | | |
| *15* | | | |

As linhas em branco seguiam até a linha 20, e eu sabia que elas estavam reservadas para alunos negros. Um caroço de raiva subiu pela minha garganta e ficou lá. Mas enquanto a sra. Crocker estava mandando o Homenzinho se inclinar na "cadeira da surra", deixei minha raiva de lado e me levantei.

— Sra. Crocker, não, por favor! — implorei. Os olhos negros da sra. Crocker me avisavam para não dizer mais nada. — Eu sei por que ele fez isso!

— Quer um pouco desta chibata, Cassie?

— Não, senhora — respondi rapidamente. — Só quero explicar por que o Homenzinho fez o que fez.

— Sente-se — ordenou ela enquanto eu me dirigia em direção a ela com o livro aberto em minha mão.

Segurando o livro para ela, expliquei:

— Veja, sra. Crocker. Veja o que diz aqui. Eles dão esses livros velhos quando não os querem mais.

Ela me encarou sem paciência, mas nem sequer olhou para o livro.

— Como ele poderia saber o que está escrito aí? Ele não sabe ler.

— Sabe sim, senhora. Ele já sabe ler desde que tinha quatro anos. Ele não sabe ler as palavras maiores, mas consegue ler as colunas. Veja o que diz a última coluna. Por favor, sra. Crocker. Veja.

Dessa vez, a sra. Crocker olhou, mas a expressão dela não mudou. Então, erguendo a cabeça, ela me encarou atentivamente.

— V-veja do que eles nos chamam — disse eu, achando que ela não tivesse visto.

— É isso o que você é — respondeu ela, friamente. — Agora vá se sentar.

Balancei a cabeça, percebendo agora que a sra. Crocker nem sequer sabia do que eu estava falando. Ela havia olhado para a página, mas não havia entendido nada.

— Eu mandei se sentar, Cassie!

Comecei a voltar lentamente para a minha mesa, mas quando o graveto de nogueira cortou o ar, voltei-me para trás.

— Sra. Crocker — falei —, eu também não quero meu livro.

A chibata acertou o Homenzinho no traseiro, que estava voltado para cima. A sra. Crocker me encarou inquisidoramente enquanto eu me aproximava da mesa dela e colocava o livro sobre ela. Então, depois de dar mais cinco golpes, e percebendo que o Homenzinho não tinha a mínima intenção de chorar, mandou que ele se levantasse.

— Muito bem, Cassie — suspirou ela, virando-se para mim. — Venha. É a sua vez.

Quando as aulas do dia terminaram, decidi que contaria tudo à mamãe antes que a sra. Crocker tivesse a oportunidade de fazer isso. Depois de nove anos de tentativa e erro, aprendi que o castigo sempre era menor quando contava toda a verdade à mamãe antes que outra pessoa lhe dissesse qualquer coisa. Eu sabia que a sra. Crocker não havia falado com a mamãe durante o horário do almoço porque ela passou esse horário todo na sala de aula, se preparando para a sessão da tarde.

Assim que a turma foi dispensada, corri da sala, desviando de grupos de alunos que estavam felizes por estarem livres. Mas antes que pudesse chegar até o prédio da sétima série, tive o azar de trombar com o pai de Mary Lou.

O sr. Wellever me encarou, surpreso com esse fato, e começou a falar sobre a virtude de olharmos por onde andamos. Enquanto isso, a sra. Crocker atravessava velozmente o gramado em direção ao prédio da mamãe. Quando consegui escapar do sr. Wellever, ela já havia desaparecido na escuridão do corredor.

A sala de aula da mamãe ficava no fundo. Atravessei discretamente o salão silencioso e olhei com cuidado pela porta aberta.

A mamãe, empurrando uma mecha do seu cabelo longo e crespo para o coque na base do seu pescoço fino, estava sentada à mesa, observando a sra. Crocker empurrar um livro na frente dela.

— Olhe só isso, Mary — disse a sra. Crocker, cutucando o livro duas vezes com o dedo indicador. — Um livro em perfeito estado arruinado. Veja: a lombada foi danificada, e ele está cheio de pegadas.

A mamãe não disse nada enquanto analisava o livro.

— E aqui está o que a Cassie não quis pegar — prosseguiu, batendo com o segundo livro na mesa da mamãe, indignada. — Pelo menos ela não fez birra e pisou nele. Estou lhe dizendo, Mary, eu não sei o que deu nessas crianças hoje. Eu sempre soube que a Cassie era um tanto temperamental, mas o Homenzinho! Ele sempre foi um perfeito cavalheiro.

A mamãe olhou o livro que rejeitei, abriu a primeira capa e viu as páginas ofensivas.

— Você falou que a Cassie disse que foi por causa da primeira página que o Homenzinho não quis os livros? — perguntou a mamãe, com calma.

— Sim. Dá pra acreditar? — respondeu a sra. Crocker, esquecendo-se da sua dicção de treinamento escolar como professora na sua indignação. — Que ideia! Isso está em todos os livros. Nunca vou entender por que eles ficaram com tanta raiva.

— Você os castigou? — perguntou a mamãe, encarando a sra. Crocker.

— Ora, com certeza! Bati nos dois com meu graveto de nogueira. Não é o que você teria feito? — Quando a mamãe não respondeu, ela acrescentou na defensiva: — Eu tinha todo o direito.

— É claro que sim, Daisy — confirmou a mamãe, devolvendo-lhe os livros. — Eles a desobedeceram. — Mas o tom dela estava tão brando e indiferente que eu sabia que a sra. Crocker não estava satisfeita com a reação dela.

— Bem, eu achei que você gostaria de saber, Mary, caso tivesse algo para lhes dizer também.

A mamãe sorriu para a sra. Crocker e respondeu com apatia:

— Sim, claro, Daisy. Obrigada. — Então ela abriu a gaveta da mesa e pegou algumas folhas de papel, uma tesoura e uma pequena garrafa marrom.

Desalentada pela aparente despreocupação da mamãe pela gravidade da questão, a sra. Crocker estufou o peito e começou a se afastar da mesa.

— Você entende que se eles não tiverem esses livros para estudar, vou ter que reprová-los em leitura e redação, visto que planejo basear todas as minhas lições nos... — Ela parou de repente e encarou a mamãe, incrédula. — Mary, o que você está fazendo?

A mamãe não respondeu. Ela havia cortado um papel do tamanho dos livros e, agora, estava passando uma cola cinzenta da garrafa marrom na contracapa de um dos livros. Então ela pegou o papel e o colocou por cima da cola.

— Mary Logan, você tem ideia do que está fazendo? Esse livro pertence ao condado. Se alguém do departamento do superintendente vier aqui e ver esse livro, você vai arranjar problemas.

A mamãe riu e apanhou o outro livro.

— Em primeiro lugar, ninguém se importa o suficiente para vir até aqui. Em segundo lugar, se alguém viesse, talvez ele pudesse ver do que realmente precisamos: livros atualizados para todas as nossas matérias, e não apenas aquilo que os outros estão jogando fora, mesas, papel, lousas, apagadores, mapas, giz... — A voz dela foi sumindo ao passo que colava o papel no segundo livro.

— Mordendo a mão que a alimenta. É isso que você está fazendo, Mary Logan, mordendo a mão que a alimenta.

A mamãe riu novamente.

— Se esse é o caso, Daisy, acho que não preciso dessa miséria de comida. — Tendo acabado com o segundo livro, ela encarou uma pequena pilha de livros da sétima série na mesa.

— Bem, acho que você está simplesmente mimando essas crianças, Mary. Elas precisam aprender como as coisas são às vezes.

— Talvez — respondeu a mamãe —, mas isso não significa que elas precisam aceitá-las... e talvez não precisemos também.

A sra. Crocker fitou a mamãe com suspeita. Embora a mamãe já estivesse trabalhando como professora na Great Faith por quatorze anos, desde que se formou na Escola Crandon de Treinamento para Professores aos dezenove anos, ela ainda era vista por muitos dos outros professores como uma rebelde disruptiva. Suas ideias sempre foram um tanto radicais demais e suas declarações pungentes. O fato de que ela não havia crescido no condado de Spokane, e sim no Delta, a tornava ainda mais suspeita, e os pensadores mais tradicionais, como a sra. Crocker, a encaravam com desconfiança.

— Bem, se vier alguém do condado e vir os livros da Cassie e do Homenzinho desfigurados dessa forma — afirmou ela — eu definitivamente não vou me responsabilizar por eles.

— Será fácil para qualquer um ver quem foi a responsável, Daisy. Tudo o que vão precisar fazer será abrir qualquer livro da sétima série. Porque também vou "desfigurá-los" amanhã.

Não sabendo mais o que dizer, a sra. Crocker se virou imperiosamente e se dirigiu até a porta. Eu atravessei o salão correndo, esperei até que ela saísse e voltei.

A mamãe continuava sentada à mesa, quase que imóvel. Ela não se mexeu por um bom tempo. Quando o fez, apanhou um dos livros da sétima série e voltou a colar. Eu queria ir ajudá-la, mas algo me dizia que não era hora de mostrar que estava ali. Então fui embora.

Eu esperaria para conversar com ela à noitinha; não havia mais pressa. Ela havia entendido.

# 2

— Cassie, é melhor tomar cuidado, menina — alertou a vovó, colocando uma mão grande e calejada nas minhas costas para se certificar de que eu não fosse cair.

Olhei para a minha avó do meio de um poste de madeira que o papai havia usado para demarcar a extensão do nosso campo de algodão. A vovó era a mãe do papai, e como ele, ela era grande e forte. Sua pele limpa e macia era da cor de uma casca de noz pecan.

— Ah, vovó, eu não vou cair — retruquei. Então subi no poste seguinte e tentei alcançar o capulho fibroso que estava na ponta de um talo alto de algodão.

— É melhor não cair, menina — resmungou a vovó. — Às vezes gostaria que tivéssemos algodões mais baixos, como em Vicksburg. Eu não gosto que vocês, crianças, fiquem subindo nas coisas. — Ela olhou ao redor com a mão no quadril. Christopher-John e o Homenzinho, que estavam mais afastados no campo, se equilibravam habilidosamente sobre hastes mais baixas do que seus postes, arrancando os últimos algodões. Stacey, porém, agora que estava pesado demais para subir nos postes, foi obrigado a permanecer no chão. A vovó nos observou novamente. Então, com um saco de juta apoiado no ombro direito e balançando do lado esquerdo do quadril, ela avançou no corredor em direção à mamãe. — Mary, minha filha, acho que com o que colhemos hoje, temos outro fardo.

A mamãe passou por cima de um galho baixo de algodão. Ela enfiou um último capulho no saco e se endireitou. Ela tinha uma cor bronzeada, era magra e vigorosa, com características delicadas em um rosto de mandíbula forte, e embora fosse quase do tamanho da vovó, ela parecia minúscula do lado dela.

— Espero que esteja certa, mamãe — respondeu ela. — Na segunda, é melhor levarmos tudo isso até a fazenda dos Granger e descaroçá-los. Então vamos poder... Cassie, qual é o problema?

Não respondi a pergunta da mamãe. Eu havia subido no topo do meu poste e agora podia ver a estrada por cima do campo, onde duas silhuetas, uma muito mais alta do que a outra, caminhavam bem rápido. Quando os homens fizeram a curva na estrada, pude ver melhor de quem se tratavam. Havia uma certa familiaridade no caminhar tranquilo e fluído do homem menor que me fez engasgar. Cerrei os olhos, protegendo-os da luz do Sol com a mão e, então, desci o mais rápido que pude do poste.

— Cassie?

— É o papai!

— David? — perguntou a mamãe, incrédula, enquanto Christopher-John e o Homenzinho desciam animados e corriam atrás de Stacey e de mim em direção à cerca de arame farpado.

— Não passem todos pela cerca! — gritou a vovó. Mas fingimos que não ouvimos. Seguramos o segundo e o terceiro arame para que os outros pudessem atravessar; então nós quatro corremos pela estrada em direção ao papai.

Quando o papai nos viu, ele começou a correr depressa e com facilidade, como o vento. O Homenzinho, que o alcançou primeiro, foi erguido com leveza pelas mãos fortes do papai, ao passo que Christopher-John, Stacey e eu nos amontoamos ao redor dele.

— Papai, o que está fazendo aqui, em casa? — perguntou o Homenzinho.

Colocando-o no chão, o papai respondeu:

— Eu simplesmente precisava voltar para casa e ver meus bebês. — Ele abraçou e beijou cada um de nós e deu um passo para trás. — Olhe só vocês — disse ele, com orgulho. — Não são incríveis? Nem posso mais chamar vocês de bebês. — Ele se virou. — Sr. Morrison, o que acha desses meus filhos?

Na nossa emoção, nem havíamos nos dado conta do outro homem que estava parado, em silêncio, na lateral da estrada. Agora, porém, olhando para cima para o ser mais formidável com o qual já havíamos nos deparado, nos aproximamos do papai.

O homem era uma árvore humana em altura, ultrapassando o papai, que tinha um metro e oitenta e sete. O longo tronco do seu corpo enorme estava cheio de músculos, e sua pele, do negro mais escuro, estava parcialmente coberta de cicatrizes no rosto e no pescoço, como se tivessem sido causadas pelo fogo. Havia cortes no seu rosto, e seu cabelo tinha manchas cinzentas, mas seus olhos eram claros e penetrantes. Olhei para os meninos, e ficou óbvio para mim que eles estavam se perguntando a mesma coisa que eu: de onde havia surgido esse ser?

— Crianças — disse o papai —, conheçam o sr. L.T. Morrison.

Cada um de nós sussurrou um tímido "olá" para o gigante, então nós seis começamos a andar na estrada em direção à casa. Antes de chegarmos lá, a mamãe e a vovó nos encontraram. Quando o papai viu a mamãe, seu rosto quadrado e de maçãs proeminentes se abriu em um grande sorriso e, erguendo a mamãe com vontade, ele a balançou no ar duas vezes antes de voltar a colocá-la no chão e beijá-la.

— David, algum problema? — perguntou ela.

O papai sorriu.

— Alguma coisa precisa estar errada para que eu venha te ver, mulher?

— Recebeu minha carta?

Ele fez que sim e, então, abraçou e beijou a vovó antes de apresentá-las ao sr. Morrison.

Quando chegamos a casa, subimos pelo gramado longo e inclinado até a varanda e entramos no quarto da mamãe e do papai, que também era usado como sala de estar. A mamãe ofereceu ao sr. Morrison a cadeira do vovô Logan, uma cadeira de balanço acolchoada feita habilidosamente pelo próprio vovô, mas o sr. Morrison não se sentou de imediato. Em vez disso, ele observou o cômodo.

Era um cômodo quente e confortável, com portas de madeira e fotografias. Dele, era possível acessar a varanda frontal ou lateral, a cozinha e os outros dois quartos. Suas paredes eram feitas de carvalho liso, e nelas estavam penduradas fotos gigantescas do vovô, da vovó, do papai e do tio Hammer, de quando eram crianças, de dois irmãos mais velhos do papai, que já haviam falecido, e fotos da família da mamãe. Os móveis, feitos pelos Logan com uma mistura de nogueira e carvalho, incluíam uma cama de nogueira, cuja cabeceira ornamentada se erguia até a metade da parede em direção ao teto alto, uma grande cômoda com um espelho da largura do piso, uma grande mesa com tampa que já pertenceu ao vovô, mas que agora era da mamãe, e as quatro cadeiras de carvalho, duas delas de balanço, que o vovô havia feito para a vovó como presente de casamento.

O sr. Morrison acenou depois de absorver tudo, como se tivesse aprovado, e se sentou do lado oposto do papai, na frente da lareira apagada. Os meninos e eu puxamos umas cadeiras para ficar perto do papai, e a vovó perguntou:

— Por quanto tempo você vai ficar em casa, filho?

O papai olhou para ela.

— Até domingo de noite — respondeu ele, baixinho.

— Domingo? — exclamou a mamãe. — Mas já é sábado.

— Eu sei, querida — disse o papai, tomando a mão dela —, mas preciso pegar o trem que vai para Vicksburg para voltar a trabalhar segunda de manhã.

Christopher-John, o Homenzinho e eu resmungamos alto, e o papai se virou para nós.

— Papai, o senhor não pode ficar por mais tempo? Da última vez que esteve em casa, o senhor ficou por uma semana — observei.

O papai puxou uma das minhas tranças com delicadeza.

— Sinto muito, Cassie, mas se ficar por mais tempo, posso perder o emprego.

— Mas, papai...

— Vejam bem — prosseguiu ele, olhando para mim, depois para os meninos, para a mamãe e, por fim, para a vovó —, eu vim hoje especialmente para trazer o sr. Morrison. Ele vai ficar com a gente por um tempo.

Se a mamãe e a vovó ficaram surpresas com as palavras do papai, elas não deixaram isso transparecer, mas os meninos e eu trocamos olhares e, então, encaramos aquele gigante.

— O sr. Morrison perdeu o emprego na ferrovia há algum tempo — continuou o papai — e não conseguiu encontrar outra coisa.

Quando lhe perguntei se queria voltar comigo e trabalhar aqui, ele concordou. Eu lhe disse que não podíamos pagar muito; só comida, abrigo e alguns dólares em dinheiro quando eu voltasse para casa no inverno.

A mamãe se voltou para o sr. Morrison, analisou-o por um instante e disse:

— Seja bem-vindo à nossa casa, sr. Morrison.

— Sra. Logan — replicou o sr. Morrison com uma voz grave e baixa, como um trovão silencioso —, acho que deveria saber que fui demitido do emprego. Entrei em uma briga com alguns homens... dei uma boa surra neles.

A mamãe olhou bem nos olhos profundos do sr. Morrison.

— De quem foi a culpa?

O sr. Morrison olhou de volta.

— Eu diria que foi deles.

— Eles também foram demitidos?

— Não, senhora — respondeu o sr. Morrison. — Eles eram brancos.

A mamãe balançou a cabeça e se levantou.

— Obrigada por me contar, sr. Morrison. O senhor tem sorte de que nada pior tenha acontecido, e estamos felizes por recebê-lo aqui... especialmente agora. — Então ela se virou e foi para a cozinha com a vovó para preparar o jantar, fazendo com que os meninos e eu ficássemos nos perguntando o que ela quis dizer com essas últimas palavras.

— Stacey, o que você acha? — perguntei enquanto ordenhávamos as vacas à noitinha. — Por que o papai voltou e trouxe o sr. Morrison?

Stacey ergueu os ombros.

— O que ele disse, eu acho.

Refleti sobre isso por um instante.

— O papai nunca trouxe ninguém antes.

Stacey não respondeu.

— Você acha... Stacey, você acha que tem a ver com os queimados que o T.J. estava falando?

— Queimados? — interveio o Homenzinho, que havia parado de alimentar as galinhas para fazer uma visita a Lady, nossa égua dourada. — O que os queimados têm a ver com tudo isso?

— Isso aconteceu bem para lá de Smellings Creek — observou Stacey vagarosamente, ignorando o Homenzinho. — O papai não precisa imaginar... — Sua voz foi sumindo, e ele parou de ordenhar.

— No que está pensando? — indaguei.

— Em nada — murmurou, retomando o trabalho. — Não se preocupe com isso.

Encarei-o.

— Não estou preocupada. Só quero saber. Só isso. Aposto o que quiser que o sr. Morrison veio para cá para fazer alguma coisa a mais além de trabalhar. Bem que gostaria de saber com certeza.

Stacey não respondeu, mas Christopher-John, com suas mãos rechonchudas, cheias de milho para as galinhas e com o lábio inferior tremendo, acrescentou:

— E-eu sei o que quero. Eu queria que o p-papai não tivesse mais que ir embora. Queria que ele ficasse... que ficasse...

Na manhã seguinte, na igreja, a sra. Silas Lanier se inclinou por cima de mim e sussurrou para a vovó:

— John Henry Berry morreu ontem à noite. — Quando o anúncio foi feito para a congregação, os diáconos oraram pela alma de John Henry Berry e pela recuperação do seu irmão, Beacon, e do seu tio, o sr. Samuel Berry. Mas, depois da igreja, quando alguns membros passaram em casa para visitar, palavras raivosas de desesperança foram ditas.

— O que ouvi — explicou o sr. Lanier — foi que eles já estavam perseguindo o John Henry desde que ele voltou da guerra e passou a morar na terra do pai dele, em Smellings Creek. Aquele era um bom lugar, e ele estava indo muito bem. Deixou uma mulher e seis filhos.

A vovó balançou a cabeça.

— Estava apenas no lugar errado e na hora errada.

Os meninos e eu nos sentamos na mesa de estudo, fingindo que não estávamos escutando, mas fazendo justamente isso.

— Henrietta Toggins — falou a sra. Lanier —, sabem, a irmã da Clara Davis que mora em Strawberry? Bem, ela é parenta dos Berry e estava com o John Henry e com o Beacon quando os problemas começaram. Eles iam deixá-la em casa – vocês sabem, o John Henry tinha uma daquelas pick-ups Modelo T antigas –, mas, como precisavam abastecer, pararam naquele posto de Strawberry. Eles estavam esperando lá para abastecer quando alguns homens brancos vieram procurar encrenca com eles – estavam bebendo, entende? E a Henrietta os ouviu dizendo: "Esse é o neguinho que a Sallie Ann disse que estava flertando com ela". E quando ouviu isso, ela disse ao John Henry: "Vamos embora daqui". Ele queria esperar pelo combustível, mas ela fez com que ele e o Beacon entrassem no carro, e aqueles homens só os viram indo embora e não fizeram nada com eles naquela ocasião.

"O John Henry a levou para casa e voltou para a casa dele, mas é claro que aqueles homens alcançaram ele e o Beacon e começaram a bater na traseira do carro deles – pelo menos foi isso que o Beacon e o John Henry contaram para a tia e para o tio deles quando se encontraram com eles. O John Henry sabia que estava ficando sem combustível e estava com medo de ir para casa, então parou na casa do tio dele. Mas aqueles homens arrastaram ele e o Beacon de casa, e quando o velho Berry tentou impedi-los, eles tacaram fogo nele e nos garotos."

— É uma vergonha, com toda a certeza — opinou o pai de T.J., um homem frágil e doente, com uma tosse seca. — Esse povo está ficando cada vez pior por lá. O Heard disse que eles lincharam um garoto há alguns dias em Crosston.

— E isso não vai acabar tão cedo — acrescentou o sr. Lanier. — É por isso que é tão horrível! Quando a Henrietta foi até o xerife e lhe disse o que havia visto, ele a chamou de mentirosa e a mandou de volta para casa. Agora ouvi dizer que alguns desses homens estão se gabando disso por aí. Estão dizendo que voltarão a fazer isso se algum neguinho arrogante se comportar mal.

A sra. Avery fez sons de reprovação.

— Que Deus tenha piedade!

O papai ficou sentado em profundo silêncio enquanto os Lanier e os Avery falavam, avaliando-os com olhos de seriedade. Por fim, ele tirou o cachimbo da boca e fez uma declaração que, para os meninos e para mim, parecia não ter nada a ver com a conversa.

— Nesta família, nós não compramos na loja dos Wallace.

O cômodo ficou em silêncio. Os meninos e eu fitamos os adultos, perguntando-nos o motivo. Os Lanier e os Avery se entreolharam com inquietação e, quando o silêncio foi quebrado, o assunto mudou para o sermão do dia.

Depois que os Lanier e os Avery partiram, o papai nos chamou.

— A mãe de vocês me disse que várias crianças mais velhas estão indo para a loja dos Wallace depois da escola para dançar e para comprar bebida contrabandeada e fumar cigarros. Ela disse que já falou com vocês sobre isso, mas vou falar novamente, então prestem atenção. Não queremos que vocês vão àquele lugar. As crianças que vão lá vão acabar se encrencando algum dia. Tem muita bebedeira por lá, e eu não gosto disso – e também não gosto dos Wallace. Se eu descobrir que estiveram por lá, por qualquer motivo que seja, vocês vão se ver comigo. Entenderam?

— Sim, papai — afirmou Christopher-John, prontamente. — Eu nunca irei lá.

O restante de nós concordou; o papai sempre fazia o que dizia — e ele dava uma boa surra de vara.

# 3

No fim de outubro, as chuvas chegaram, caindo pesadamente sobre os quinze centímetros de poeira que predominaram durante mais de dois meses. De início, a chuva fez apenas manchas nela, que parecia se orgulhar da sua resiliência e zombar das pesadas gostas de água que caíam sobre ela; contudo, a poeira foi obrigada a se render à maestria da chuva, transformando-se em uma fina lama vermelha que passava entre os nossos dedos e acumulava-se contra os nossos tornozelos na nossa tristonha jornada para ir e voltar da escola.

Para nos proteger da chuva, a mamãe nos deu peles secas de bezerro, as quais colocávamos sobre a nossa cabeça e nossos ombros como capas duras. Não gostávamos muito delas porque, quando ficavam molhadas, exalavam um odor de mofo que passava para a nossa roupa e se prendia à nossa pele. Preferíamos ficar sem elas; infelizmente, a mamãe pouco se importava com o que preferíamos.

Como costumávamos sair da escola depois da mamãe, resolvíamos esse problema vestindo as peles antes de sair de casa, como esperado. Assim que saíamos do campo de visão dos olhos de águia da vovó, tirávamos as capas e usávamos os galhos das árvores acima de nós para nos manter secos. Quando chegávamos na escola, vestíamos as capas novamente e marchávamos até as nossas respectivas salas de aula propriamente equipados.

Se tivéssemos de lidar apenas com a possibilidade de a chuva molhar nossas roupas a cada manhã e à tardinha, teria sido mais fácil suportar a jornada entre a nossa casa e a escola. Não obstante, também precisávamos nos preocupar com o ônibus escolar da Jefferson Davis vindo a toda velocidade atrás de nós e nos molhando com a água suja da estrada. Sabendo que o motorista do ônibus gostava de entreter seus passageiros nos tirando da estrada e nos fazendo subir as elevações quase inacessíveis da floresta, que ficavam extremamente escorregadias por causa das chuvas constantes, ficávamos sempre alertas nos cruzamentos, para que pudéssemos subir nas elevações antes que o ônibus nos alcançasse. No entanto, às vezes a chuva era tão forte que mal conseguíamos ficar eretos. Consequentemente, não olhávamos para trás com tanta frequência nem nos mantínhamos tão atentos quanto deveríamos; em resultado disso, nos víamos como objetos cômicos para olhos cruéis que não se importavam com a nossa aflição.

Ninguém tinha mais raiva dessa humilhação do que o Homenzinho. Embora ele tivesse perguntado à mamãe depois do primeiro dia de escola por que a Jefferson Davis tinha dois ônibus e a Great Faith nenhum, ele não se satisfez por completo com a resposta. Ela lhe explicou, assim como havia explicado a Christopher-John no ano anterior e a mim dois anos antes disso, que o condado não fornecia ônibus a alunos negros. Na verdade, prosseguiu ela, o condado fornecia muito pouco, e grande parte do dinheiro que financiava as escolas para negros vinha das igrejas para negros. A igreja Great Faith simplesmente não podia comprar um ônibus e, por isso, precisávamos ir andando.

Essa informação ficou gravada profundamente no cérebro do Homenzinho, e a cada dia que suas roupas ficavam manchadas de vermelho por causa do ônibus escolar, ele ficava mais amargurado, até que finalmente bateu o pé no chão da cozinha com raiva e explodiu:

— Eles fizeram de novo, vovó! Olhe só minhas roupas!

A vovó fez sons de reprovação ao olhar para nós.

— Bem, vá em frente e tire-as, querido, e vamos lavá-las. Tirem todas essas roupas e sequem-se — disse ela, voltando-se para o grande fogão para mexer seu ensopado.

— Mas, vovó, não é justo! — prosseguiu o Homenzinho. — Não é justo mesmo.

Stacey e Christopher-John saíram para trocar de roupa, mas o Homenzinho se sentou no banco, sentindo-se completamente abatido ao olhar para as suas calças azul-claro com crostas de lama dos joelhos para baixo. Embora a vovó preparasse um balde de água quente com sabão toda noite para que ele pudesse lavar suas roupas, ele voltava para casa todos os dias como se suas calças já não fossem lavadas há um mês.

A vovó nunca foi de mimar nenhum de nós. Desta vez, porém, ela se afastou do fogão e, enxugando as mãos no seu longo avental, sentou-se no banco e colocou seu braço sobre os ombros do Homenzinho.

— Veja bem, querido, não é o fim do mundo. Senhor! Minha criança, você não sabe que, um dia, o Sol vai voltar a brilhar e suas roupas não vão ficar mais enlameadas?

— Mas, vovó — protestou o Homenzinho —, se o motorista do ônibus andasse mais devagar, eu não ia ficar enlameado! — Então ele franziu bastante as sobrancelhas e acrescentou: — Ou se tivéssemos um ônibus como o deles.

— Bem, ele não vai andar mais devagar e você não vai conseguir um ônibus — respondeu a vovó, levantando-se. — Então não adianta ficar se preocupando com isso. Um dia, você vai ter bastantes roupas e, talvez, até um carro para dirigir por aí, então não dê atenção a esses branquelos ignorantes. Só continue estudando e recebendo uma boa educação, e tudo vai dar certo para você. Agora vá, lave suas roupas e pendure-as perto do fogo para que eu possa passá-las antes de ir dormir.

Ao se virar, ela me encarou.

— Cassie, o que você quer, menina? Vá se trocar e colocar umas calças e volte aqui para me ajudar para que o jantar esteja na mesa quando sua mãe voltar.

Naquela noite, quando me deitei no meu colchão de penas do lado da vovó, o barulho das gotas de chuva batendo no teto de lata se transformaram em um ruído ensurdecedor, como se milhares de pedras estivessem sendo jogadas contra a terra. De manhã, a chuvarada se transformou em chuvisco, mas a terra estava encharcada por causa da chuvarada da noite anterior. Os grandes rios de água enlameada fluíam em valas profundas, e grandes lagos brilhavam nas estradas.

Enquanto íamos para a escola, a branquidão do Sol tentava penetrar as nuvens de chuva, mas quando viramos para o norte no segundo cruzamento, ele já havia desistido, esgueirando-se timidamente por trás das nuvens negras. Logo um trovão ressoou no céu, e a chuva começou a cair como granizo sobre as nossas cabeças.

— Ah, droga! Eu definitivamente estou me cansando dessa bagunça — resmungou T.J.

Mas ninguém acrescentou nenhuma palavra. Estávamos atentos, esperando pelo ônibus. Embora tivéssemos saído de casa mais cedo do que de costume para deixar a estrada do norte antes que o ônibus viesse, não estávamos muito confiantes de que não o veríamos, porque já havíamos tentado usar essa estratégia antes. Às vezes ela funcionava; mas, na maioria das vezes, não. Era como se o ônibus fosse um ser vivo, castigando-nos e provocando-nos a cada curva. Não conseguíamos vencê-lo.

Arrastamo-nos, sentindo o frio da lama contra os nossos pés, caminhando cada vez mais rápido para chegar até o cruzamento. Então Christopher-John parou.

— Ei, acho que estou ouvindo o ônibus — alertou.

Olhamos ao redor, mas não vimos nada.

— Não é ele ainda — respondi.

E continuamos andando.

— Espere um momento — falou Christopher-John, parando pela segunda vez. — Olha aí de novo.

Viramo-nos, mas ainda não havia nada.

— Por que você não limpa os ouvidos? — exclamou T.J.

— Espere — acrescentou Stacey —, acho que estou ouvindo também.

Apressamo-nos até um ponto da estrada onde as valas eram menores e onde podíamos subir na elevação da floresta com mais facilidade.

Logo, o ruído do motor se aproximou, e pudemos ver o carro prateado do sr. Granger, um Packard. Era um carro grande, com um brilho cromado, mesmo na chuva, e diziam que era o único do condado.

Suspiramos de alívio.

— É só o velho Harlan — observou T.J. com irreverência, enquanto o custoso carro fazia a curva e desaparecia. Então ele e Claude olharam para a base da elevação.

Stacey os impediu.

— Já que estamos aqui, por que não esperamos um pouco — sugeriu ele. — O ônibus deve chegar logo, e vai ser mais difícil subir na elevação mais para frente na estrada.

— Ah, cara, esse ônibus vai demorar para chegar — garantiu T.J. — Saímos cedo esta manhã, se lembra?

Stacey olhou para o sul, pensando. O Homenzinho, Christopher-John e eu esperamos pela sua decisão.

— Vamos, cara — persuadiu T.J. — Por que ficar aqui esperando por aquele ônibus infernal quando podemos estar na escola, longe dessa bagunça?

— Bem...

T.J. e Claude pularam da elevação. Então Stacey, franzindo as sobrancelhas, como se soubesse que não deveria fazer isso, pulou também. O Homenzinho, Christopher-John e eu o seguimos.

Cinco minutos depois, estávamos correndo como filhotes assustados em direção à elevação novamente ao passo que o ônibus acelerava pela estreita estrada encharcada pela chuva; mas não havia para onde correr, pois Stacey estava certo. As valas eram grandes demais aqui e estavam quase transbordando, e não havia grama ou arbustos que pudéssemos agarrar para subir na elevação.

Por fim, quando o ônibus estava a menos de quinze metros de nós, ele virou perigosamente perto da lateral direita da estrada, onde estávamos correndo, obrigando-nos a tentar pular na elevação; mas nenhum de nós conseguiu, e caímos na lama da vala.

O Homenzinho, com água até o peito, apanhou um punhado de lama e, com uma raiva descontrolada, voltou para a estrada e correu atrás do ônibus, que se afastava. Enquanto gargalhadas e gritos retardados de "Neguinho come-lama! Neguinho come-lama!"

vinham das janelas abertas, o Homenzinho lançou sua bola de lama e tentou acertar nas rodas, mas errou com uma diferença de vários metros. Então, completamente desolado com o que aconteceu, ele colocou as mãos no rosto e começou a chorar.

T.J. saiu da vala, sorrindo para o Homenzinho, mas Stacey, com o rosto vermelho por trás da sua pele negra, encarou T.J. com tanta ferocidade que ele recuou.

— Diga qualquer coisa, T.J. — alertou ele, sério. — Qualquer coisa.

Christopher-John e eu olhamos um para o outro. Nunca havíamos visto Stacey assim, nem T.J.

— Ei, cara, eu não disse nada! Estou tão ferrado quanto você.

Stacey continuou encarando T.J. por mais um momento e, então, caminhou rapidamente em direção ao Homenzinho e colocou seu braço comprido sobre os ombros dele, dizendo consoladoramente:

— Vamos, Homenzinho. Isso não vai acontecer de novo, pelo menos por um tempo. Isso eu te prometo.

Novamente, Christopher-John e eu olhamos um para o outro inquisidoramente, perguntando-nos como Stacey podia prometer isso. Então, erguendo os ombros, começamos a segui-lo.

Quando Jeremy Simms nos avistou do seu alto posto, na trilha da floresta, ele desceu rapidamente e se juntou a nós.

— Oi — cumprimentou ele, seu rosto se iluminando com um sorriso amistoso. Mas ninguém correspondeu.

O sorriso sumiu e, ao perceber as roupas cobertas de lama, ele perguntou:

— Ei, St-Stacey! O-o que aconteceu?

Stacey virou, encarou seus olhos azuis e perguntou sem rodeios:

— Por que você não nos deixa em paz? Por que insiste em ficar com a gente?

Jeremy ficou ainda mais pálido.

— P-porque eu gosto de vocês — gaguejou. Então sussurrou: — Foi o ônibus de novo?

Ninguém respondeu, e ele não disse mais nada. Quando chegamos ao cruzamento, ele nos olhou na esperança de que nos despedíssemos dele. Mas não fizemos isso, e quando olhei para trás, ele estava sozinho no cruzamento, e parecia que o mundo havia se jogado nas suas costas. Foi só então que percebi que Jeremy nunca havia pegado o ônibus, independentemente de quão ruim o tempo estivesse.

Quando atravessamos o gramado da escola, Stacey fez um sinal para que Christopher-John, o Homenzinho e eu fôssemos para um lado.

— Escutem — sussurrou ele —, me encontrem no barracão de ferramentas ao meio-dia.

— Por quê? — perguntamos.

Ele nos encarou com um ar conspiratório.

— Vou mostrar como vamos fazer aquele ônibus parar de nos sujar.

— Como? — perguntou o Homenzinho, ansioso por vingança.

— Não tenho tempo para explicar agora. Só venham. Na hora. Vai levar toda a hora do almoço.

— Q-quer dizer que não vamos almoçar? — constatou Christopher-John, desanimado.

— Você pode ficar sem almoçar por um dia — respondeu Stacey, afastando-se. Mas Christopher-John continuou olhando para ele com amargura, como se estivesse questionando a sabedoria de um plano tão drástico que precisasse excluir o almoço.

— Você vai contar para o T.J. e para o Claude? — perguntei.

Stacey fez que não com a cabeça.

— O T.J. é meu melhor amigo, mas ele não tem a coragem para fazer esse tipo de coisa. Ele fala demais, e não poderíamos incluir o Claude sem o T.J.

— Bom — falou o Homenzinho.

Ao meio-dia, nos encontramos como planejado e entramos no barracão de ferramentas destrancado, onde todas as ferramentas de jardinagem da igreja e da escola eram mantidas. Stacey analisou as ferramentas disponíveis enquanto o restante de nós o observávamos. Então, apanhando apenas pás, ele me entregou uma e segurou a outra, ao passo que fez um sinal para que o Homenzinho e Christopher-John pegassem dois baldes cada um.

Saindo furtivamente do barracão de ferramentas debaixo de uma garoa, seguimos acompanhando os limites da floresta por trás dos prédios das salas de aula para evitar sermos vistos. Ao chegarmos na estrada, Stacey começou a correr.

— Vamos, rápido — ordenou ele. — Não temos muito tempo.

— Aonde vamos? — perguntou Christopher-John, ainda não se conformando muito bem com a ideia de ficar sem almoçar.

— No ponto onde o ônibus nos tirou da estrada. Cuidado aqui — disse ele a Christopher-John, que já estava ofegante, com dificuldade para nos acompanhar.

Quando chegamos no ponto onde havíamos caído na vala, Stacey parou.

— Muito bem — falou ele —, comecem a cavar. — Sem dizer mais nada, ele colocou o pé descalço em cima da pá e a enfiou na estrada macia. — Vamos, vamos — ordenou ele, olhando para Christopher-John, para o Homenzinho e para mim, que estávamos nos perguntando se ele finalmente havia ficado louco.

— Cassie, você começa a cavar lá, naquele lado da estrada, bem na minha frente. Isso mesmo. Não chegue muito perto da beirada. Tem que parecer que isso foi feito pela chuva. Christopher-John, você e o Homenzinho comecem a pegar a lama do meio da estrada. Rápido — mandou ele, ainda cavando quando começamos a seguir suas ordens. — Temos só trinta minutos para voltar na hora para a escola.

Não fizemos mais nenhuma pergunta. Enquanto Stacey e eu fazíamos buracos tortos, de quase um metro de largura e trinta centímetros de profundidade, um em direção ao outro, colocando o excesso da lama nas valas cheias de água, o Homenzinho e Christopher-John tiravam baldes cheios de terra vermelha do centro da estrada. E, pela primeira vez na vida, o Homenzinho ficou feliz em ignorar a lama que espirrava nele.

Quando os buracos que eu e Stacey estávamos fazendo se encontraram com os do Homenzinho e com os do Christopher-John para formar um grande buraco, Stacey e eu deixamos as pás de lado e apanhamos os baldes extras. Então nós quatro fomos e voltamos das valas, enchendo-os rapidamente com água suja e jogando-a no buraco.

Agora, entendendo o plano de Stacey, trabalhamos em silêncio até que a água ficou no mesmo nível da estrada. Então Stacey entrou na água da vala e subiu na elevação da floresta. Encontrando três pedras, ele as empilhou para marcar o lugar.

— Pode estar diferente à tarde — explicou ele, descendo de volta.

Christopher-John olhou para o céu.

— Parece que vai chover muito mais.

— Vamos esperar que sim — acrescentou Stacey. — Quanto mais chuva, melhor. Isso vai ajudar a dar a impressão de que a chuva abriu esse buraco na estrada. E vai manter os carros e carroças fora da estrada. — Ele olhou ao redor, estudando-a. — E vamos esperar que não passe nada por aqui antes do ônibus. Vamos embora.

Juntamos rapidamente nossos baldes e nossas pás e voltamos para a escola. Depois de devolver as ferramentas no barracão, paramos no poço para tirar a lama dos nossos braços e pés, e voltamos rapidamente para as nossas salas de aula, esperando que a lama presa nas nossas roupas passasse despercebida. Quando me sentei, a sra. Crocker me olhou de forma estranha e balançou a cabeça, mas quando ela fez o mesmo quando Mary Lou e Alma se sentaram, cheguei à conclusão de que minha lama não era mais perceptível do que a do restante dos alunos.

Depois de me acomodar para a chatice da sra. Crocker, voltou a chover, caindo com força no teto de lata. Depois das aulas, ainda estava chovendo quando os meninos e eu, evitando T.J. e Claude, nos apressamos para a estrada escorregadia, passando sem muito cuidado por alunos mais cautelosos.

— Você acha que vamos chegar lá a tempo de ver, Stacey? — perguntei.

— Acho que sim. Eles ficam na escola quinze minutos a mais do que a gente, e sempre demora alguns minutos para que todos entrem no ônibus.

Quando chegamos ao cruzamento, olhamos em direção à Jefferson Davis. Os ônibus estavam lá, mas os alunos ainda não haviam sido dispensados. Apertamos o passo.

Esperando ver o buraco de um metro que cavamos ao meio-dia, não estávamos preparados para o lago de três metros e meio com o qual nos deparamos.

— Meu Deus! O que aconteceu? — perguntei.

— A chuva — concluiu Stacey. — Rápido, na elevação. — Ansiosos, acomodamo-nos na floresta lamacenta e esperamos.

— Ei, Stacey — indaguei —, essa poçona não vai fazer o motorista tomar mais cuidado?

Stacey franziu as sobrancelhas e respondeu, incerto:

— Eu não sei. Espero que não. A estrada tem outras poças que não são profundas, só têm bastante água.

— Se eu estivesse andando nela quando o ônibus chegasse, o motorista iria acelerar para poder me molhar — sugeri.

— Ou talvez eu — voluntariou-se o Homenzinho, preparado para fazer o que fosse necessário para se vingar.

Stacey pensou por um instante, mas foi contra.

— Não. É melhor que nenhum de nós esteja na estrada quando acontecer. Isso pode fazer com que eles cheguem a certas conclusões.

— Stacey, e se eles descobrirem que nós fizemos isso? — perguntou Christopher-John, nervoso.

— Não se preocupe. Eles não vão descobrir — garantiu Stacey.

— Ei, acho que estão vindo — sussurrou o Homenzinho.

Deitamo-nos completamente no chão e espiamos pelos arbustos baixos.

O ônibus veio subindo a estrada, embora não tão rápido quanto esperávamos. Ele passou com cuidado por uma grande poça a uns seis metros de distância; então, parecendo ganhar mais confiança ao se aproximar do lago que fizemos, ele acelerou, espirrando a água em altos lençóis de cascatas traseiras que caíam na floresta. Podíamos ouvir os alunos, que gritavam de alegria. Mas em vez de passar graciosamente pela poça, tal como os seus ocupantes esperavam, o ônibus emitiu um enorme som de pancada, caindo na nossa armadilha. Por um instante, ele oscilou, e prendemos a respiração, temendo que ele acabasse capotando. Então soltou um último murmúrio de protesto e morreu, com sua roda dianteira esquerda no nosso buraco e a direita na vala, como uma cabra torta de joelhos.

Cobrimos a boca e trememos com uma risada silenciosa.

Quando o motorista cabisbaixo abriu a saída de emergência traseira, a chuva caiu sobre ele como agulhas. Ele ficou parado ao lado da porta, olhando para baixo para a sua carga afundada, incrédulo; então, segurando no ônibus, enfiou um pé na água até encontrar a base antes de descer com cuidado. Ele olhou por baixo do ônibus. Encarou o capô fumegante. Fitou a água. Então coçou a cabeça e xingou.

— É muito ruim, sr. Grimes? — perguntou um garoto grande, com sardas, erguendo uma das janelas abertas e colocando a cabeça para fora. — Podemos empurrar o ônibus para fora e consertá-lo?

— Empurrar o ônibus para fora? Consertá-lo? — repetiu o motorista, irritado. — O eixo quebrou, o motor está cheio de água e com certeza várias outras coisas vão precisar de conserto! Venham! Saiam todos! Vocês vão ter que ir andando para casa.

— Sr. Grimes — disse uma garota, saindo hesitantemente pela traseira do ônibus — o senhor vai poder nos apanhar amanhã de manhã?

O motorista cravou os olhos nela em total descrença.

— Menina, todos vocês vão ter que ir andando por pelo menos duas semanas até rebocarmos esta coisa daqui até Strawberry para ser consertada. Agora vão para casa, todos vocês. — Ele chutou um pneu traseiro e acrescentou: — E peçam para os pais de vocês virem até aqui e me dar uma mão com essa coisa.

Os alunos deram as costas para o ônibus, cabisbaixos. Eles não sabiam o quão grande o buraco realmente era. Alguns arriscaram e tentaram pular por cima dele; mas a maioria calculou mal e acabou caindo nele, para a nossa profunda satisfação. Outros tentaram pular pelas valas para subir na floresta e evitar o buraco; no entanto, sabíamos com base em muita experiência que não conseguiriam.

Quando a maioria dos alunos conseguiu atravessar o buraco, suas roupas estavam pingando com o peso da água lamacenta. Deixando de sorrir, eles seguiram desanimados em direção às suas casas enquanto o descontente sr. Grimes se inclinava taciturno contra a traseira erguida do ônibus.

Ah, como era boa uma vingança bem executada!

Com esse pensamento em mente, voltamos silenciosamente para casa pela densa floresta.

No jantar, a mamãe contou à vovó sobre o ônibus da Jefferson Davis ter caído em um buraco.

— Sabe de uma coisa? É curioso surgir um buraco tão grande em apenas um dia. Eu nem sequer percebi que ele havia começado a se formar de manhã. E vocês, crianças?

— Não, senhora — dissemos ao mesmo tempo.

— Vocês não caíram nele, caíram?

— Nós subimos na elevação quando pensamos que o ônibus estava chegando — explicou Stacey, com sinceridade.

— Ora, que bom para vocês — aprovou a mamãe. — Se aquele ônibus não estivesse lá quando passei, eu mesma provavelmente teria caído nele.

Os meninos e eu trocamos olhares. Não havíamos pensado nisso.

— Como a senhora passou, mamãe? — perguntou Stacey.

— Alguém decidiu colocar uma tábua por cima dele.

— Eles vão rebocar o ônibus de lá hoje à noite? — perguntou a vovó.

— Não, senhora — respondeu a mamãe. — Ouvi o sr. Granger dizer a Ted Grimes, o motorista do ônibus, que só vão poder tirar ele de lá depois que as chuvas pararem e a estrada secar um pouco. Está lamacenta demais agora.

Cobrimos a boca com as mãos para ocultar nossos sorrisos de felicidade. Fiz até um pedido secreto para que continuasse chovendo até o Natal.

A mamãe sorriu.

— Fico feliz que ninguém tenha se machucado. Isso bem que poderia ter acontecido, com um buraco tão profundo. Mas também fico feliz que tenha acontecido.

— Mary — exclamou a vovó.

— Estou, oras — afirmou a mamãe, mantendo sua posição, sorrindo para si mesma com satisfação e parecendo bastante com uma garotinha. — Estou mesmo.

A vovó começou a sorrir.

— Quer saber de uma coisa? Eu também.

Então todos nós começamos a gargalhar, e estávamos deliciosamente felizes.

Mais tarde naquela noite, os meninos e eu nos sentamos à mesa de estudo do quarto da mamãe e do papai para tentar nos concentrar nas nossas lições; mas nenhum de nós conseguia ficar mais do que alguns minutos sem deixar escapar uma risadinha triunfante. Mais de uma vez, a mamãe nos deu bronca, mandando-nos fazer a lição. Toda vez que ela fazia isso, adotávamos uma expressão de grande seriedade, determinados a agir como adultos sobre a questão e não ficar nos vangloriando no nosso momento de vitória. Porém, bastava trocarmos olhares para nos perdermos, debruçando-nos sobre a mesa em gargalhadas contagiosas e que não podíamos conter.

— Muito bem — disse a mamãe por fim. — Eu não sei o que está acontecendo aqui, mas acho melhor fazer alguma coisa sobre isso, senão vocês nunca vão terminar a lição.

Achei que a mamãe estivesse preparando a chibata e nos entreolhamos, preocupados. Mas nem isso acabou com os nossos risos, agora incontroláveis, surgindo da boca do estômago e fazendo com que lágrimas de alegria escorressem pelos nossos rostos. Stacey, segurando os lados do corpo, se virou para a parede na tentativa de se controlar. O Homenzinho colocou a cabeça por baixo da mesa. Mas Christopher-John e eu rimos ainda mais, ao ponto de cair no chão.

A mamãe me pegou pelo braço e me levantou.

— Aqui, Cassie — disse ela, levando-me para uma cadeira perto da lareira e atrás da vovó, que estava passando nossas roupas para o dia seguinte.

Olhei pelo lado da longa saia da vovó e vi a mamãe levando Stacey para a mesa dela. Então ela voltou para apanhar o Homenzinho e, levantando-o, instalou-o na cadeira que ficava do lado da cadeira de balanço. Christopher-John foi deixado sozinho na mesa de estudos. Então ela pegou todos os nossos materiais de estudo e os trouxe com um olhar que dizia que não toleraria mais essa bobagem.

Com a vovó na minha frente, não podia ver mais nada e consegui ficar séria o suficiente para terminar minha lição de aritmética. Quando terminei, hesitei em abrir meu livro, observando a vovó enquanto ela pendurava meu vestido passado e colocava o pesado ferro sobre uma pequena pilha de brasas que queimava em um canto da lareira, apanhando um segundo ferro que já estava aquecendo ali. Ela testou o ferro com um toque do dedo e o colocou de volta.

Enquanto a vovó esperava o ferro ficar quente, pude ver a mamãe se inclinando sobre jornais abertos para raspar a lama seca dos velhos sapatos de campo do papai, os quais ela enchia o interior com jornais e usava todos os dias sobre os seus próprios sapatos para protegê-los da lama e da chuva. Do lado dela, o Homenzinho estava bem concentrado no seu livro da primeira série, com as sobrancelhas franzidas. Desde que a mamãe trouxe o livro para casa com a contracapa ofensiva coberta, o Homenzinho aceitou o livro como uma ferramenta necessária para passar de ano. Mas ele não se orgulhava disso. Ao olhar para cima, ele percebeu que a vovó estava se preparando para passar as roupas dele e sorriu de alegria. Então seus olhos se encontraram com os meus, e um sorriso silencioso marcou o seu rosto. Dei uma risadinha silenciosa, e a mamãe ergueu o olhar.

— Cassie, comece com isso de novo, e vou te mandar para a cozinha para estudar — alertou ela.

— Sim, senhora — respondi, ajeitando-me na cadeira e começando a ler. Eu definitivamente não queria ir para a cozinha. Agora que o fogo não estava mais queimando no fogão, fazia frio lá.

O cômodo ficou em silêncio novamente, exceto pelo agradável som do cantarolar da voz em tom alto da vovó, dos estalos da lenha e da chuva no teto. Envolta nesse ambiente de mistério, sobressaltei-me quando esses sons foram interrompidos por três batidas rápidas na porta lateral.

Levantando-se rapidamente, a mamãe foi até a porta e perguntou:

— Quem é?

— Sou eu, senhora — respondeu uma voz masculina grave. — Joe Avery.

A mamãe abriu a porta, e o sr. Avery entrou no cômodo, pingando.

— Irmão Avery — falou a mamãe —, por que o senhor está caminhando por aí em uma noite como essas? Entre. Tire seu casaco e sente-se do lado do fogo. Stacey, pegue uma cadeira para o sr. Avery.

— Não, senhora — respondeu o sr. Avery, parecendo um tanto preocupado naquela noite. — Eu só tenho um minuto. — Ele entrou o suficientemente no cômodo para poder fechar a porta e acenou com a cabeça para o restante de nós. — Boa noite, dona Caroline. Como a senhora está?

— Ah, acho que vou bem — respondeu a vovó, ainda passando roupa. — Como está a sra. Fannie?

— Ela vai bem — respondeu ele, sem se delongar muito na esposa. — Sra. Logan... ahn, eu vim para lhe contar algo... algo importante. O sr. Morrison está aqui?

A mamãe ficou tensa.

— David. Você ouviu alguma coisa sobre o David?

— Oh, não, senhora — respondeu o sr. Avery prontamente. — Não ouvi nada sobre o seu marido, senhora.

A mamãe o encarou inquisidoramente.

— São... são eles de novo. Eles estão por aí esta noite.

Com o rosto pálido e assustado, a mamãe olhou de volta para a vovó, que ficou com o ferro parado no ar.

— Ahn... crianças — disse a mamãe —, acho que já está na hora de vocês irem dormir.

— Mas, mamãe — protestamos em conjunto, querendo ficar para ouvir o que estava acontecendo.

— Quietos — respondeu a mamãe, séria. — Eu disse que está na hora de ir para a cama. Vão, agora!

Rosnando alto o suficiente para expressar nosso descontentamento, mas não alto o suficiente para deixar a mamãe nervosa, colocamos nossos livros sobre a mesa de estudo e fomos para o quarto dos meninos.

— Cassie, eu mandei ir para a cama. Aí não é o seu quarto.

— Mas, mamãe, está frio lá — chiei. Em geral, podíamos montar pequenas fogueiras nos cômodos externos uma hora antes de dormir para aquecê-los.

— Você vai se aquecer debaixo das cobertas. Stacey, pegue a lanterna e acenda a lamparina do seu quarto. Cassie, leve o lampião da mesa.

Voltei, peguei o lampião a querosene e entrei no meu quarto, deixando a porta levemente aberta.

— Feche a porta, Cassie!

Fechei a porta imediatamente.

Coloquei o lampião na cômoda, então abri silenciosamente o trinco da porta externa e saí para a úmida varanda frontal. Fui até o quarto dos meninos. Batendo de leve, sussurrei:

— Ei, me deixem entrar.

A porta abriu e entrei. O quarto estava completamente escuro.

— O que disseram? — perguntei.

— Shhhhh! — foi a resposta.

Fui até a porta que levava para o quarto da mamãe e me juntei aos meninos.

O som da chuva sobre o teto havia diminuído, e podíamos ouvir a mamãe perguntando:

— Mas por quê? Por que estão rondando? O que aconteceu?

— Não sei direito — respondeu o sr. Avery. — Mas vocês sabem como eles são. Sempre que acham que estamos ultrapassando nossos *limites*, eles se sentem na obrigação de nos corrigir. Vocês sabem o que alguns deles fizeram com os Berry. — Ele fez uma pausa e, então, prosseguiu, amargo: — Não precisa muito para provocar esses homens diabólicos.

— Mas alguma coisa deve ter acontecido — observou a vovó. — Como você descobriu isso?

— Tudo o que posso dizer, dona Caroline, é o que Fannie ouviu quando estava saindo dos Granger esta noite. Ela tinha acabado de lavar a louça do jantar quando o sr. Granger chegou com o sr. Grimes – vocês sabem, aquele motorista da escola para brancos – e dois outros homens...

Um trovão ensurdecedor abafou as palavras do sr. Avery, então a chuva apertou e a conversa se perdeu.

Agarrei o braço de Stacey.

— Stacey, eles estão vindo atrás de *nós*!

— O quê! — soltou Christopher-John.

— Silêncio — ordenou Stacey bruscamente. — E Cassie, solte. Está doendo.

— Stacey, alguém deve ter nos visto — insisti.

— Não... — respondeu Stacey, pouco convincente. — Não pode ser.

— Não pode ser? — repetiu Christopher-John, em pânico. — O que quer dizer com isso?

— Stacey — falou o Homenzinho, agitado — o que acha que vão fazer com a gente? Nos queimar?

— Nada! — exclamou Stacey, levantando-se de repente. — Agora, por que não vão dormir, que é o que deveríamos estar fazendo?

Ficamos chocados com a sua atitude. Ele soou como a mamãe, e me certifiquei de que soubesse disso.

Ele se sentou em silêncio contra a porta, arfando, e embora não pudesse vê-lo, sabia que sua expressão estava tensa e seus olhos abatidos. Toquei o braço dele de leve.

— Você não pode se culpar — disse eu. — Todos nós fizemos isso.

— Mas eu nos meti nisso — respondeu ele em tom monótono.

— Mas todos nós quisemos — confirmei.

— Eu não queria! — negou Christopher-John. — Eu queria almoçar!

— Shhhhh — fez o Homenzinho. — Estou ouvindo eles de novo.

— É melhor ir contar isso para o sr. Morrison — prosseguiu o sr. Avery. — Ele está nos fundos?

— Eu vou contar para ele — falou a mamãe.

Ouvimos a porta lateral se abrindo, e nos aglomeramos.

— Cassie, volte para o seu quarto, rápido — sussurrou Stacey. — Elas provavelmente vão ver como estamos.

— Mas o que vamos fazer?

— Por enquanto, nada, Cassie. Esses homens provavelmente nem chegarão perto daqui.

— Você realmente acredita nisso? — indagou Christopher-John, esperançoso.

— Mas não deveríamos contar para a mamãe? — perguntei.

— Não! Não podemos contar para ninguém! — declarou Stacey, com firmeza. — Agora vá, rápido!

Passos se aproximaram da porta. Corri para a varanda e de volta para o meu quarto, onde me enfiei por debaixo das cobertas com as roupas normais. Tremendo, puxei as pesadas colchas de retalhos até o queixo.

Alguns momentos depois, a vovó entrou, deixando a porta para o quarto da mamãe aberta. Sabendo que ela suspeitaria dessa resignação repentina ao sono, suspirei profundamente e, fazendo sons de sono, virei-me de bruços, com cuidado para não mostrar as mangas da minha camisa. Obviamente satisfeita com a minha atuação, a vovó ajeitou minhas cobertas e acariciou gentilmente meu cabelo. Então ela parou e começou a procurar alguma coisa debaixo da nossa cama.

Abri os olhos. O que diabos ela estava procurando lá? Enquanto ainda estava procurando, ouvi a mamãe se aproximando e fechei os olhos de novo.

— Mamãe?

— Stacey, o que está fazendo acordado?

— Me deixe ajudar.

— Com o quê?

— Com… o que quer que seja o problema.

A mamãe ficou em silêncio por um momento, então disse com ternura:

— Obrigada, Stacey, mas a vovó e eu podemos cuidar de tudo.

— Mas o papai me disse para ajudar a senhora!

— E está ajudando. Mais do que imagina. Mas agora você poderia me ajudar mais indo dormir. Amanhã tem aula, lembra?

— Mas, mamãe...

— Vou te chamar se precisar de você. Prometo.

Ouvi Stacey voltar devagar. Então a mamãe sussurrou perto da porta:

— A Cassie está dormindo?

— Sim, querida — confirmou a vovó. — Vá se sentar. Vou sair em um minuto.

Então a vovó se levantou e apagou o pavio do lampião a querosene. Quando saiu do quarto, meus olhos se abriram de novo e vi a silhueta dela na entrada, com um rifle nas mãos. Então ela fechou a porta e fiquei na escuridão.

Durante longos minutos, aguardei. Desperta. Perguntando-me o que deveria fazer a seguir. Por fim, decidi que deveria falar com os meninos de novo e passei as pernas por cima da beirada da cama, mas tive que voltar imediatamente quando a vovó entrou novamente no quarto. Ela passou pela cama e colocou uma cadeira na frente da janela. Então abriu as cortinas, fazendo com que a escuridão da noite se misturasse à escuridão do quarto, e se sentou, sem dizer nada.

Ouvi a porta do quarto dos meninos se abrir e fechar, e soube que a mamãe tinha entrado lá. Esperei pelo som da porta se abrindo de novo, mas não ouvi nada. Logo, o frio dos lençóis de algodão debaixo de mim começou a diminuir, e ao passo que a presença da vovó me dava um senso de segurança que eu realmente não sentia, adormeci.

Quando acordei, ainda estava escuro.

— Vovó? — chamei. — Vovó? A senhora está aí? — Mas não houve nenhuma resposta vinda da cadeira perto da janela. Imaginando que ela tivesse adormecido, saí da cama e fui tateando até a cadeira.

Ela não estava lá.

Lá fora, uma coruja chirriou na noite, que estava silenciosa com exceção do gotejar da água que caía do teto. Fiquei paralisada do lado da cadeira, com medo de me mover.

Então ouvi um barulho na varanda. Não conseguia parar de tremer. Novamente aquele barulho, dessa vez perto da porta, e pensei que provavelmente eram os meninos, vindo ver como eu estava. Sem dúvidas, a mamãe também os havia deixado sozinhos.

Sorrindo silenciosamente para mim mesma, fui até a varanda.

— Stacey — sussurrei. — Christopher-John? — Vi um movimento brusco na ponta da varanda e fui até lá, tateando a parede da casa. — Homenzinho? Ei, parem de brincadeira e respondam.

Segui bem perto da beirada da varanda alta, com meus olhos tentando enxergar na escuridão da noite. Uma irritabilidade foi se apoderando de mim, e acabei perdendo o equilíbrio e caindo com um som seco sobre uma cama de flores lamacentas. Fiquei paralisada de medo. Então uma longa língua úmida me lambeu o rosto.

— Jason? Jason, é você?

Nosso cachorro ganiu em resposta.

Abracei-o e soltei-o instantaneamente.

— Era você esse tempo todo? Olha só a confusão que você causou — falei, pensando no fato de que havia me desarrumado toda e estava coberta de lama.

Jason ganiu de novo, e me levantei.

Comecei a subir a varanda novamente, mas congelei quando uma caravana de faróis surgiu de repente ao leste, avançando rapidamente na estrada ensopada como olhos de gato na noite. Jason continuou a ganir alto, ficando cada vez mais nervoso ao passo que os faróis se aproximavam e, quando eles reduziram a velocidade e pararam na frente da casa, ele se escondeu debaixo da varanda. Eu quis ir atrás dele, mas não consegui. Minhas pernas não se moviam.

O carro que estava na frente passou pela entrada, e dele saltou uma silhueta sombria, delineada pelos faróis do carro detrás dela. O homem avançou lentamente em direção à casa.

Eu não conseguia mais respirar.

O segundo motorista também saltou do seu carro e ficou aguardando. O primeiro homem parou e encarou a casa por um bom momento, imaginando se esse era o destino correto. Então balançou a cabeça e voltou para o carro sem dizer nada. Gesticulando com a mão, ele mandou o segundo motorista voltar para o carro e, em menos de um minuto, o carro da frente voltou à estrada, com seus faróis iluminando os outros carros. Cada um dos carros fez o retorno na entrada do nosso terreno e, então, a caravana avançou na mesma velocidade que havia chegado, com seus sete pares de luzes traseiras brilhando como brasas vermelhas distantes, até serem tragadas da vista pela floresta dos Granger.

Jason voltou a latir, agora que o perigo havia passado, mas ele não saiu de debaixo da varanda. Ao avançar em direção à varanda para me acalmar, senti que algo se movia discretamente na escuridão. A Lua surgiu por detrás das nuvens negras, cobrindo a terra com uma luz branca esmaecida, e foi então que pude ver o sr. Morrison com clareza, caminhando silenciosamente, como um gato selvagem, da lateral da casa para a estrada, com uma espingarda na mão. Sentindo-me enjoada, subi a varanda e passei tremendo pela porta.

Dentro de casa, inclinei-me contra o trinco enquanto as ondas de terror doentio me dominavam. Percebendo que deveria ir para a cama antes de a mamãe ou a vovó virem do outro cômodo, tirei minhas roupas lamacentas, virando-as do avesso para remover a lama do corpo, e vesti minhas roupas de dormir. Então me deitei na maciez da cama. Fiquei bem parada por um tempo, não me permitindo pensar. Mas logo, contra a minha vontade, a visão de faróis fantasmagóricos inundou a minha mente, e um tremor incontrolável tomou conta do meu corpo. E continuou até de manhã, quando adormeci em um sono inquieto.

# 4

— Cassie, qual é o problema, menina? — perguntou-me a vovó ao jogar mais três gravetos de pinheiro seco no fogão para reavivar o fogo da manhã, que estava apagando. — Você está demorando um bocado para bater essa manteiga.

— Nada — murmurei.

— Nada? — A vovó se virou e olhou diretamente para mim. — Você vem andando triste na última semana, como se tivesse pegado coqueluche, gripe e sarampo, tudo ao mesmo tempo.

Suspirei profundamente e continuei batendo a manteiga.

A vovó se aproximou e colocou a mão sobre a minha testa e, depois, sobre as bochechas. Franzindo as sobrancelhas, ela tirou a mão quando a mamãe entrou na cozinha.

— Mary, ponha a mão no rosto desta criança — disse ela. — Ela parece quente para você?

A mamãe colocou as duas mãos sobre o meu rosto.

— Você está se sentindo mal, Cassie?

— Não, senhora.

— Como está se sentindo?

— Bem — respondi, ainda batendo a manteiga.

A mamãe me analisou com a mesma expressão preocupada da vovó e franziu as sobrancelhas de leve.

— Cassie — prosseguiu ela, com doçura, fixando seus olhos negros em mim —, você quer me contar alguma coisa?

Eu estava para falar sobre a terrível verdade do ônibus e dos homens daquela noite, mas me lembrei do juramento que Stacey nos obrigou a fazer quando contei a ele, a Christopher-John e ao Homenzinho sobre a caravana. Então, em vez disso, respondi:

— Não, senhora — e voltei a bater a manteiga. De repente, a mamãe pegou o cabo que eu estava usando para isso e me olhou bem nos olhos. Ao me analisar, ela parecia estar me perguntando alguma coisa. Então ela deixou a pergunta de lado e o puxou, erguendo a tampa da batedeira. — Parece que está pronta — constatou ela com um suspiro. — Esvazie a batedeira, como te ensinei, e purifique a manteiga. Vou cuidar do leite.

Tirei a manteiga da tampa e a coloquei em um prato. Atravessei a cortina para entrar em uma pequena despensa fora da cozinha para apanhar a tigela de modelagem. Ela havia sido colocada em uma prateleira alta, debaixo de outras tigelas, e eu precisava subir em um banquinho para a alcançar. Como não disse muita coisa, a mamãe e a vovó continuaram falando baixinho, em tons preocupados, do outro lado da cortina.

— Tem alguma coisa errada com essa criança, Mary.

— Ela não está doente, mamãe.

— Existem vários tipos de doenças. Já faz uma semana que ela não come direito. Nem dorme direito. Ela fica inquieta e murmurando enquanto dorme a noite toda. E ela mal sai para brincar.

Prefere ficar aqui, nos ajudando. Você sabe muito bem que ela não é assim.

Houve um momento de pausa. Então a mamãe sussurrou, de modo que mal pude escutá-la.

— A senhora acha... mamãe, acha que ela deve ter visto...

— Oh, Senhor. Não, minha filha — exclamou a vovó, prontamente. — Eu fui até lá logo depois que eles passaram, e ela estava dormindo profundamente. Ela não pode ter visto aqueles malditos. Nem os meninos.

A mamãe suspirou.

— Os meninos também não estão agindo normalmente. Estão todos muito quietos. É sábado de manhã, e estão todos quietos como um rato de igreja. Eu não gosto disso, e não consigo deixar de sentir que isso tem alguma coisa a ver com a... Cassie!

Sem aviso, perdi o equilíbrio, e o banquinho da altura dos meus joelhos caiu no chão, junto com a tigela de modelagem.

— Cassie, você se machucou? — perguntou a mamãe, inclinando-se do meu lado.

— Não, senhora — murmurei, sentindo-me bastante desajeitada e a ponto de chorar. Eu sabia que se deixasse as lágrimas rolarem, a suspeita da mamãe de que alguma coisa estava errada se confirmaria, porque eu nunca havia chorado por uma coisa tão boba quanto cair; na verdade, eu quase nunca chorava. Então, em vez disso, levantei-me rapidamente e comecei a recolher os pedaços da tigela. — Desculpe, mamãe — falei.

— Tudo bem — respondeu ela, ajudando-me. Depois de varrermos os pedaços com uma vassoura de palha, ela me disse: — Deixe a manteiga, Cassie, e vá ficar com os meninos.

— Mas, mamãe...

— Eu cuido da manteiga. Agora faça o que eu disse.

Olhei para a mamãe, perguntando-me se ela descobriria o que havíamos feito. Então me juntei aos meninos, que estavam sentados ao redor do fogo, à toa, ouvindo o que T.J. estava dizendo.

— Vejam bem, amigos, existe um sistema para evitar o trabalho — explicava T.J. enquanto eu me sentava. — Simplesmente não estejam por perto quando ele precisar ser feito. O segredo é não deixar seus pais saberem que é isso o que vocês estão fazendo. Vocês deveriam fazer como eu. Esta manhã, por exemplo, quando a mamãe quis pegar a tesoura que ela emprestou para a sra. Logan, eu me voluntariei para que ela não precisasse fazer essa longa viagem até aqui, já que ela é tão ocupada. E, naturalmente, quando cheguei aqui, vocês quiseram que eu ficasse um pouco para conversar. E o que eu podia fazer? Eu não podia ser mal-educado, podia? E quando por fim convenci a todos vocês que precisava ir, o trabalho todo já tinha sido feito em casa. — T.J. gargalhou de satisfação. — É, basta usar o cérebro. Só isso.

Ele ficou quieto por um instante, esperando que alguém fizesse algum comentário sobre o seu discurso, mas ninguém disse nada.

Os olhos de T.J. analisaram o cômodo. Então ele aconselhou:

— Sabe de uma coisa? Se fosse inteligente como eu, Stacey, você usaria esse seu cérebro para descobrir as questões daquela grande prova que está chegando. Pense só nisso, elas provavelmente estão por aqui, neste cômodo, só esperando para serem encontradas.

Stacey olhou com irritação para T.J., mas não disse nada.

— Vocês todos estão um saco esta manhã — observou T.J. — Estou desperdiçando minha inteligência falando com vocês.

— Ninguém está te pedindo para compartilhá-la conosco — respondeu Stacey.

— Não precisa ser grosso — criticou T.J., sentindo seu orgulho ferido. Novamente, o silêncio predominou; mas T.J. não aguentaria isso por muito tempo. — O que acham de irmos até a loja dos Wallace e aprendermos novas danças?

— A mamãe disse que não podemos ir lá — falou Stacey.

— Você é um filhinho da mamãe ou algo parecido para fazer tudo o que ela diz...

— Pode ir se quiser — replicou Stacey, baixinho, evitando morder a isca de T.J. —, mas nós vamos ficar aqui.

Silêncio novamente.

Então T.J. perguntou:

— Vocês ouviram a última sobre os homens da noite? — De repente, todos os olhos deixaram o fogo e se travaram nele. Nossos rostos haviam se tornado grandes pontos de interrogação; estávamos totalmente à mercê de T.J.

— O que tem eles? — indagou Stacey, quase que indiferente.

Obviamente, T.J. quis desfrutar o momento o máximo possível. — Viram? Quando um sujeito é inteligente como eu, ele fica por dentro de coisas que os outros não descobrem. Mas esse tipo de informação não é para os ouvidos de criancinhas, então eu não deveria contar...

— Então não conte! — cortou Stacey, virando-se novamente para o fogo, como se não se importasse com os homens da noite. Seguindo a deixa, cutuquei Christopher-John, que cutucou o Homenzinho, e nós três nos obrigamos a encarar o fogo, fingindo desinteresse.

Sem uma audiência cativa, T.J. precisou reacender nosso interesse indo direto ao ponto.

— Bem, há cerca de uma semana, eles foram até a casa do sr. Sam Tatum. Sabem, na Jackson Road, indo para Strawberry? E sabem o que eles fizeram?

Stacey, o Homenzinho e eu mantivemos nossos olhos no fogo, mas Christopher-John perguntou, curioso:

— O quê?

Cutuquei Christopher-John, e ele, sentindo-se culpado, voltou a encarar o fogo. T.J., porém, triunfante com seu público garantido de uma pessoa, ajeitou-se na cadeira, pronto para prolongar o suspense.

— A mamãe iria me matar se soubesse que estou contanto isso para vocês. Ouvi ela e a sra. Claire Thompson falando sobre isso. Eles eram bem assustadores. Mas não sei por quê. Esses homens da noite não me assustariam. Como eu disse para o Claude...

— Ei, vocês — interrompeu Stacey, levantando-se e gesticulando para fazermos o mesmo. — A mamãe disse que queria que levássemos um pouco de leite e manteiga para a sra. Jackson antes do meio-dia. É melhor irmos.

Concordei com a cabeça, e Christopher-John, o Homenzinho e eu nos levantamos.

— O cobriram de piche e penas! — concluiu T.J. rapidamente. — Jogaram o piche mais preto que conseguiram encontrar sobre ele e, depois, o cobriram com penas de galinha. — T.J. gargalhou. — Dá para imaginar isso?

— Mas por quê? — perguntou o Homenzinho, esquecendo-se da nossa tática.

Dessa vez, T.J. não desacelerou.

— Eu não sei se seus jovens ouvidos deveriam ouvir isso, mas parece que ele chamou o sr. Jim Lee Barnett de mentiroso. Ele é o gerente do mercado de Strawberry. O sr. Tatum supostamente disse que ele não encomendou todas as coisas pelas quais o sr. Barnett o cobrou. O sr. Barnett disse que tinha todas as coisas que o sr. Tatum encomendou por escrito, e quando o sr. Tatum pediu para ver essa tal lista, o sr. Barnett disse: "Você está me chamando de mentiroso, rapaz?" E o sr. Tatum respondeu: "Sim, senhor. Acho que sim!" Foi isso!

— Então não foi por causa do ônibus? — soltou Christopher-John.

— Ônibus? O que tem um ônibus a ver com isso?

— Nada — falou Stacey rapidamente. — Nada mesmo.

— Bem, se alguém disse que os homens da noite estavam aqui por causa de algum ônibus idiota, esse alguém está louco — concluiu T.J. autoritariamente. — Porque as minhas informações vêm diretamente da sra. Claire Thompson, que viu o sr. Tatum com os próprios olhos.

— Tem certeza? — perguntou Stacey.

— Certeza? Claro que sim. Quando foi que disse alguma coisa da qual não tivesse certeza?

Stacey sorriu de alívio.

— Vamos pegar o leite.

Todos nós fomos para a cozinha e, depois, para os nossos quartos para apanhar nossos casacos. Quando saímos de casa, T.J. se lembrou que havia deixado o boné do lado do fogo e voltou para pegá-lo. Assim que ficamos sozinhos, o Homenzinho perguntou:

— Stacey, você acredita mesmo que os homens da noite cobriram o sr. Tatum de piche e penas?

— Acho que sim — confirmou Stacey.

O Homenzinho franziu as sobrancelhas, mas foi Christopher--John que falou, com um sussurro estridente, como se um fantasma perdido da manhã pudesse nos ouvir.

— Se eles descobrirem sobre o ônibus, acha que vão cobrir a gente de piche e penas?

O Homenzinho ficou ainda mais sério e observou:

— Se fizessem isso, nunca mais ficaríamos limpos.

— Cassie — interveio Christopher-John, com seus olhos esbugalhados —, v-você ficou com muito m-medo quando os viu?

O Homenzinho tremeu de emoção.

— Gostaria de tê-los visto.

— Mas eu não — declarou Christopher-John. — Na verdade, gostaria de nunca ter ouvido falar de homens da noite, de ônibus, de segredos ou de buracos na estrada! — E com esse desabafo, ele enfiou suas mãos gorduchas na jaqueta, juntou os lábios com força e se recusou a dizer outra palavra.

Depois de alguns instantes, Stacey perguntou:

— Por que o T.J. está demorando tanto? — O restante de nós levantou os ombros e, então, seguimos Stacey de volta para a varanda e para o quarto da mamãe. Quando entramos, T.J. se assustou. Ele estava do lado da mesa da mamãe, com o livro *The Negro*, de W.E.B. Du Bois, nas mãos.

— Isso não se parece com o seu boné — constatou Stacey.

— Ah, cara, eu não fiz nada. Estava só olhando o livro de história da sra. Logan. Só isso. Estou bastante interessado naquele lugar chamado Egito sobre o qual ela vive nos falando e sobre os reis negros que governavam naquela época. — Ainda falando, ele casualmente colocou o livro sobre a mesa e apanhou o boné.

Nós quatro encaramos T.J. com olhos acusadores, e ele parou.

— O que é isso? Por que estão vindo até mim de fininho desse jeito? Acham que eu estava procurando pelas questões da prova ou algo do tipo? Puxa! Eu poderia até achar que vocês não confiam em mim. — Então, colocando o braço sobre os ombros de Stacey, ele acrescentou: — Os amigos devem confiar uns nos outros, Stacey, porque não há nada como um amigo de verdade. — E com essas palavras de sabedoria, ele saiu do quarto, fazendo-nos perguntar como ele conseguiu escapar dessa.

Na segunda depois da sua chegada, o sr. Morrison se mudou para um barracão vazio de inquilinos que ficava no pasto do sul. Aquela casa era uma bagunça. A porta dela ficava pendurada em uma dobradiça quebrada; as tábuas usadas para fazer o piso da varanda estavam podres; e o interior de um cômodo estava repleto de ratos, aranhas e outras criaturas do campo. Mas o sr. Morrison era um homem quieto, quase tímido, e embora a mamãe tivesse lhe oferecido hospedagem na casa, ele preferiu o velho barracão. A mamãe achava que o sr. Morrison era reservado e não se opôs à sua mudança, mas ela mandou os meninos e eu limparmos a casa.

O Homenzinho, Christopher-John e eu nos afeiçoamos ao sr. Morrison de imediato, e não tínhamos problemas quanto à limpeza. Qualquer um que fosse amigo do papai era nosso amigo também; ademais, quando ele estava por perto, os homens da noite, as queimadas e a ideia de cobrir os outros de piche à meia-noite se afastavam. Mas Stacey permaneceu distante e não interagia muito com ele.

Depois da limpeza, perguntei à mamãe se Christopher-John, o Homenzinho e eu podíamos ir visitar o sr. Morrison, mas ela disse que não.

— Mas, mamãe. Eu quero saber mais sobre ele — expliquei.

— Só quero saber como ele ficou tão grande.

— Você já sabe o que precisa saber — decidiu ela. — E enquanto o sr. Morrison morar aqui, aquela é a casa dele. Se ele quiser que você o visite, ele vai te convidar.

— Eu não sei por que vocês todos querem ir lá — falou Stacey, rabugento, quando a mamãe já estava longe o suficiente.

— Porque nós gostamos dele. É por isso — respondi, cansada da atitude distante dele para com o sr. Morrison. Então, tão discretamente quanto pude, perguntei-lhe: — Qual é o seu problema, garoto? Você não gosta do sr. Morrison?

Stacey ergueu os ombros.

— Gosto.

— Pois não parece.

Stacey desviou o olhar.

— Não precisamos dele aqui. Todo esse trabalho que ele está fazendo, eu poderia fazer sozinho.

— Ah, não poderia mesmo. Além disso... — Olhei ao redor para me certificar de que a vovó e a mamãe não estavam por perto. — Além disso, o papai não o trouxe aqui para trabalhar. Você sabe muito bem por que ele está aqui.

Stacey se virou para mim, orgulhoso.

— Eu podia cuidar disso também.

Revirei meus olhos para ele, mas procurei manter a paz. Não estava com vontade de brigar, e desde que o sr. Morrison pudesse ouvir meus gritos da varanda de trás, fazia pouca diferença para mim o que Stacey *achava* que podia fazer.

— Com toda a certeza, eu não ia querer aquele homenzarrão na minha casa — afirmou T.J. no caminho para a escola. — Aposto que se ficasse bravo alguma vez, ele pegaria o Homenzinho e o jogaria naquela árvore como se fosse um graveto. — Ele riu enquanto o Homenzinho pressionava um lábio contra o outro e o encarava com raiva. — Claro, eu mesmo poderia fazer isso.

— É mentira! — negou o Homenzinho.

— Quieto, Homenzinho — mandou Stacey. — T.J., deixe ele em paz.

— Ah, não estou incomodando ele. O Homenzinho é meu amigo, não é, Homenzinho? — O Homenzinho fez uma careta, mas não disse nada. T.J. se voltou para Stacey. — Pronto para aquela prova de história?

— Espero que sim — torceu Stacey. — Mas continuo esquecendo as datas.

— Aposto que posso te ajudar, se você for legal comigo.

— Como? Você é pior do que eu com as datas.

T.J. sorriu e maliciosamente puxou uma folha de papel do bolso e a entregou a Stacey. Stacey a desdobrou, a encarou com curiosidade e franziu as sobrancelhas.

— Você está pensando em colar?

— Eu? Não, não estou planejando nada do tipo — respondeu T.J., sério. — Só se precisar.

— É, mas não vai — decretou Stacey, rasgando o papel em dois.

— Ei, qual é o seu problema, cara? — gritou T.J., tentando agarrar o papel. Mas Stacey virou de costas para ele e rasgou o papel em pedacinhos e, depois, jogou-os na vala. — Cara, isso não foi legal! Eu nunca faria isso com você!

— Talvez não — respondeu Stacey. — Pelo menos desse jeito você não vai se meter em problemas.

T.J. resmungou:

— Se tirar nota baixa não é um problema, eu não sei o que é.

O Homenzinho, Christopher-John, Claude e eu estávamos sentados no primeiro degrau do prédio da sétima série depois das aulas, esperando por Stacey e T.J., quando a porta da frente se abriu e T.J. saiu com tudo e atravessou o pátio correndo.

— Qual é o problema dele? — perguntou Christopher-John. — Ele não vai esperar o Stacey?

Os demais alunos da sétima série, liderados pelo Pequeno Willie Wiggins e Moe Turner, deixaram o prédio.

— Olha ele lá! — gritou o Pequeno Willie, ao passo que T.J. sumia na estrada da floresta.

Moe Turner berrou:

— Vamos ver aonde ele está indo! — Então ele e outros três meninos saíram correndo atrás de T.J. Mas os outros continuaram parados perto dos degraus, inquietos, como se as aulas ainda não tivessem terminado.

— Ei, o que está acontecendo? — perguntei ao Pequeno Willie. — O que todo mundo está esperando?

— E onde está o Stacey? — acrescentou o Homenzinho.

O Pequeno Willie sorriu.

— O Stacey está lá dentro com a sra. Logan. Ele apanhou de chibata hoje.

— Apanhou?! — gritei. — Ninguém bate no Stacey. Quem bateu nele?

— Sua mãe — respondeu o Pequeno Willie, rindo.

— A mamãe?! — exclamamos Christopher-John, o Homenzinho e eu.

O Pequeno Willie acenou com a cabeça.

— Sim. Na frente de todo mundo.

Engoli seco, sentindo muita pena do meu irmão mais velho. Já era ruim apanhar na frente de trinta outros alunos por um professor, mas da própria mãe... Isso era bem vergonhoso.

— Por que a mamãe faria isso? — perguntou Christopher-John.

— Ela o pegou com cola durante a prova de história.

— A mamãe sabe que o Stacey não iria colar! — declarei.

O Pequeno Willie ergueu os ombros.

— Quer soubesse, quer não, ela com certeza bateu nele... É claro que ela lhe deu uma chance de sair dessa quando ele disse que não estava colando e ela perguntou como havia conseguido a cola. Mas o Stacey nunca iria dedurar o T.J., e vocês sabem muito bem que o T.J. nunca iria dizer que a cola era dele.

— A cola! Mas como o T.J. conseguiu essa cola? O Stacey se livrou dela de manhã!

— Mas chegou o meio-dia — explicou o Pequeno Willie. — O T.J. estava na floresta reescrevendo tudo. Eu e o Moe o vimos.

— Mas o que o Stacey estava fazendo com ela?

— Bem, ele estava no meio da prova e o T.J. pegou a cola. Eu e o Clarence aqui estávamos sentados bem atrás dele e do T.J. e vimos tudo. O Stacey estava sentado à direita do T.J., e quando viu a cola, ele fez um sinal para que o T.J. a guardasse. De início, o T.J. não queria fazer isso, mas quando viu a sra. Logan vir na direção deles, ele passou a cola para o Stacey. Bem, o Stacey não viu a sra. Logan chegando quando pegou a cola, e quando viu, já era tarde demais para se livrar dela.

Não havia nada que a sra. Logan pudesse fazer além de bater nele. E ele foi reprovado também.

— E o T.J. ficou sentado lá e não disse nada — acrescentou Clarence, rindo.

— Mas conhecendo o Stacey, aposto que o T.J. não vai se safar dessa — concluiu o Pequeno Willie, com uma risadinha. — E o T.J. sabe disso também. É por isso que ele saiu correndo daqui desse jeito, e aposto que... Ei, Stacey!

Todos se viraram quando Stacey apareceu nos degraus. Seu rosto quadrado estava sério, mas não havia raiva na sua voz quando ele perguntou, baixinho:

— Alguém viu o T.J.? — Todos os alunos responderam de uma só vez, indicando que T.J. já havia ido para casa. Então se reuniram ao redor de Stacey quando ele começou a cruzar o gramado. Christopher-John, o Homenzinho, Claude e eu o seguimos.

Quando chegamos no cruzamento, Moe Turner estava esperando.

— O T.J. foi para a loja dos Wallace — anunciou ele.

Stacey parou, e os demais fizeram o mesmo. Ele observou além da Jefferson Davis e, então, voltou a encarar a estrada que ia até a Great Faith. Olhando por cima do ombro, ele me encontrou e ordenou:

— Cassie, você, Christopher-John e o Homenzinho vão para casa.

— Você também — disse eu, temendo o que quer que ele fosse fazer.

— Preciso cuidar de uma coisa primeiro — explicou ele, afastando-se.

— A mamãe vai cuidar de você também! — gritei para ele. — Você sabe que ela disse que não devíamos ir até lá, e se ela descobrir, você vai apanhar de novo! E do papai também!

Mas Stacey não voltou. Por um instante, o Homenzinho, Christopher-John, Claude e eu ficamos parados, observando Stacey e os outros se dirigindo rapidamente em direção ao norte.

Então o Homenzinho falou:

— Eu quero ver o que ele vai fazer.

— Eu não — declarou Christopher-John.

— Vamos — disse eu, seguindo na direção de Stacey com o Homenzinho e Claude do meu lado.

— Eu não quero apanhar! — contestou Christopher-John, ficando sozinho no cruzamento. Mas quando viu que não tínhamos a intenção de voltar, ele correu atrás de nós, resmungando enquanto fazia isso.

A loja dos Wallace ficava a quase oitocentos metros além da Jefferson Davis, em um lote triangular que ficava de frente para o cruzamento da Soldiers Bridge. Essa antiga loja da plantação dos Granger vem sendo administrada pelos Wallace desde que consigo me lembrar, e a maior parte das pessoas da região de sessenta e cinco quilômetros entre Smellings Creek e Strawberry fazia compras lá. As outras três direções do cruzamento davam para uma região florestal negra e densa. A loja era formada por um pequeno prédio com uma bomba de gasolina na fachada e um armazém nos fundos. Além da loja, bem nos limites da floresta, havia duas casas cinzas de ripa e um pequeno jardim. Mas não havia campos; os Wallace não plantavam.

Stacey e os outros alunos estavam parados na entrada da loja quando o Homenzinho, Christopher-John, Claude e eu os encontramos, correndo. Espremendo-nos pela entrada para ver o que havia lá dentro. Um homem que todos nós sabíamos que era Kaleb Wallace estava atrás do balcão. Alguns outros homens estavam sentados ao redor do aquecedor, jogando damas, e os sonolentos irmãos mais velhos de Jeremy, R.W. e Melvin, que haviam largado a escola há muito tempo, inclinaram-se sobre o balcão para nos encarar.

— Podem ir lá para os fundos — orientou Kaleb Wallace —, a menos que queiram comparar alguma coisa. O sr. Dewberry já está tocando a música.

Ao nos afastarmos da entrada, Melvin Simms disse:

— Olhem só esses neguinhos que vieram para dançar — e as risadas dos homens encheram o cômodo.

Christopher-John puxou o meu braço.

— Eu não gosto deste lugar, Cassie. Vamos para casa.

— Não podemos ir embora sem o Stacey — respondi.

A música vinha do armazém, onde Dewberry Wallace estava colocando garrafas marrons arredondadas sobre uma mesinha quando entramos. Além da mesa, não havia mais nenhum móvel no armazém. As caixas foram empilhadas contra a parede e o centro do armazém havia sido liberado para dançar. De fato, vários casais mais velhos da Great Faith já estavam fazendo passos que nunca havia visto antes.

— O que eles estão fazendo? — perguntou o Homenzinho.

Ergui os ombros.

— Acho que isso é o que eles chamam de dança.

— Olhe ele ali! — gritou alguém enquanto a porta dos fundos se fechava.

Stacey se virou rapidamente e correu para os fundos do prédio. T.J. estava fugindo diretamente para a Soldiers Road. Stacey atravessou o pátio dos Wallace e, saltando como uma raposa da floresta, caiu em cima de T.J., derrubando-o. Os dois garotos rolaram na estrada, cada um tentando segurar o outro no chão. Stacey, porém, por ser mais forte, imobilizou T.J. Ao ver que não conseguia se mover, ele gritou:

— Ei, espere um minuto, cara. Me deixe explicar...

Stacey não o deixou terminar. Levantando-se, ele ergueu T.J. também e deu-lhe um soco bem no meio do rosto. T.J. cambaleou para trás, com as mãos nos olhos, como se estivesse gravemente ferido, e Stacey baixou a guarda momentaneamente. Naquele momento, T.J. avançou contra Stacey, levando a luta para o chão novamente.

O Homenzinho, Christopher-John e eu, com os demais, circulávamos ao redor dos lutadores, dando gritos de incentivo ao passo que eles rolavam para cá e para lá, socando um ao outro. Todos nós estávamos tão envolvidos na luta que ninguém viu a mula que puxava uma carroça parando no meio da estrada e um gigante descendo dela. Foi só quando percebi que os gritos atrás de nós haviam parado e que as meninas e os meninos do meu lado estavam se afastando que olhei para cima.

O sr. Morrison estava lá.

Ele não olhou para mim, nem para Christopher-John, nem para o Homenzinho, embora soubesse que ele havia nos visto, mas avançou diretamente em direção aos lutadores e ergueu Stacey, que ainda estava distribuindo socos, de T.J. Depois de um momento longo e tenso, ele disse a Stacey:

— Você, sua irmã e seus irmãos, subam na carroça.

Passamos pela multidão que estava em silêncio agora. Kaleb e Dewberry Wallace, parados na entrada da loja com os Simms, encararam o sr. Morrison enquanto ele passava, mas o sr. Morrison os ignorou, como se não estivessem ali. Stacey se sentou na frente da carroça com o sr. Morrison; o restante de nós ficou na parte de trás.

— Agora nós vamos ver — predisse Christopher-John. — Eu disse que devíamos ter ido para casa.

Antes de pegar as rédeas, o sr. Morrison deu um lenço a Stacey para que ele pudesse enfaixar a mão direita, que ficou machucada, mas não disse nada. Foi só quando passarmos pelo cruzamento que levava à Great Faith que o silêncio foi quebrado.

— Sr. Morrison… o senhor vai contar para a minha mãe? — perguntou Stacey procurando exalar sua masculinidade.

O sr. Morrison permaneceu em silêncio, ao passo que Jack, a mula, trotava espalhafatosamente na estrada seca.

— Acho que ouvi sua mãe dizer para não ir na loja dos Wallace — disse ele, por fim.

— S-sim, senhor — prosseguiu Stacey, olhando com nervosismo para o sr. Morrison. Então ele acrescentou: — Mas eu tive um bom motivo!

— Não existe um bom motivo para desobedecer a sua mãe.

Os meninos e eu trocamos olhares desesperançosos, e meu traseiro já começou a doer só de pensar nos golpes da terrível tira de couro da mamãe contra ele.

— Mas, sr. Morrison — roguei ansiosamente —, o T.J. estava se escondendo lá porque achou que o Stacey nunca iria até lá para pegá-lo. Mas o Stacey precisou porque o T.J. colou e...

— Quieta, Cassie — ordenou Stacey, virando-se bruscamente.

Hesitei por um instante antes de decidir que meu traseiro era mais importante do que o código de honra de Stacey:

— ...e o Stacey precisou assumir a culpa por isso, e a mamãe bateu nele perante Deus e na frente de todos os outros alunos! — Quando a verdade foi revelada, esperei com a garganta seca e sentindo enjoo, esperando que o sr. Morrison dissesse alguma coisa. Quando ele o fez, todos nós nos inclinamos com tensão para frente.

— Não vou contar para ela — concordou ele, baixinho.

Christopher-John suspirou de alívio.

— Eu também nunca mais vou lá — prometeu ele. O Homenzinho e eu concordamos. Mas Stacey continuou encarando o sr. Morrison.

— Por quê, sr. Morrison? — perguntou ele. — Por que o senhor não vai contar para a minha mãe?

O sr. Morrison diminuiu a velocidade de Jack ao fazermos a curva para a estrada que ia para casa.

— Porque vou deixar que vocês contem para ela.

— O quê?! — exclamamos juntos.

— Às vezes uma pessoa precisa lutar — prosseguiu ele, devagar. — Mas aquela loja não é o lugar para fazer isso. Pelo que ouvi, pessoas como os Wallace não têm respeito por negros e acham engraçado quando lutamos entre nós. A mãe de vocês sabe que os Wallace não são gente boa. É por isso que ela não quer que vocês vão até lá, e devem a ela e a si mesmos a verdade. Mas vou deixar que vocês decidam isso.

Stacey balançou a cabeça, pensativo, e enfaixou a mão ferida mais apertado com o lenço. O rosto dele não estava ferido, então se conseguisse apenas descobrir uma forma de explicar as lesões da mão para a mamãe sem mentir, ele estava seguro. Afinal, o sr. Morrison não disse que ele *precisava* contar para ela. Contudo, por algum motivo que não consegui entender, ele falou:

— Tudo bem, sr. Morrison. Vou contar para ela.

— Garoto, você é louco! — gritei, ao passo que Christopher-John e o Homenzinho chegavam rapidamente à mesma conclusão. Se não se importava com a própria pele, ele podia pelo menos levar a nossa em consideração.

Mas ele parecia não nos ouvir, ao passo que olhava o sr. Morrison nos olhos, e os dois sorriam em uma compreensão sutil, e a distância entre eles diminuía.

Quando nos aproximamos de casa, o carro do sr. Granger passava pela entrada poeirenta do terreno. O sr. Morrison conduziu Jack para o lado da estrada até que o grande carro passou e, então, voltou para o centro da estrada até os arredores da casa. A vovó estava parada no portão do pátio que levava até lá, olhando além da estrada, para a floresta.

— Vovó, o que o sr. Granger está fazendo aqui? — perguntou Stacey, saltando da carroça e dirigindo-se até ela. O Homenzinho, Christopher-John e eu saltamos também e o seguimos.

— Nada — respondeu a vovó, ausente, com os olhos ainda fixos na floresta. — Só me fazendo ficar preocupada com a terra de novo.

— Ah — soltou Stacey, cujo tom indicava que ele considerava a visita como sem importância. O sr. Granger sempre quis a nossa terra. Ele se virou e foi ajudar o sr. Morrison. O Homenzinho e Christopher-John o acompanharam, mas eu fiquei no portão com a vovó.

— Vovó, por que o sr. Granger precisa de mais terra? — perguntei.

— Não precisa — foi a resposta direta da vovó. — Ele já tem tanta terra que nem sabe o que fazer com ela.

— Então o que ele quer com a nossa afinal?

— Só quer que seja dele. Só isso.

— Bem, me parece que ele está sendo ganancioso. Vocês não vão vendê-la para ele, vão?

A vovó não respondeu. Em vez disso, ela abriu o portão, caminhou até a estrada e, depois, seguiu em direção à floresta. Corri atrás dela. Caminhamos em silêncio até a estreita passagem das vacas, que circulava a velha floresta até o lago. Ao nos aproximarmos do lago, a floresta se abria em uma grande clareira amarronzada e formada pelo corte de muitas árvores, algumas delas ainda no chão. Elas foram cortadas durante o verão, depois que o sr. Andersen veio de Strawberry com uma oferta para comprá-las. Essa oferta foi feita com uma ameaça, o que fez a vovó ficar com medo. Então os lenhadores de Andersen vieram, cortando e serrando, destruindo aquelas boas e velhas árvores. O papai estava sempre na ferrovia naquela época, mas a mamãe mandou Stacey atrás dele. Ele voltou e impediu que os homens continuassem cortando as árvores, mas não antes de muitas delas já terem caído.

A vovó analisou a clareira sem dizer nada. Então, evitando pisar nas árvores que estavam apodrecendo, desceu até o lago e sentou-se sobre uma delas. Sentei-me do lado dela e esperei que ela falasse. Depois de um tempo, ela balançou a cabeça e disse:

— Fico feliz que seu avô nunca precisou ver nada disso. Ele amava essas árvores. Nós costumávamos vir aqui de manhã ou antes do pôr do Sol para sentar e conversar. Ele chamava este lugar de ponto da reflexão e aquele lago de Caroline, em minha homenagem.

Ela sorriu discretamente, mas não para mim.

— Sabia que eu... eu não tinha nem dezoito anos quando Paul Edward se casou comigo e me trouxe aqui. Ele era cerca de oito anos mais velho do que eu e era inteligente. Oh, oh, meu Senhor, como era inteligente! Ele tinha uma mente afiada como uma navalha. Conseguia construir tudo o que visse. Estudou carpintaria perto de Macon, Georgia, onde nasceu. Nasceu escravo, dois anos antes da liberdade, e ele e a mãe dele continuaram naquela plantação até que a luta terminou. Mas quando completou quatorze anos e a mãe dele morreu, ele deixou aquele lugar e se mudou para Vicksburg.

— Foi então que a senhora o conheceu, não foi, vovó? — perguntei, embora já soubesse a resposta.

A vovó acenou, sorrindo.

— Foi sim. Ele estava trabalhando de carpinteiro lá, e meu pai me levou com ele para Vicksburg – ele havia arrendado uma fazenda a cinquenta quilômetros de lá – para comprar uma cadeira de balanço para a minha mãe, e lá estava Paul Edward, trabalhando naquela loja de móveis que era tão grande quanto ele. Ele tinha um bom serviço, mas não era o que ele queria. Ele queria terra. Vivia falando sobre terra, e então este lugar foi posto à venda.

— E ele comprou oitenta hectares daquele ianque, não foi?

A vovó gargalhou.

— Aquele homem foi ver o sr. Hollenbeck e disse: "Sr. Hollenbeck, ouvi dizer que o senhor tem uma terra para vender, e estou interessado em comprar oitenta hectares dela se seu preço estiver bom". O sr. Hollenbeck o interrogou minuciosamente para saber de onde ele ia tirar o dinheiro para pagá-lo, mas Paul Edward disse apenas: "Não acho que precise se preocupar sobre como vou conseguir o dinheiro contanto que o senhor receba o valor". Nada amedrontava aquele homem! — Ela reluzia de orgulho. — E o sr. Hollenbeck a vendeu para ele. É claro, ele estava tão ansioso para vender esta terra quando Paul Edward estava para comprá-la. Já era dele há cerca de vinte anos. Ele a havia comprado durante a Reconstrução dos Granger...

— Porque não tinham dinheiro para pagar os impostos...

— Não só para pagar os impostos, eles não tinham dinheiro nenhum! Aquela guerra os deixou falidos. O dinheiro dos Confederados já não valia nada, e os soldados do Norte e do Sul já haviam saqueado o lugar. Os Granger só tinham a terra, e precisavam vender oitenta hectares dela para conseguir algum dinheiro para pagar os impostos e reconstruir o restante dela. Então aquele ianque comprou os oitenta hectares...

— E depois tentou vendê-la de volta para eles, não é, vovó?

— Tentou sim... mas só em 1887, quando seu avô comprou aqueles oitenta hectares. Pelo que sei, aquele ianque tentou vender os oitenta hectares de volta para o pai de Harlan Granger por menos do que a terra valia, mas aquele Filmore Granger era extremamente mão de vaca, e não a comprou de volta. Então o sr. Hollenbeck contou para outras pessoas que a estava vendendo, e não demorou muito para vendê-la, porque a terra era muito boa. Além do seu avô, muitos outros pequenos fazendeiros compraram oitenta hectares, e o sr. Jamison comprou o resto.

— Mas esse não foi o *nosso* sr. Jamison — acrescentei conscientemente. — Foi o pai dele.

— Ele se chamava Charles Jamison — esclareceu a vovó. — Um grande cavalheiro. Ele era um bom vizinho e sempre nos tratou com justiça... assim como o filho dele. Os Jamison eram o que as pessoas chamam de "bons e velhos sulistas" em Vicksburg, e até onde sei, antes da guerra, eles tinham tanto dinheiro quanto os demais, e mesmo depois da guerra, eles acabaram em melhor situação do que os demais porque tinham algum dinheiro do Norte. De qualquer maneira, o sr. Jamison estava decidido a ter uma fazenda e se mudou com a família de Vicksburg para cá. O sr. Wade Jamison só tinha oito anos naquela época.

— Mas ele não gostava de fazendas — falei.

— Oh, ele gostava. Só não gostava muito de colocar a mão na massa. E depois que foi estudar Direito no Norte, ele decidiu que devia ser advogado.

— Foi assim que ele vendeu os outros oitenta hectares para o vovô?

— Foi sim... e isso foi muita bondade da parte dele. Meu Paul Edward já estava de olho naqueles oitenta hectares desde 1910, quando acabou de pagar ao banco pelos primeiros oitenta hectares, mas o sr. Jamison não queria vender. Por volta da mesma época, Harlan Granger passou a administrar a plantação dos Granger – você sabe, ele e Wade Jamison tinham filhos mais ou menos da mesma idade – e queria comprar de volta cada centímetro da terra que pertencia aos Granger. Ele estava obcecado com tudo que era deles antes da guerra e queria que a sua terra fosse exatamente como era antes. Ele já tinha mais de mil e seiscentos hectares, mas queria porque queria os oitocentos que seu avô havia vendido. Ele conseguiu oitocentos e vinte hectares dos outros fazendeiros que haviam comprado a terra do sr. Hollenbeck...

— Mas o vovô e o sr. Jamison não estavam interessados em vender e ponto final, não é, vovó? Eles não se importavam com quanto dinheiro o sr. Granger lhes oferecia! — declarei com um aceno enfático.

— Isso é verdade — concordou a vovó. — Mas quando o sr. Jamison morreu em 1918 e Wade se tornou o chefe da família, ele vendeu os oitenta hectares para Paul Edward e o resto da sua terra para Harlan Granger e se mudou com a família para Strawberry. Ele poderia muito bem ter vendido os quatrocentos hectares para os Granger e ganhado mais dinheiro, mas não vendeu... e, até hoje, Harlan Granger ainda se recente dele por não ter vendido...

O ruído suave das folhas caindo fez com que a vovó olhasse do lago para as árvores novamente. Seus lábios se curvaram em um sorriso leve, ao passo que olhava ao redor, pensativa.

— Sabe de uma coisa? — perguntou ela. — Eu ainda consigo ver o rosto do meu Paul Edward no dia em que o sr. Jamison lhe vendeu os oitenta hectares. Ele me abraçou, olhou sua nova terra e, então, disse exatamente a mesma coisa que falou quando comprou os primeiros oitenta hectares. Ele disse: "Minha linda Caroline, o que acha de trabalhar nesta bela terra comigo?" Disse sim... exatamente a mesma coisa.

Ela ficou em silêncio e esfregou as rugas de uma mão, como se estivesse tentando apagá-las. Olhei para o lago, de um brilho cinzento e calmo, até que ela estivesse pronta para continuar. Aprendi que, em momentos assim, era melhor sentar e esperar do que ficar fazendo perguntas incômodas, que poderiam irritá-la.

— Já faz tanto tempo — ela acabou dizendo, quase que em um sussurro. — Trabalhamos muito para plantar e colher. Tivemos dificuldades... Mas tivemos bons momentos também. Éramos jovens e fortes quando começamos e gostávamos do trabalho. Tenho orgulho de dizer que nenhum de nós foi preguiçoso nem criamos filhos preguiçosos. Tivemos seis ótimos filhos. Mas perdemos nossas meninas quando eram bebês... acho que esse é um dos motivos pelos quais amo tanto a sua mãe... Mas os meninos cresceram e amam este lugar tanto quanto Paul Edward e eu. Eles vão, mas sempre voltam para ele. Não podemos deixá-lo.

Ela balançou a cabeça e suspirou.

— Então Mitchell, ele morreu naquela guerra, e Kevin se afogou... — A voz dela sumiu por completo, mas quando voltou a falar, estava endurecida, e havia um brilho de determinação nos seus olhos. — Agora meus filhos são meus meninos, seu pai e seu tio Hammer, e este lugar é tanto deles quanto meu. O sangue deles está nesta terra, e Harlan Granger está sempre falando sobre comprá-la. Ele aborreceu Paul Edward até a morte para comprá-la, e agora está me aborrecendo. Humf! — resmungou ela, irritada. — Ele não sabe nada sobre mim ou sobre esta terra. Ele acha que vou vendê-la para ele.

Ela ficou em silêncio novamente.

Um vento frio soprou, atravessando minha jaqueta, e tremi. A vovó olhou para mim pela primeira vez.

— Está com frio?

— N-não, senhora — hesitei, pois ainda não estava pronta para deixar a floresta.

— Não minta para mim, menina! — ordenou ela, estendendo a mão. — É hora de voltar para casa de qualquer maneira. Sua mãe vai voltar em breve.

Peguei a mão dela e, juntas, deixamos o lago Caroline.

Apesar dos nossos esforços de tentar persuadir Stacey, quando a mamãe chegou, ele confessou que lutou com T.J. na loja dos Wallace e que o sr. Morrison havia parado a briga. Ele se posicionou bem na frente dela, revelando apenas as coisas que podia mencionar com honra. Não falou nada sobre o fato de que T.J. estava colando ou que Christopher-John, o Homenzinho e eu estivéramos com ele, e quando a mamãe lhe perguntava algo que ele não podia responder com honestidade, ele simplesmente olhava para os pés e se recusava a falar. O restante de nós se sentou angustiado durante todo o interrogatório, e quando ela olhava em nossa direção, rapidamente encontrávamos outra coisa para fixar o olhar.

Por fim, vendo que havia conseguido toda a informação que poderia obter de Stacey, a mamãe se virou para nós.

— Suponho que vocês três também foram para a loja, não é? — Mas antes que pudéssemos dizer qualquer coisa, ela exclamou: — Muito bem! —, e começou a andar de um lado para o outro, com os braços cruzados e uma careta.

Embora tenha nos repreendido severamente, ninguém apanhou. Fomos mandados para a cama mais cedo, mas nem sequer consideramos isso um castigo, e concluímos que a mamãe também não. Só descobrimos como conseguimos escapar da chibata no sábado, quando a mamãe nos acordou de madrugada e nos fez subir na carroça. Levando-nos para algum lugar ao sul, em direção a Smellings Creek, ela disse:

— Aonde vamos, o homem está bastante doente, e ele não se parece com as outras pessoas. Mas não quero que fiquem com medo ou se sintam desconfortáveis quando o virem. Simplesmente sejam vocês mesmos.

Viajamos por quase duas horas antes de fazermos uma curva e entrarmos em uma trilha florestal. A carroça nos chacoalhou durante todo o percurso, até chegarmos a uma clareira, onde havia uma casinha cinzenta e campos áridos além dela. Quando a mamãe puxou as rédeas e nos mandou descer, a porta da frente se abriu cuidadosamente, mas ninguém apareceu. Então a mamãe disse:

— Bom dia, sra. Berry. É a Mary Logan, esposa do David.

A porta se abriu por completo, e uma mulher idosa, frágil e banguela saiu. O braço esquerdo dela pendia de forma estranha do seu lado, como se tivesse quebrado há um bom tempo, mas não fora tratado corretamente, e ela mancava; ainda assim, ela deu um grande sorriso, abraçando a mamãe com o seu braço bom.

— Por Deus, criança, você é fantástica! — exclamou ela. — Vindo até aqui para ver essa velha. Acabei de falar com o Sam, eu disse: "Quem você acha que vai vir ver dois velhos como nós?" Vocês, não é? Senhor Todo-Poderoso, são extraordinários! São sim! — Ela abraçou cada um de nós e nos levou para dentro da casa.

O interior era escuro, iluminado apenas por uma fresta da luz do dia que vinha pela porta aberta. Stacey e eu carregamos latas de leite e manteiga, e Christopher-John e o Homenzinho carregavam, cada um deles, um jarro de carne e ervilhas, preparados pela mamãe e pela vovó. A sra. Berry apanhou a comida, e seus agradecimentos eram combinados com perguntas sobre a vovó, o papai e outros. Depois de guardá-la, ela tirou alguns banquinhos da escuridão, gesticulou para que sentássemos, foi para o canto mais escuro e disse:

— Papai, adivinhe quem veio nos ver?

Não houve nenhuma resposta identificável, apenas um chiado gutural inumano. Mas a sra. Berry pareceu aceitá-lo e prosseguiu.

— A sra. Logan e os filhos dela. Não é fantástico? — Ela apanhou um lençol de uma mesa que estava ao lado. — Preciso cobri-lo — explicou ela. — Ele quase não suporta que algo encoste nele. — Quando se tornou visível novamente, ela apanhou um toco de vela e tateou a mesa em busca de fósforos. — Ele não consegue mais falar. O fogo o queimou demais. Mas ele entende bem. — Ao encontrar os fósforos, ela acendeu a vela e virou para o canto mais uma vez.

Uma silhueta estava parada lá, encarando-nos com seus olhos brilhantes. O rosto já não tinha nariz, e a cabeça não tinha cabelo; a pele estava marcada por cicatrizes, queimada, e os lábios estavam enrugados e pretos, como carvão. Quando o chiado ecoou daquela abertura que costumava ser uma boca, a mamãe mandou:

— Cumprimentem o marido da sra. Berry, crianças.

Os meninos e eu balbuciamos um cumprimento e ficamos sentados em silêncio, procurando não encarar o sr. Berry durante toda aquela hora em que ficamos naquela casinha. Mas a mamãe continuou conversando amigavelmente com o sr. e com a sra. Berry, contando-lhes notícias sobre a comunidade, como se o sr. Berry fosse tão normal quanto qualquer outra pessoa.

Quando voltamos para a estrada principal, tendo viajado em silêncio reflexivo durante a trilha da floresta, a mamãe falou baixinho:

— Foram os Wallace que fizeram isso, crianças. Eles jogaram querosene no sr. Berry e nos sobrinhos dele e tacaram fogo neles. Um dos sobrinhos morreu, e o outro está como o sr. Berry. — Ela fez uma pausa para que essa informação penetrasse em nós em silêncio e, então, continuou. — Todo mundo sabe que foram eles, e os Wallace até riem sobre isso, mas nada foi feito. Eles são pessoas ruins, os Wallace. É por isso que não queremos que vocês vão até aquela loja novamente, por qualquer motivo que seja. Entenderam?

Fizemos que sim com a cabeça, incapazes de falar, pensando no homem desfigurado que estava deitado na escuridão.

No caminho para casa, paramos nas casas de alguns dos alunos da mamãe, de onde as famílias saíam de barracões de arrendamento para nos cumprimentar. Em cada fazenda, a mamãe falou sobre a má influência dos Wallace, dos cigarros e da bebida permitidos naquela loja, e pediu que os pais não deixassem seus filhos irem até lá.

As pessoas acenavam com a cabeça e diziam que ela estava certa.

Também falou sobre frequentarem outra loja, uma em que os donos estivessem mais preocupados com o bem-estar da comunidade. Mas ela não falou diretamente sobre o que os Wallace haviam feito com os Berry, pois, tal como explicou mais tarde, isso era algo subentendido nas entrelinhas, e mencioná-lo abertamente a qualquer um que não conhecêssemos intimamente não seria sábio. Havia muitos ouvidos que ouviam para outras pessoas, e muitas línguas raivosas que falavam a quem não deviam.

As pessoas apenas acenavam, e a mamãe partia.

Quando chegamos à fazenda dos Turner, o pai viúvo de Moe esfregou o queixo, com a barba por fazer, e, cerrando os olhos, encarou a mamãe do outro lado do cômodo.

— Sra. Logan — disse ele —, a senhora sabe que sinto o mesmo sobre aqueles malditos Wallace, mas não é fácil simplesmente parar de ir até lá. Eles cobram preços altos e preciso pagar juros altos, mas tenho crédito lá porque o sr. Montier é meu fiador. A senhora sabe que a maioria das pessoas aqui trabalha na terra dos Montier, dos Granger ou dos Harrison, e que precisamos fazer compras na loja dos Wallace ou no mercado de Strawberry, que é tão ruim quanto. Não podemos ir a nenhum outro lugar.

A mamãe acenou solenemente, mostrando que entendia, e então disse:

— Já faz um ano que nossa família vem fazendo compras em Vicksburg. Há muitas lojas lá, e encontramos várias que nos tratam bem.

— Vicksburg? — repetiu o sr. Turner, balançando a cabeça. — Meu Deus, sra. Logan, a senhora não está esperando que eu vá até Vicksburg, está? Seria necessário viajar a noite toda de carroça para ir e voltar de lá.

A mamãe pensou por um momento.

— E se alguém estivesse disposto a fazer essa viagem pelo senhor? Ir até Vicksburg e trazer o que o senhor precisasse?

— Não iria adiantar — redarguiu o sr. Turner. — Eu não tenho dinheiro em espécie. O sr. Montier é meu fiador na loja dos Wallace para que eu possa conseguir minhas ferramentas, minha mula, minhas sementes, meu fertilizante, minha comida e as poucas roupas de que preciso para evitar que meus filhos precisem andar pelados por aí. Quando chega a época da colheita do algodão, ele vende meu algodão, fica com metade, paga minhas dívidas naquela loja e os juros pelo crédito e me cobra mais dez a quinze por cento pelo "risco" de ter sido meu fiador para início de conversa. Este ano, ganhei quase duzentos dólares depois que o sr. Montier ficou com a sua metade do dinheiro da colheita, mas ainda não vi nem um centavo disso. Na verdade, quando eu consigo passar o ano sem dever nada para aquele homem, considero esse um bom ano. Quem daria crédito a um homem como eu em Vicksburg?

A mamãe ficou bem quieta e não respondeu.

— Sinto muito mesmo, sra. Logan. Vou manter meus filhos longe daquela loja, mas preciso viver. A situação de vocês é melhor do que a da maioria aqui porque têm sua própria terra e não precisam ficar puxando o saco dos outros para isso. Mas precisam entender que não é fácil para os meeiros fazer o que lhes pede.

— Sr. Turner — prosseguiu a mamãe em um sussurro —, e se outra pessoa fosse seu fiador? Passaria a comprar em Vicksburg então?

O sr. Turner encarou a mamãe com uma expressão estranha.

— Quem seria meu fiador?

— O senhor faria isso se outra pessoa fosse seu fiador?

O sr. Turner encarou o fogo, que estava se apagando. Então se levantou e jogou mais lenha nele, pensando pelo tempo que fosse necessário, ao passo que via o fogo subir e alimentar-se da lenha. Sem se virar, ele disse:

— Quando era menino, eu me queimei feio. A queimadura sarou, mas nunca me esqueci da dor... É uma forma terrível de morrer. — Então, virando-se, ele encarou a mamãe. — Sra. Logan, se a senhora encontrar outra pessoa para ser meu fiador, vou considerar com cuidado.

Depois de deixarmos os Turner, Stacey perguntou:

— Mamãe, quem a senhora vai pedir para ser o fiador dele? — Mas a mamãe apenas franziu as sobrancelhas e não respondeu. Comecei a repetir a pergunta, mas Stacey balançou a cabeça, então recuei e me ajeitei no meu assento, pensativa. Por fim, adormeci.

# 5

O brilho negro-azulado que adornou tão bem o olho esquerdo de T.J. por uma semana já havia desaparecido quase por completo na manhã em que ele subiu na traseira da carroça, do lado de Stacey, e se ajeitou em um canto que não estava sendo ocupado pela manteiga, pelo leite e pelos ovos que a vovó estava levando para vender no mercado de Strawberry. Eu me sentei na frente, do lado da vovó, ainda sonolenta, e não acreditando que eu realmente estava indo.

O segundo sábado de cada mês era dia de fazer compras em Strawberry, e desde que consigo me lembrar, os meninos e eu implorávamos à vovó para nos levar junto. Stacey já havia ido uma vez, mas essa experiência sempre foi negada sem rodeios a Christopher-John, ao Homenzinho e a mim. Na verdade, já havia sido negada tantas vezes que a nossa insistência se baseava mais em hábito do que na crença de que realmente receberíamos permissão de ir. Mas nesta manhã, enquanto o mundo ainda estava coberto em escuridão, a vovó me chamou:

— Cassie, levante-se, criança, se quiser ir até a cidade comigo, e não faça uma arruaça por causa disso. Se acordar o Christopher-John ou o Homenzinho, vou te deixar aqui. Não quero que eles fiquem choramingando por aí porque não puderam ir.

Enquanto Jack puxava a carroça pela estrada cinzenta, a vovó puxava as rédeas e resmungava:

— Devagar! Devagar, Jack! Não tenho tempo para lidar com as tolices que você e o T.J. fazem.

— T.J.! — exclamamos Stacey e eu ao mesmo tempo. — Ele vai?

A vovó não respondeu de imediato; ela estava ocupada, testando a resolução de Jack. Quando a dela prevaleceu, e Jack se ajustou a um trote moderado, ela respondeu, rabugenta:

— O sr. Avery passou aqui ontem à noite enquanto vocês já estavam dormindo e pediu que o T.J. fosse a Strawberry para comprar algumas coisas que ele não conseguiu comprar na loja dos Wallace. Senhor, com todos os problemas que já tenho, era só do que eu precisava: aquele moleque tagarelando por trinta e cinco quilômetros.

A vovó não precisou dizer mais nada, e não disse. T.J. estava longe de ser a pessoa favorita dela, e era mais do que óbvio que Stacey e eu devíamos nossa boa sorte inteiramente à personalidade irritante de T.J.

No entanto, T.J. estava surpreendentemente quieto quando se ajeitou na carroça; acho que às três e meia da manhã, até a boca de T.J estava cansada. Mas ao amanhecer, quando o Sol de dezembro subia devagar, mandando feixes de luz clara pela floresta, ele já estava bem desperto, tagarelando como uma cacatua. Sua falação incessante me fez desejar que ele não tivesse conseguido fazer as pazes com Stacey através de toda a sua bajulação, mas a vovó, concentrada em pensamentos distantes, não o calou. Ele falou o resto da viagem até Strawberry, anunciando ao chegarmos:

— Bem, crianças, abram os seus olhos e admirem Strawberry, Mississippi!

— É isso? — murmurei, ao passo que uma profunda decepção me envolvia ao entrarmos na cidade. Strawberry não era nada como imaginava, com uma grandeza em contínua expansão. Na verdade, era um lugar triste e avermelhado. Até onde era possível ver, as únicas coisas modernas sobre ela eram uma rua pavimentada, que cruzava o centro e seguia para o norte, longe dela, e alguns postes de eletricidade. Delimitando a estrada, havia faixas de poeira vermelha marcadas por pontos de grama amarronzada e poças lamacentas que estavam secando, e além da poeira e dessas poças, havia lojas sombrias atrás de calçadas de madeira e varandas precárias.

— Droga! — resmunguei. — Com certeza não é grande coisa.

— Quieta, Cassie — ordenou a vovó. — E você também, T.J. Vocês estão na cidade agora, e espero que se comportem. Dentro de uma hora, este lugar vai estar fervilhando de gente de toda parte do condado, e não quero nenhum problema.

À medida que as lojas davam espaço para casas cujos moradores ainda dormiam, fizemos uma curva para uma estrada de terra que levava a mais lojas e, mais além, a um grande campo marcado por barracas de madeira. Perto da entrada do campo, já estavam estacionadas várias carroças e pick-ups de fazendas, mas a vovó foi até o outro lado do campo, onde estavam paradas apenas duas outras carroças. Descendo da carroça, ela disse:

— Parece que não tem muita gente na nossa frente. No verão, eu precisaria vir na sexta-feira e passar a noite aqui para conseguir uma vaga dessas. — Ela foi até a parte de trás da carroça. — Stacey, você e T.J. fiquem aí um minuto e empurrem as latas de leite para cá para que eu possa alcançá-las.

— Vovó — falei enquanto a seguia —, todo mundo aqui também está vendendo leite e ovos?

— Acho que não. Alguns têm carne, vegetais, colchas, roupas e assim por diante. Mas acho que boa parte deles está vendendo o mesmo que nós.

Analisei as carroças estacionadas na entrada do campo e então exclamei:

— Mas por que diabos estamos parados aqui atrás! Ninguém pode nos ver.

— Cuidado com a língua, menina — alertou a vovó. Então, organizando as latas de leite e as cestas de ovos na beirada da carroça, ela abrandou a voz e prometeu: — Vai dar tudo certo. Eu tenho clientes regulares aqui, e eles virão me procurar para ver se estou aqui antes de comprarem.

— Aqui atrás não — resmunguei. Talvez a vovó soubesse o que estava fazendo, mas não fazia o menor sentido para mim ficarmos tão longe da entrada. A maioria dos outros fazendeiros parecia ter tido a ideia certa, e não conseguia evitar tentar ajudá-la a enxergar o benefício comercial de avançar com a carroça. — Por que não estacionamos a carroça lá, com as outras, vovó? Tem bastante espaço, e poderíamos vender mais.

— São carroças de gente branca, Cassie — disse a vovó com rispidez, como se isso explicasse tudo. — Agora fique quieta e me ajude a pegar essa comida.

— Droga — resmunguei, pegando um dos baldes de Stacey —, quando alguém chegar aqui, ele já vai ter joanetes nas solas e calos nos dedos.

Ao meio-dia, a multidão que havia coberto o campo cedo de manhã já havia minguado consideravelmente, e as carroças e caminhões já estavam começando a juntar suas coisas e para irem para a cidade. Depois de comermos nosso almoço frio de linguiças em conserva, pão de milho e coalhada, fizemos o mesmo.

Novamente na rua principal de Strawberry, a vovó estacionou a carroça na frente de um prédio onde quatro placas estavam penduradas em um poste enferrujado. Uma delas dizia: "Wade W. Jamison, Advogado".

— O sr. Jamison mora aqui? — perguntei, descendo da carroça. — Eu quero vê-lo.

— Ele não mora aqui — respondeu a vovó, abrindo sua grande bolsa. Ela tirou um grande envelope pardo de dentro dela, verificou o conteúdo e o colocou de volta com cuidado. — É o escritório dele que fica aqui, além de outros negócios. Volte para a carroça. — A vovó desceu, mas eu não subi de volta nela.

— Não posso ir lá só para dizer "Olá"? — insisti.

— Você vai é se ver comigo — respondeu a vovó — se continuar me irritando. — Ela olhou para Stacey e T.J. na carroça. — Esperem aqui por mim, e assim que voltar, vamos fazer as compras para voltarmos para casa antes de anoitecer.

Quando ela entrou, T.J. perguntou:

— Por que você quer ver esse branquelo afinal, Cassie? O que vocês têm para conversar?

— Eu só queria vê-lo, só isso — respondi, indo para a calçada elevada e sentando-me. Eu gostava do sr. Jamison e não tinha vergonha de admitir. Ele vinha nos ver várias vezes por ano, principalmente para tratar de negócios, e embora os meninos e eu ficássemos um pouco tímidos quando ele estava por perto, sempre ficávamos felizes de vê-lo. Ele era o único homem branco que já ouvi se dirigir à mamãe e à vovó como "senhora", e eu gostava dele por causa disso. Ademais, à sua maneira, ele era como o papai: se lhe fizéssemos uma pergunta, ele respondia sem rodeios, sem ficar tomando cuidado com o que diria. Eu gostava disso.

Depois de vários minutos vendo fazendeiros usando sobretudos desbotados e suas esposas com vestidos de saco de farinha caminhando sob as varandas, T.J. perguntou:

— Por que não vamos até o mercado para dar uma olhada?

Stacey hesitou.

— Não sei, não. Acho que a vovó queria ir com a gente.

— Ah, que droga, cara. Estaríamos lhe fazendo um favor. Se formos ao mercado agora para pedir nossas coisas, vamos adiantar as coisas para ela. Assim, depois que ela acabar de conversar com esse advogado, podemos ir para casa. Além disso, tenho algo para mostrar para vocês.

Stacey e eu pensamos nessa sugestão por um bom tempo.

— Bem, acho que não vai ter problema — decidiu ele, por fim.

— A vovó falou para ficar aqui! — protestei, esperando que o sr. Jamison viesse com a vovó.

— Fique então — falou Stacey por cima dos ombros enquanto atravessava a rua com T.J.

Corri atrás deles. Eu não ficaria naquela calçada sozinha.

O Mercado dos Barnett tinha de tudo. Suas prateleiras, balcões e piso estavam repletos de itens desde laços para damas a sacos de juta para sementes; de mamadeiras a fogões novinhos em folha. T.J., que já esteve na loja várias vezes, passou pelos fazendeiros e nos levou até um balcão no canto mais afastado da loja. O balcão tinha uma tampa de vidro e, por trás dele, havia armas expostas de forma artística em uma haste de veludo vermelho.

— Olhem só isso — disse T.J., sonhador. — Não é incrível?

— O quê? — perguntei.

— A de cabo perolado. Stacey, cara, você já viu uma arma como essa na sua vida? Eu venderia minha vida por essa arma. Também vou ter uma assim algum dia desses.

— Acho que não — respondeu Stacey com educação. — Com certeza, é uma arma bonita.

Eu olhei para a arma. A etiqueta de preços marcava US$35,95.

— Trinta e cinco dólares e noventa e cinco centavos! — soltei, quase gritando. — Por uma arma? Para que você usaria isso? Não dá para caçar com ela.

T.J. me encarou com repugnância.

— Ela não serve para caçar. É para proteção.

— Proteção contra quê? — perguntei, pensando na grande espingarda do papai que ficava pendurada em cima da cama dele e da mamãe, e no fino rifle Winchester que a vovó guardava trancado no baú embaixo da nossa cama. — Isso não mataria nem uma cascavel.

— O corpo precisa se proteger de outras coisas além de cascavéis — observou ele, altivo. — Se eu tivesse essa arma, ninguém ia mexer comigo. Não ia precisar de ninguém.

Stacey se afastou do balcão. Ele parecia nervoso por estar na loja.

— É melhor pegarmos as coisas que você precisa e sairmos daqui antes que a vovó volte e fique nos procurando.

— Ah, cara, temos bastante tempo — replicou T.J., encarando a arma com desejo. — Eu gostaria de segurá-la, só uma vez.

— Vamos, T.J. — ordenou Stacey —, senão eu e a Cassie vamos voltar lá para fora.

— Ah, está bem. — T.J. se virou com relutância e foi até um balcão onde um homem estava medindo pregos com uma régua. Esperamos pacientemente atrás de pessoas que estavam na nossa frente, e quando chegou a nossa vez, T.J. entregou uma lista para o homem. — Sr. Barnett — disse ele —, tenho aqui uma lista de coisas que a minha mãe quer.

O dono da loja analisou a lista, e sem nem sequer tirar os olhos dela, perguntou:

— Você é do povo do sr. Granger?

— Sim, senhor — respondeu T.J.

O sr. Barnett foi até outro balcão e começou a apanhar os itens do pedido, mas antes de terminar, uma senhora branca perguntou:

— Sr. Barnett, o senhor está atendendo alguém agora?

O sr. Barnett se virou.

— Só eles — respondeu ele, apontando para nós com um gesto da mão. — O que posso fazer pela senhora, dona Emmaline? — A mulher lhe entregou uma lista duas vezes maior do que a de T.J., e o dono da loja, sem nos dar a mínima satisfação, começou a apanhar os itens dela.

— O que ele está fazendo? — protestei.

— Quieta, Cassie — mandou Stacey, parecendo bem envergonhado e desconfortável. A expressão no rosto de T.J. estava completamente passiva, como se nada estivesse acontecendo.

Quando o sr. Barnett terminou de atender o pedido da mulher, ele voltou a dar atenção aos itens da lista de T.J., mas antes de apanhar o próximo item, sua esposa falou:

— Jim Lee, aquelas pessoas precisam de ajuda ali, e estou ocupada. — E como se nem sequer estivéssemos lá, ele se afastou.

— Aonde ele está indo? — perguntei.

— Ele vai voltar — respondeu T.J., afastando-se.

Depois de esperar vários minutos para que o sr. Barnett voltasse, Stacey disse:

— Vamos, Cassie. Vamos. — Ele foi em direção à porta e eu o segui. Mas ao passar por um dos balcões, vi o sr. Barnett embrulhando um pedido de costelas de porco para uma menina branca. Adultos era uma coisa; eu quase conseguia entender isso. Eles mandavam em tudo, e não havia nada que pudesse fazer quanto a eles. Mas uma menina da minha idade já era outra coisa. Com certeza, o sr. Barnett havia simplesmente esquecido do pedido de T.J. Decidi lembrá-lo disso e, sem dizer nada a Stacey, virei-me e fui até o sr. Barnett.

— Ahn... com licença, sr. Barnett — disse eu, com o máximo de educação que podia, esperando que ele tirasse os olhos do embrulho. — Acho que o senhor se esqueceu. O senhor estava nos atendendo antes dessa menina, e já estamos esperando o senhor voltar já faz um tempão.

A garota me encarou com estranheza, mas o sr. Barnett nem sequer olhou para mim. Supus que ele não tivesse me ouvido. Eu estava na ponta do balcão, então fui até o outro lado e puxei a manga da camisa dele para chamar sua atenção.

Ele recuou como se tivesse batido nele.

— O s-senhor estava nos ajudando — disse eu, voltando para a parte de frente do balcão.

— Ora, neguinha, volte lá para trás e continue esperando — respondeu ele, com uma voz baixa e firme.

Meu sangue ferveu. Fui tão legal com ele quanto podia, e ele estava falando comigo dessa maneira?

— Já estamos esperando pelo senhor por quase uma hora — falei —, enquanto o senhor fica aqui atendendo os outros. Isso não é justo. O senhor não tem o direito...

— De quem é essa neguinha?! — gritou o sr. Barnett.

Todo mundo na loja se virou e me encarou.

— Não sou a neguinha de ninguém! — gritei, sentindo raiva e humilhação. — E o senhor não deveria estar atendendo todo mundo antes de nos atender.

— Fique quieta, criança. Fique quieta — sussurrou alguém atrás de mim. Olhei em volta. Uma mulher que havia ocupado a carroça perto de nós no mercado estava me olhando. O sr. Barnett, com seu rosto vermelho e olhos esbugalhados, imediatamente a atacou.

— Esta menina é sua, Hazel?

— Não, senhor — respondeu a mulher com resignação, afastando-se rapidamente para mostrar que não tinha nada a ver comigo. Quando a vi virar as costas para mim, Stacey apareceu e me pegou pela mão.

— Vamos, Cassie. Vamos sair daqui.

— Stacey! — exclamei, aliviada de vê-lo do meu lado. — Diga a ele! Você sabe que não é justo que ele nos faça esperar...

— Ela é sua irmã, garoto? — rosnou o sr. Barnett por cima do balcão.

Stacey mordeu o lábio inferior e olhou nos olhos do sr. Barnett.

— Sim, senhor.

— Então tire ela daqui — ordenou ele com uma força odiosa. — E certifique-se de que ela não volte até que sua mãe lhe ensine o que ela é.

— Eu já sei o que sou! — retruquei. — Mas aposto que o senhor não sabe o que é! E com certeza poderia lhe dizer, seu velho...

Stacey me puxou para frente, esmagando minha mão ao fazer isso, e sussurrou com raiva:

— Cale a boca, Cassie! — Seus olhos escuros brilharam malevolamente ao me empurrar na frente dele através da multidão.

Assim que saímos, fiz com que ele soltasse minha mão.

— Qual é o seu problema? Você sabe que ele estava errado!

Stacey engoliu seco para conter a raiva e então disse bruscamente:

— Eu sei e você sabe, mas ele não sabe, e é aí que está o problema. Agora vamos, antes que você arrume uma verdadeira confusão. Vou até o sr. Jamison para ver por que a vovó está demorando tanto.

— E quanto ao T.J.? — perguntei quando ele passou para a rua.

Stacey sorriu com ironia.

— Não se preocupe com o T.J. Ele sabe muito bem o que fazer. — Então ele atravessou a rua taciturno e enfiou as mãos nos bolsos.

Observei-o seguir em frente, mas não o segui. Em vez disso, segui ao longo da calçada, tentando entender por que o sr. Barnett havia agido daquela maneira. Mais de uma vez, parei e olhei para o mercado por cima do meu ombro. Eu achava que deveria voltar e descobrir o que fez o sr. Barnett ficar tão irritado. Cheguei até a dar meia-volta e me dirigir à loja, mas me lembrei do que o sr. Barnett havia dito sobre voltar, então dei meia-volta novamente, chutando a calçada, com a cabeça baixa.

Foi então que trombei com Lillian Jean Simms.

— Por que não olha por onde anda? — perguntou ela, irritada. Jeremy e seus dois irmãos mais novos estavam com ela.

— Oi, Cassie — cumprimentou Jeremy.

— Oi, Jeremy — respondi solenemente, mantendo os olhos fixos em Lillian Jean.

— Bem, peça desculpas — ordenou ela.

— O quê?

— Você trombou em mim. Agora peça desculpas.

Eu não estava com vontade de arrumar briga com Lillian Jean. Tinha outras coisas com que me preocupar.

— Está bem — respondi, começando a seguir em frente. — Desculpe.

Lillian Jean entrou na minha frente.

— Isso não basta. Passe para a rua.

Encarei-a.

— Você ficou doida?

— Você não olha por onde anda. Vá para a rua. Quem sabe assim você não fique trombando em pessoas brancas decentes com sua pessoa repugnante.

Esse segundo insulto do dia foi mais do que eu podia suportar. Foi só o fato de me lembrar que a vovó estava no escritório do sr. Jamison que salvou o lábio de Lillian Jean.

— Eu não sou repugnante — afirmei, procurando controlar meu temperamento —, e se você tem tanto medo de trombadas, ande você na rua.

Fiz como que se fosse seguir em frente novamente e, novamente, ela entrou na minha frente.

— Ah, deixe ela passar, Lillian Jean — pediu Jeremy. — Ela não te fez nada.

— Ela já me fez algo só por estar na minha frente. — Com isso, ela tentou pegar no meu braço e me empurrar para fora da calçada. Recuei e coloquei meus braços para trás, fora do alcance de Lillian Jean. Mas alguém os segurou por trás, torcendo-os dolorosamente, e me empurrou para fora da calçada, para a rua. Caí de traseiro no chão.

O sr. Simms me encarou.

— Quando minha menina, Lillian Jean, lhe disser para sair da calçada, é melhor sair. Entendeu?

Atrás dele estavam os seus filhos R.W. e Melvin. As pessoas da loja começaram a formar um círculo em volta dos Simms.

— Essa não é a mesma neguinha que estava criando confusão na loja do Jim Lee? — alguém perguntou.

— Sim, é ela mesmo — respondeu o sr. Simms. — Está ouvindo o que estou dizendo garota? Peça desculpas a srta. Lillian Jean agora mesmo.

Encarei o sr. Simms, apavorada. Jeremy surgiu, apavorado também.

— E-eu já me desculpei.

Jeremy pareceu aliviado com o fato de eu ter falado.

— Ela p-pediu, pai. A-agora mesmo, antes de todo mundo chegar, ela pediu...

O sr. Simms encarou o filho com raiva, e Jeremy se calou, olhou para mim e abaixou a cabeça.

Então o sr. Simms veio para a rua. Afastei-me dele, tentando me levantar. Ele era um homem assustador, com um rosto vermelho e barbudo. Temi que ele fosse me bater antes de conseguir me levantar, mas ele não conseguiu. Levantei-me e corri às cegas em direção à carroça. Alguém me agarrou, e me debati com todas as minhas forças, tentando me soltar.

— Pare, Cassie! — ordenou a vovó. — Pare. Sou eu. Estamos indo para casa agora.

— Não antes de ela se desculpar com a minha menina — garantiu o sr. Simms.

A vovó olhou para mim com medo nos olhos, então encarou a multidão que estava cada vez maior.

— Ela é só uma criança...

— Mande ela pedir desculpas, dona...

A vovó olhou para mim de novo. Sua voz falhava quando falou.

— Vá em frente, criança... peça desculpas.

— Mas, vovó...

A voz dela ficou mais firme.

— Faça o que estou dizendo.

Engoli seco.

— Vamos!

— Desculpa — murmurei.

— "Desculpa, *srta.* Lillian Jean" — exigiu o sr. Simms.

— Vovó — gritei.

— Diga, criança.

Uma lágrima dolorosa escorreu pela minha bochecha, e meus lábios tremiam.

— Desculpa... srta... Lillian Jean.

Quando essas palavras foram ditas, virei-me e voltei o mais rápido que pude para a carroça, chorando. Nenhum outro dia da minha vida foi tão cruel quanto esse.

# 6

A viagem de volta para casa foi longa e silenciosa. Nenhum de nós estava com vontade de falar, incluindo T.J. A vovó o havia informado logo antes de deixar Strawberry que não queria ouvir nenhuma outra palavra dele antes de voltarmos para casa. Ele ficou melancólico por algum tempo, com alguns resmungos audíveis aos quais ninguém deu atenção, e acabou dormindo, acordando apenas quando chegamos na estrada dos Granger e paramos na frente da casa dos Avery.

Quando Jack entrou no nosso terreno, a noite já estava em profundo breu, e o odor no ar indicava que uma chuva estava para cair. A vovó desceu com dificuldade da carroça e entrou em casa sem dizer nada. Fiquei com Stacey para ajudá-lo a guardar a carroça no celeiro e desatrelar e alimentar Jack. Enquanto eu segurava uma lanterna perto das portas do celeiro, Stacey afastava vagarosamente para o lado a tábua que mantinha as portas fechadas.

— Cassie — disse ele, com uma voz silenciosa e reflexiva —, não culpe a vovó pelo que ela fez.

— Por que não? — perguntei, com raiva. — Ela me obrigou a pedir desculpas para aquela feiosa da Lillian Jean por algo que eu nem tinha culpa. Ela ficou do lado dos Simms sem nem sequer ouvir o meu lado da história.

— Bem, talvez ela não tenha tido outra escolha, Cassie. Talvez ela precisou fazer isso.

— Precisou fazer isso! — eu praticamente gritei. — Ela não precisava fazer nada! Ela é uma adulta, assim como o sr. Simms, e podia ter me defendido. Eu não teria feito o que ela fez.

Stacey colocou a tábua no chão e se apoiou no celeiro.

— Têm coisas que você não entende, Cassie...

— E acredito que você entende, não é? Desde que foi para Louisiana para buscar o papai no último verão, você voltou achando que sabe tanto! Bem, aposto uma coisa: se isso tivesse acontecido com o papai, ele não teria me obrigado a pedir desculpas! Ele teria me ouvido!

Stacey suspirou e abriu as portas do celeiro.

— Bem, o papai... é diferente. Mas a vovó não é o papai, e você não pode esperar... — A voz dele sumiu quando olhou para dentro do celeiro. De repente, ele gritou: — Cassie, me dê essa lanterna! — Então, antes que eu pudesse dizer qualquer coisa, ele arrancou a lanterna da minha mão e iluminou o celeiro.

— O que o carro do sr. Granger está fazendo no nosso celeiro? — perguntei quando a luz revelou o Packard prateado.

Sem me dar nenhuma resposta, Stacey se virou rapidamente e correu em direção à casa. Fui correndo atrás dele. Abrindo a porta do quarto da mamãe, ficamos parados na entrada, boquiabertos. Em vez do sr. Granger, encontramos um homem alto, bonito e bem vestido, com um terno cinza listrado e colete, parado do lado do fogo com o braço nos ombros da vovó. Por um instante, ficamos abalados de emoção. Então, como se tivéssemos recebido um sinal, gritamos ao mesmo tempo:

— Tio Hammer! — E corremos em direção aos seus braços.

O tio Hammer era dois anos mais velho do que o papai e não era casado. Ele vinha todo inverno passar a época de Natal conosco. Assim como o papai, ele tinha uma pele escura, marrom-avermelhada, um rosto quadrado e maçãs do rosto altas; no entanto, de alguma forma, havia uma grande diferença entre eles. Seus olhos, que agora irradiavam bastante calor quando ele nos abraçava e beijava, costumavam refletir um brilho frio e distante, e havia uma indiferença nele que os meninos e eu nunca conseguimos transpor.

Quando ele nos soltou, Stacey e eu ficamos mais conscientemente tímidos e nos afastamos. Sentei-me do lado de Christopher-John e do Homenzinho, que estavam encarando silenciosamente o tio Hammer, mas Stacey perguntou:

— O-o que o carro do sr. Granger está fazendo no nosso celeiro?

— Aquele é o carro do seu tio Hammer — respondeu a mamãe. — Vocês desatrelaram o Jack?

— Do tio Hammer?! — exclamou Stacey, trocando olhares comigo. — É mesmo?

A vovó acrescentou:

— Hammer, você… você comprou o mesmo carro do Harlan Granger?

O tio Hammer deu um sorriso estranho e irônico.

— Bem, não é exatamente o mesmo, mamãe. O meu é alguns meses mais novo. No ano passado, quando vim aqui, fiquei impressionado com o Packard do sr. Harlan Filmore Granger e achei que gostaria de ter um também. Parece que eu e o Harlan Granger temos o mesmo gosto. — Ele deu uma piscadela brincalhona para Stacey. — Não é Stacey?

Stacey sorriu.

— Se você gosta dele, tálvez possamos andar nele algum dia. Se sua mãe concordar.

— Puxa vida! — falou o Homenzinho.

— Jura, tio Hammer? — perguntei. — Mamãe, podemos?

— Veremos — disse a mamãe. — De qualquer forma, hoje não. Stacey, vá cuidar de Jack e tire um balde de água para a cozinha. Já fizemos as outras tarefas.

Como ninguém me disse para ajudar Stacey, esqueci completamente tudo sobre Jack, e sentei-me para ouvir o tio Hammer. Christopher-John e o Homenzinho, os quais a vovó achava que estariam tristes porque não receberam permissão de ir à cidade, pareciam não se importar nem um pouco com o fato de que Stacey e eu fomos. Eles estavam impressionados com o tio Hammer, e em comparação com sua chegada, um dia em Strawberry não tinha muita importância.

Por um tempo, o tio Hammer conversou apenas com a mamãe e com a vovó, com as risadas vindo bem lá de dentro, como o papai, mas então, para minha surpresa, ele se virou e falou comigo.

— Ouvi dizer que você foi pela primeira vez para Strawberry hoje, Cassie — disse ele. — O que achou?

A vovó ficou tensa, mas fiquei feliz de ter essa oportunidade de contar o meu lado do caso de Strawberry.

— Eu não gostei — contei. — Os Simms...

— Mary, estou com um pouco de fome — interrompeu a vovó de repente. — A janta ainda está quente?

— Sim, senhora — respondeu a mamãe, levantando-se. — Vou colocar na mesa para a senhora.

A mamãe se levantou e voltei a falar.

— Os Simms...

— Deixe a Cassie fazer isso, Mary — sugeriu a vovó, nervosa. — Você deve estar cansada.

Olhei com estranheza para a vovó e então para a mamãe.

— Ah, eu não me importo — falou a mamãe, indo para a cozinha. — Vá em frente, Cassie. Conte para o seu tio como foi Strawberry.

— A Lillian Jean Simms me deixou tão nervosa a ponto de perder o juízo. Admito que trombei nela, mas foi porque estava pensando no fato de que o sr. Barnett estava atendendo todo mundo na loja na nossa frente...

— Jim Lee Barnett? — perguntou o tio Hammer, olhando para a vovó. — Aquele maldito ainda está vivo?

A vovó acenou em silêncio, e continuei.

— Mas eu lhe disse que ele não deveria atender todo mundo antes de chegar na gente...

— Cassie! — exclamou a vovó, ouvindo esse fato pela primeira vez.

O tio Hammer riu.

— Você disse isso a ele?!

— Sim, senhor — respondi baixinho, perguntando-me por que ele estava rindo.

— Isso é ótimo! O que aconteceu então?

— Stacey me fez sair da loja, e o sr. Barnett disse que eu não podia voltar. Foi então que trombei naquela cretina da Lillian Jean, e ela tentou me tirar da calçada, e o pai dela apareceu e...

Os olhos da vovó cresceram, e ela sussurrou com aspereza:

— Cassie, eu não acho...

— ...e ele torceu o meu braço e me empurrou da calçada! — exclamei, indisposta a atenuar o que o sr. Simms havia feito. Olhei triunfantemente para a vovó, mas ela não estava olhando para mim. Seus olhos, assustados e nervosos, estavam fixos no tio Hammer. Virei-me e olhei para ele também.

Os olhos negros dele se cerraram para formar frestas furiosas. Ele disse:

— Ele te empurrou da calçada, Cassie? Um adulto te empurrou da calçada?

— S-sim, senhor.

— Essa Lillian Jean Simms, o pai dela por um acaso não seria Charlie Simms, seria?

— É-é sim.

O tio Hammer segurou os meus ombros.

— O que mais ele te fez?

— N-nada — respondi, assustada com os olhos dele. — Só queria que eu pedisse desculpas a Lillian Jean por não ter ido para a rua quando ela mandou.

— E você pediu?

— A vovó disse que eu precisava.

O tio Hammer me soltou e se sentou, imóvel. Ninguém disse nada. Então ele se levantou devagar, com seus olhos adotando aquela frieza distante, e começou a ir em direção à porta, mancando de leve com a perna esquerda. Christopher-John, o Homenzinho e eu o encaramos, pensativos, mas a vovó pulou da cadeira, derrubando-a na sua pressa, e foi até ele. Ela agarrou o braço dele.

— Deixe isso para lá, filho! — gritou ela. — Ela não se machucou!

— Não se machucou?! Olhe nos olhos dela e me diga que ela não se machucou!

A mamãe voltou da cozinha com Stacey atrás dela.

— O que foi? — perguntou ela, encarando a vovó e depois o tio Hammer.

— O Charlie Simms empurrou a Cassie da calçada em Strawberry, e a criança acabou de contar isso para o Hammer — explicou a vovó em um único fôlego, ainda segurando o braço do tio Hammer.

— Oh, Senhor — gemeu a mamãe. — Stacey, vá buscar o sr. Morrison. Rápido, agora! — Enquanto Stacey saía correndo do cômodo, os olhos da mamãe se voltaram para a espingarda que ficava em cima da cama, então ela avançou entre a espingarda e o tio Hammer.

O tio Hammer a observou, ao que ele respondeu baixinho:

— Não se preocupe. Não vou usar a arma do David... Eu tenho a minha.

De repente, a mamãe se jogou contra a porta lateral, bloqueando-a com o seu corpo esguio.

— Hammer, me escute...

Mas o tio Hammer a empurrou para o lado de forma gentil, porém com firmeza, e, tirando a mão da vovó do seu braço, abriu a porta, desceu os degraus e avançou em direção à chuva leve.

O Homenzinho, Christopher-John e eu corremos em direção à porta, ao passo que a vovó e a mamãe corriam atrás dele.

— Voltem para dentro!

— gritou a mamãe por cima do ombro, mas ela estava ocupada demais tentando segurar o tio Hammer para ver se a obedeceríamos, então não nos movemos. — Hammer, Cassie está bem — gritou ela. — Não vá causar problemas sem necessidade!

— "Problemas sem necessidade"?! Você acha que meu irmão morreu e que eu estropiei minha perna na guerra deles contra a Alemanha para que um caipira saia por aí empurrando a Cassie quando bem entende? Se eu tivesse empurrado a filha dele, sabe o que teria acontecido comigo? Sim, sabe muito bem. Eu teria sido enforcado naquele carvalho. Me solte, Mary.

A mamãe e a vovó não conseguiam impedi-lo de chegar até o carro. Mas assim que o Packard foi ligado, uma figura enorme surgiu das sombras e entrou pelo lado do passageiro. Então o carro avançou raivosamente pela entrada do terreno em direção à escuridão da noite do Mississippi.

— Aonde ele foi? — perguntei enquanto a mamãe subia lentamente as escadas. Sua expressão sob o brilho da lâmpada estava cansada, esgotada. — Ele foi tirar satisfação com os Simms, não foi? Não foi, mamãe?

— Ele não foi a lugar nenhum — respondeu a mamãe, indo para o lado e esperando até que a vovó e Stacey entrassem; então ela trancou a porta.

— O sr. Morrison vai trazer ele de volta — disse Christopher--John com confiança, embora parecesse um pouco confuso com tudo o que aconteceu.

— Se não trouxer — sugeriu sombriamente o Homenzinho —, aposto que o tio Hammer vai dar uma boa lição ao sr. Simms. Batendo na Cassie... oras, bolas!

— Espero que ele lhe dê uma boa surra — disse eu.

A mamãe nos encarou.

— Acho que bocas tão pequenas que têm tanto a dizer devem estar bem cansadas.

— Não, senhora. Não estamos...

— Vão para cama.

— Mamãe, só estamos... — A expressão da mamãe ficou mais dura, e percebi que não seria dos meus melhores interesses continuar discutindo; virei-me e fiz o que ela mandou. Christopher-John e o Homenzinho fizeram o mesmo. Quando cheguei até à porta, perguntei: — O Stacey não vem?

A mamãe olhou para Stacey sentado perto do fogo.

— Eu não me lembro da boca dele falando tanto quando a sua, não é?

— Não, senhora — murmurei e fui dormir.

Depois de alguns minutos, a mamãe entrou. Sem nenhuma palavra de repreensão, ela apanhou minhas roupas de onde eu as havia jogado, ao pé da cama, e, pendurando-as distraidamente no encosto de uma cadeira, falou:

— O Stacey me disse que você culpa a vovó pelo que aconteceu hoje. Isso é verdade?

Pensei na pergunta dela e respondi:

— Não por tudo. Só por ter me feito pedir desculpas para aquela bobona da Lillian Jean Simms. Ela não devia ter feito isso, mamãe. O papai não teria...

— Não quero ouvir falar sobre o que o seu pai teria ou não teria feito! — soltou ela. — Ou o que o sr. Morrison ou o seu tio Hammer teriam feito! Você estava com a sua avó, e ela fez o que precisava, e pode acreditar, jovenzinha, ela não gostou de ter feito isso mais do que você.

— Bem — resmunguei — talvez, mas...

— Nada de "talvez".

— Sim, senhora — respondi, baixinho, decidindo que era melhor analisar o padrão de costura da colcha até que a raiva desaparecesse dos olhos da mamãe, e eu pudesse falar com ela de novo. Depois de um momento, ela se sentou do meu lado na cama e ergueu meu queixo com a ponta do dedo. — A sua avó não queria que você se machucasse — afirmou ela. — Esse era o único objetivo na mente dela: se certificar de que o sr. Simms não te machucasse.

— Sim, senhora — murmurei, mas depois falei: — Mas, mamãe, aquela Lillian Jean é burra como uma porta! Por que tive que chamar ela de "senhorita", como se ela fosse adulta ou algo do tipo?

A voz da mamãe ficou mais séria.

— Porque é assim que as coisas são, Cassie.

— Assim como? Que coisas? — perguntei com cuidado.

— Querida, você vai precisar crescer um pouco hoje. Eu queria... bem, não importa o que eu queria. Isso aconteceu, e você vai ter que aceitar o fato de que, no mundo, fora desta casa, as coisas nem sempre acontecerão como gostaríamos.

— Mas, mamãe, isso não é justo. Eu não fiz nada para aquela bobalhona da Lillian Jean. Por que o sr. Simms me empurrou daquele jeito?

A mamãe me olhou bem fundo nos meus olhos e disse com uma voz firme e clara:

— Porque ele acha que a Lillian Jean é melhor do que você, Cassie, e quando você…

— Aquela magrela, de pernas de saracura, de dentes tortos, de…

— Cassie. — A mamãe não ergueu a voz, mas a força silenciosa do meu nome fez com que eu me calasse. — Veja bem — prosseguiu ela, segurando as minhas mãos —, eu não disse que a Lillian Jean *é* melhor do que você. Eu disse que o sr. Simms apenas *acha* que ela é melhor do que você. Na verdade, ele acha que ela é melhor do que o Stacey, do que o Homenzinho, do que o Christopher-John…

— Só porque ela é filha dele? — perguntei, começando a achar que o sr. Simms tinha um probleminha de cabeça.

— Não, querida. Porque ela é branca.

A mamãe me deu um abraço apertado, mas exclamei:

— Eu, hein! Ser branco não significa nada!

O aperto do abraço da mamãe não diminuiu.

— Significa sim, Cassie. Ser branco significa algo, assim como ser negro. Todo mundo que nasce nessa Terra é alguma coisa, mas ninguém, independentemente da cor da pele, é melhor do que os outros.

— Então por que o sr. Simms não sabe disso?

— Porque ele é uma daquelas pessoas que acredita que os brancos são melhores do que os negros para se sentir importante.

— Encarei a mamãe inquisidoramente, não conseguindo entender muito bem. A mamãe apertou minha mão e explicou melhor. — Veja bem, Cassie. Há muitos anos, quando nosso povo foi trazido pela primeira vez da África em correntes para trabalhar como escravos neste país...

— Como o papai e a mamãe da vovó?

A mamãe fez que sim.

— Sim, querida. Como o vovô Luke e a vovó Rachel, exceto que eles nasceram aqui, no Mississippi. Mas os avós deles nasceram na África, e quando vieram, algumas pessoas brancas achavam que era errado que qualquer pessoa fosse escrava de outra; então as pessoas que precisavam de escravos para trabalharem nos seus campos e as pessoas que estavam ganhando dinheiro trazendo escravos da África diziam que os negros não eram pessoas de verdade, como os brancos, e que era por isso que não havia nada de errado com a escravidão.

"Elas também diziam que a escravidão era boa para nós, porque ela nos ensinava a sermos bons cristãos – como os brancos. — Ela suspirou profundamente, ao passo que sua voz sumia em um sussurro distante. — Mas elas não nos ensinaram o cristianismo para salvar nossas almas, mas para nos ensinar a obediência. Elas tinham medo que os escravos se revoltassem e queriam que aprendêssemos os ensinamentos da Bíblia sobre os escravos serem leais aos seus senhores. Mas nem nos ensinar o cristianismo nos impediu de querermos ser livres, e muitos escravos fugiram..."

— O vovô Luke fugiu — lembrei-a, pensando na história de como o meu bisavô tinha fugido três vezes. Ele foi pego e castigado pela sua desobediência, mas seus donos não tentaram domá-lo porque ele tinha conhecimento sobre ervas e curas. Cuidava dos escravos e dos animais da plantação, e foi com ele que a vovó aprendeu seus remédios.

A mamãe fez que sim novamente.

— É isso mesmo, querida. Ele estava escondido em uma caverna quando veio a liberdade, até onde sei. — Ela ficou em silêncio por um momento e depois continuou: — Bem, depois de um tempo, a escravidão se tornou tão lucrativa para as pessoas que tinham escravos e até para aqueles que não tinham que a maioria das pessoas decidiu que era melhor acreditar que os negros realmente não eram pessoas como as demais. E quando veio a Guerra Civil, e a vovó Rachel, o vovô Luke e todos os outros escravos foram libertos, as pessoas continuaram acreditando nisso. Até o pessoal do Norte, que lutou na guerra, não nos via como iguais. E até hoje, embora já se tenham passado mais de setenta anos desde a escravidão, a maioria das pessoas brancas ainda pensa assim como elas pensavam naquela época – que não somos tão bons quanto elas –, e pessoas como o sr. Simms se apegam a essa crença com mais força do que os demais porque elas não têm muito mais a que se apegar. Para ele, acreditar que é melhor do que nós faz com que ele se sinta importante, simplesmente por ser branco.

Senti a mamãe soltar um pouco a minha mão. Eu sabia que ela estava esperando que eu dissesse algo. Senti meu estômago embrulhando, como se o mundo tivesse virado de cabeça para baixo comigo dentro dele. Então pensei em Lillian Jean, e me subiu um sentimento repentino de raiva que me fez retaliar:

— Mas não são! — Então me inclinei mais perto da mamãe, esperando ansiosamente que ela concordasse comigo.

— É claro que não — confirmou ela. — As pessoas brancas podem exigir o nosso respeito, mas o que lhes damos não é respeito, e sim medo. O que damos ao nosso próprio povo é mais importante, porque fazemos isso voluntariamente. Assim, talvez você precise chamar a Lillian Jean de “senhorita” porque algumas pessoas brancas te obriguem a fazer isso, mas também vai chamar nossas jovenzinhas de "senhoritas" na igreja porque as respeita de verdade.

"Querida, não podemos escolher com que cor de pele nascemos, quem serão nossos pais nem se seremos ricos ou pobres. O que podemos fazer é escolher o que fazer da vida quando chegamos aqui. — A mamãe colocou as duas mãos no meu rosto. — E rezo a Deus que você faça o melhor que puder com a sua." — Ela me abraçou com carinho e me colocou debaixo das cobertas.

Ao diminuir a luz da lamparina, perguntei-lhe:

— Mamãe, e o tio Hammer? Se o sr. Morrison não conseguir impedi-lo, o que vai acontecer?

— O sr. Morrison vai trazer ele de volta.

— Mas e se ele não conseguir, e o tio Hammer encontrar o sr. Simms?

Um medo sombrio passou pelo seu rosto, mas desapareceu ao passo que a luz diminuía.

— Acho... acho que você já cresceu o suficiente por um dia, Cassie — falou ela sem responder a minha pergunta. — O tio Hammer vai ficar bem. Agora vá dormir.

A mamãe estava certa quanto ao tio Hammer. Quando acordei no dia seguinte e segui o cheiro de presunto frito e pãezinhos assados até a cozinha, lá estava ele, sentado à mesa e tomando café com o sr. Morrison. Sua barba estava por fazer e seus olhos pareciam um pouco cansados, mas ele estava bem; perguntei-me se o sr. Simms ainda estava bem também. Não tive a oportunidade de perguntar, pois assim que disse "bom dia", a mamãe me chamou até o quarto dela, onde um grande recipiente de água quente me esperava do lado da lareira.

— Rápido — disse ela. — O tio Hammer vai nos levar à igreja.

— No carro dele?

A mamãe franziu as sobrancelhas.

— Bem, eu não sei. Ele disse algo sobre atrelar o Jack…

Meu sorriso sumiu, mas vi um brilho zombeteiro nos olhos dela, e então ela começou a rir.

— Ah, mamãe! — Comecei a rir também e entrei na água.

Depois do banho, fui até o quarto para me vestir. Quando voltei a me encontrar com a mamãe, ela estava penteando o cabelo, formando uma grande auréola negra. Enquanto eu observava, ela juntou todo o cabelo para formar um grande coque na nuca e enfiou seis grandes pinos nele. Então, dando tapinhas no coque, ela pegou seu vestido de algodão azul-claro adornado com pequenas flores amarelas e brancas e botões brancos polidos que iam de cima a baixo na frente dele. Por fim, ela olhou para mim.

— Você não penteou o cabelo.

— Não, senhora. Eu queria que a senhora me fizesse um penteado de adulta.

A mamãe começou a abotoar a parte de cima do seu vestido com seus dedos longos e ágeis, ao passo que eu abotoava os botões de baixo. Eu adorava ajudar a mamãe a se vestir. Ela estava sempre cheirando a luz do sol e sabão. Quando o último botão foi abotoado, ela vestiu um cinto azul-escuro de couro envernizado na sua cintura fina e se levantou, pronta, com exceção dos sapatos. Ela estava muito bonita.

— Onde está a sua escova?

— Bem aqui — respondi, pegando a escova que havia deixado na cadeira.

A mamãe se sentou na cadeira de balanço do papai, e eu me sentei no tapete de pele de veado na frente dela. Ela dividiu meu cabelo de orelha a orelha em duas seções e trançou a parte da frente para um lado e a parte de trás bem no centro. Então ela enrolou cada trança para formar um coque achatado contra a minha cabeça. Meu cabelo era crespo e longo demais para que eu conseguisse fazer isso sozinha, mas a mamãe conseguia fazer isso com perfeição. Cheguei à conclusão de que ficava com uma aparência melhor dessa forma.

Quando a mamãe terminou, corri para o espelho e então me virei, encarando-a com um sorriso. Ela sorriu de volta e balançou a cabeça como resposta à minha vaidade.

— Mamãe, algum dia eu vou arrumar meu cabelo assim como a senhora?

— Isso ainda vai levar alguns anos — respondeu ela, reajustando o revestimento de papelão que havia colocado nos sapatos para proteger seus pés da sujeira e das pedrinhas que poderiam muito facilmente entrar pelos grandes buracos das solas. Ela colocou os sapatos no chão e os calçou. Agora, com as solas para baixo e com os pés da mamãe neles, ninguém poderia dizer o que ocultava o exterior brilhante; ainda assim, me senti mal pela mamãe e queria que tivéssemos dinheiro suficiente para que ela pudesse consertar seus sapatos ou, melhor ainda, comprar um par novo.

Depois do café da manhã, Stacey, Christopher-John, o Homenzinho e eu sentamo-nos impacientes perto do fogo da manhã, esperando pela mamãe, pela vovó e pelo tio Hammer. O tio Hammer estava se vestindo no quarto dos meninos e a mamãe estava com a vovó. Verifiquei para me certificar de que nenhum deles estava para sair, então me inclinei em direção a Stacey e sussurrei:

— Você acha que o tio Hammer bateu no sr. Simms?

— Não — respondeu Stacey, baixinho.

— Não! — gritou o Homenzinho.

— V-você acha que o sr. Simms bateu no tio Hammer? — gaguejou um incrédulo Christopher-John.

— Não aconteceu nada — explicou Stacey, irritado, puxando o colarinho.

— Nada? — repeti eu, decepcionada.

— Nada.

— Como você sabe? — perguntou o Homenzinho, intrigado.

— A mamãe disse. Eu perguntei a ela diretamente esta manhã.

— Oh — soltou o Homenzinho, com resignação.

— Mas deve ter acontecido alguma coisa — concluí. — Afinal me pareceu que o tio Hammer e o sr. Morrison não foram dormir. Por que estavam assim se nada aconteceu?

— A mamãe disse que o sr. Morrison conversou a noite toda com o tio Hammer. Conversaram até cansar, e ele não deixou o tio Hammer ir até os Simms.

— Que droga! — exclamei, ao passo que meu sonho de vingança contra os Simms desvanecia enquanto Stacey falava. Levei meus cotovelos até os joelhos, então apoiei minha cabeça nas minhas mãos erguidas e encarei as brasas brilhantes. Um nó ardente se formou na minha garganta, e senti como que se meu corpo não fosse grande o suficiente para conter minha frustração nem profundo o suficiente para afogar a raiva emergente.

— Não é justo — falou Christopher-John, simpatizando comigo e me dando tapinhas leves com suas mãos gorduchas.

— Não mesmo — concordou o Homenzinho.

— Cassie — disse Stacey brandamente. De início, eu não olhei para ele, achando que ele fosse dizer o que tinha para dizer. Mas como não disse, virei-me para ele. Ele se inclinou para frente com um ar sigiloso, e Christopher-John e o Homenzinho fizeram o mesmo automaticamente. — Vocês deveriam estar felizes que nada aconteceu — explicou ele com um sussurro. — Porque ouvi a vovó dizer à mamãe ontem à noite que se o sr. Morrison não tivesse impedido o tio Hammer, o tio Hammer provavelmente teria sido morto.

— Morto? — repetimos, ao passo que o fogo crepitou e apagou. — Quem faria isso? — perguntei. — Nenhum daqueles Simms magricelos!

Stacey voltou a falar, mas então a vovó entrou no cômodo, fazendo com que ele nos alertasse a ficar em silêncio.

Quando o tio Hammer se juntou a nós, barbeado e vestindo outro terno, os meninos e eu vestimos nossos casacos e fomos em direção à porta; o tio Hammer nos parou.

— Stacey, esse é o único casaco que você tem, garoto? — perguntou ele.

Stacey olhou para baixo, para a sua jaqueta de algodão desgastada. Os demais fizeram o mesmo. A jaqueta era pequena demais para ele, isso era óbvio, e em comparação com a jaqueta do Homenzinho, de Christopher-John e com a minha, era um fato que ela estava com uma aparência meio decadente. Ainda assim, ficamos surpresos quando o tio Hammer fez essa pergunta, pois sabíamos tanto quanto qualquer outra pessoa que a mamãe só conseguia comprar nossas roupas em turnos, o que significava que cada um de nós precisava esperar pela sua vez para ganhar roupas novas. Stacey olhou para a mamãe e de volta para o tio Hammer.

— S-sim, senhor — respondeu ele.

O tio Hammer o encarou e, com um gesto de mão, ordenou:

— Tire isso. — Antes que Stacey pudesse questionar o porquê, o tio Hammer havia desaparecido no quarto dos meninos.

Stacey olhou para a mamãe de novo.

— É melhor fazer o que ele diz — sugeriu ela.

O tio Hammer voltou com um pacote comprido, embalado com um papel vermelho de Natal e um laço verde e chique. Ele entregou o pacote a Stacey.

— Era para ser seu presente de Natal, mas acho melhor te dar ele agora. Está frio lá fora.

Com cuidado, Stacey pegou a caixa e a abriu.

— Um casaco! — gritou o Homenzinho com alegria, aplaudindo.

— Lã — acrescentou a mamãe, com reverência. — Vá em frente, Stacey. Experimente.

Stacey vestiu o casaco ansiosamente; era muito grande para ele, mas a mamãe disse que poderia erguer as mangas e que o casaco ficaria do tamanho dele no ano seguinte. Stacey fitou o casaco e depois olhou para o tio Hammer. Há um ano, ele teria corrido para os braços do tio Hammer e o abraçado em agradecimento, mas agora que estava na idade máscula de doze anos, ele estendeu a mão, e o tio Hammer a apertou.

— Vamos, é melhor irmos — disse a mamãe.

A manhã estava cinzenta quando saímos, mas a chuva havia parado. Seguimos o caminho de pedras estratificadas que levavam até o celeiro, com cuidado para não escorregar na lama, e entramos no Packard, que estava limpo e brilhante graças à limpeza que o tio Hammer e o sr. Morrison havia feito antes do café da manhã. Dentro do Packard, o mundo era um luxo de cor vinho. Os meninos e eu, no banco traseiro, passamos as mãos nos agradáveis assentos de feltro, tocamos com cuidado as elegantes maçanetas das portas e manivelas das janelas e encaramos embasbacados o sofisticado carpete que se estendia pelas laterais dos tapetes de borracha. O sr. Morrison, que não costumava ir à igreja, se despediu de nós com um aceno do celeiro, e partimos.

Quando chegamos ao terreno da escola e estacionamos, as pessoas aglomeradas na frente da igreja se viraram e encararam o Packard. Então o tio Hammer saiu do carro e alguém gritou:

— Oras, que um raio me parta! É o nosso Hammer!

Hammer Logan! — E como se fossem apenas um, a multidão nos cercou.

T.J. se aproximou correndo com Moe Turner e o Pequeno Willie Wiggins para admirar o carro.

— É do tio Hammer — disse Stacey, com orgulho. Mas antes que os meninos pudessem admirar o carro o suficiente, a mamãe e a vovó nos enxotaram em direção à igreja para a missa. Foi então que T.J. reparou no novo casaco de Stacey.

— Foi o tio Hammer que deu — falei. — Não é demais?

T.J. passou seus longos dedos nas lapelas e ergueu os ombros.

— É bonzinho, eu acho, se você gosta desse tipo de coisa.

— Já basta! — gritei eu, indignada quanto à sua reação casual ao casaco. — Garoto, este é o melhor casaco que já viu, e você sabe disso!

T.J. suspirou.

— É como eu disse: é bonzinho... se você gosta de parecer com um pastor gordo. — Então ele, o Pequeno Willie e Moe gargalharam e seguiram em frente.

Stacey olhou para o casaco com suas longas mangas e grandes ombros. Seu sorriso sumiu.

— Ele não sabe do que está falando — afirmei. — Ele só está com ciúmes. É só isso.

— Eu sei — respondeu Stacey, com amargura.

Quando nos sentamos na frente de T.J., ele sussurrou:

— Lá vem o pastor. — Então ele se inclinou para frente e acrescentou com desdém: — Como vai, Reverendo Logan?

Stacey se virou para T.J., mas eu o cutuquei com força.

— A mamãe está de olho — sussurrei, fazendo-o voltar a olhar para frente.

Depois da igreja, enquanto T.J. e os outros admiravam o carro, a mamãe disse:

— Stacey, talvez o T.J. queira dar uma volta.

Antes que Stacey pudesse responder, falei apressadamente.

— Não, mamãe. Ele tem outro compromisso. — Então, para não ser culpada por mentir, acrescentei em um sussurro: — Ele precisa voltar para casa andando como sempre faz.

— Isso vai ensinar a ele — acrescentou o Homenzinho.

— É — concordou Christopher-John, mas Stacey fechou a cara do lado da janela e não disse nada.

O Sol já tinha saído agora, e o tio Hammer sugeriu que fizéssemos um passeio de verdade antes de irmos para casa. Ele dirigiu os trinta e cinco quilômetros até Strawberry através da Jackson Road, uma das estradas que levavam até a cidade. Mas a mamãe e a vovó protestaram tanto contra essa viagem até Strawberry que ele deu meia-volta com o carro e voltou para casa através da velha Soldiers Road. Supostamente, soldados rebeldes haviam marchado nessa estrada e na Soldiers Bridge para impedir que a cidade caísse nas mãos do Exército Ianque, mas eu tinha minhas dúvidas quanto a isso. Afinal, quem em sã consciência desejaria capturar Strawberry... ou defendê-la por falar nisso?

A estrada tinha muitos declives e curvas, e ao avançarmos, pedrinhas soltas atingiam a parte de baixo do carro, o qual formava nuvens de poeira atrás de nós. O Homenzinho, Christopher-John e eu soltávamos um som de prazer toda vez que o carro subia uma colina e descia de repente para frente, dando-nos aquela sensação estranha na barriga. A estrada acabou se cruzando com a da escola Jefferson Davis. O tio Hammer parou o carro no cruzamento e, apoiando seu braço direito com força sobre o volante, seguiu lentamente em direção à loja dos Wallace.

— Eu gostaria de tacar fogo nesse lugar — falou ele.

— Hammer, pare de falar assim! — ordenou a vovó, com seus olhos esbugalhados.

— Eu, John Henry e David crescemos juntos. E John Henry e eu até lutamos juntos na guerra deles. De que isso nos serviu? A vida de um negro não vale a vida de uma mosca aqui.

— Eu sei disso, filho. Mas falar assim vai acabar fazendo você ser enforcado. Você sabe disso muito bem.

A mamãe tocou no braço do tio Hammer.

— Pode haver outra maneira, Hammer... como eu te disse. Não faça nada estúpido. Espere pelo David. Fale com ele.

O tio Hammer continuou olhando para a loja, perdido. Então suspirou e avançou com o Packard pela estrada em direção à Soldiers Bridge. Estávamos indo para casa pelo caminho longo.

A Soldiers Bridge foi construída antes da Guerra Civil. Era estreita e feita de madeira, e toda vez que precisávamos atravessá-la, eu prendia a respiração até que estivéssemos em segurança do outro lado. Ela podia ser atravessada por um veículo de cada vez, e, supostamente, quem quer que chegasse à ponte primeiro teria o direito de passagem, embora as coisas nem sempre funcionassem assim. Mais de uma vez, enquanto estávamos na carroça com a mamãe ou com a vovó, tivemos que voltar quando uma família branca começou a cruzá-la depois que já estávamos nela.

Quando vimos a ponte, era possível ver claramente o outro lado do rio, e era óbvio para todos que uma caminhonete Modelo T, cheia de crianças ruivas, havia chegado na ponte primeiro e estava prestes a cruzá-la. De repente, porém, o tio Hammer acelerou o Packard e avançou na estrutura que rangeu. O motorista da caminhonete parou e, durante não mais do que um segundo, parou na ponte e sem nenhuma buzinada de protesto deu a ré para que pudéssemos passar.

— Hammer! — gritou a vovó. — Eles acham que você é o sr. Granger.

— Bem, agora eles terão uma surpresa quando chegarmos ao outro lado — afirmou o tio Hammer.

Quando saímos da ponte, pudemos ver os Wallace, todos os três – Dewberry, Thurston e Kaleb –, tocando seus chapéus em respeito e, então, imediatamente congelarem quando viram quem era. O tio Hammer, sério e completamente calmo, tocou a aba do seu próprio chapéu em resposta, e sem olhar para trás, acelerou, deixando os Wallace silenciosamente boquiabertos na nossa frente.

Stacey, Christopher-John, o Homenzinho e eu rimos, mas o olhar sério da mamãe nos fez parar.

— Você não devia ter feito isso, Hammer — afirmou ela, baixinho.

— A oportunidade, querida irmã, era grande demais para resistir.

— Mas um dia vamos pagar por isso. Pode acreditar — predisse ela. — Um dia vamos pagar.

# 7

— Stacey, me traga o seu casaco — pediu a mamãe alguns dias depois, enquanto estávamos reunidos ao redor do fogo depois do jantar. — Eu tenho tempo para erguer as mangas agora.

— Ixi! — exclamou Christopher-John, abrindo seu livro quando a mamãe olhou para ele.

O Homenzinho levou a mão até a boca para sussurrar para mim:

— Rapaz, agora ele vai levar!

— Ahn... n-não precisa, mamãe — gaguejou Stacey. — O c-casaco está bom do jeito que está.

A mamãe abriu a sua caixa de costura.

— Não está bom nada. Traga ele para mim.

Stacey se levantou e começou a ir vagarosamente em direção ao seu quarto. O Homenzinho, Christopher-John e eu o observamos atentamente, imaginando o que ele faria. Ele realmente entrou no quarto, mas não demorou muito para que ele ressurgisse e agarrasse o encosto da sua cadeira, nervoso.

— Eu não tenho mais o casaco, mamãe — confessou.

— Não tem mais o casaco?! — gritou a vovó. O tio Hammer desviou bruscamente os olhos do jornal, mas permaneceu em silêncio.

— Stacey — prosseguiu a mamãe, irritada —, me traga aquele casaco, garoto.

— Mas, mamãe, eu realmente não tenho mais ele! Eu dei o casaco para o T.J.

— T.J.?! — exclamou a mamãe.

— Sim, mamãe — respondeu Stacey, e acrescentou o mais rápido possível quando viu a raiva crescendo nos olhos dela: — O casaco era grande demais para mim e... e o T.J. disse que ele me fazia parecer... um pastor... e que como servia direitinho para ele, ele... ele iria ficar com ele até que eu crescesse e, assim, os rapazes iriam parar de rir de mim e de me chamar de pastor. — Ele fez uma pausa e esperou que alguém dissesse algo; mas só ouvimos o som de uma respiração pesada e o estalar da lenha no fogo. Então, parecendo mais com medo do silêncio do que de enfiar seu pescoço ainda mais no laço do carrasco, ele prosseguiu: — Mas não dei o casaco de vez para ele, mamãe; só emprestei até crescer o suficiente para ele cair bem em mim e então...

A voz de Stacey foi se reduzindo a um sussurro inaudível enquanto a mamãe colocava a caixa de costura sobre a mesa atrás dela. Achei que ela fosse pegar a grande tira de couro que ficava pendurada na cozinha, mas ela não se levantou. Em uma raiva silenciosa, ela encarou Stacey e aconselhou:

— Nesta casa, não damos por aí o que recebemos de presente dos nossos parentes e amigos. Agora vá me trazer aquele casaco.

Quando ela se acalmou, Stacey se virou para sair, mas o tio Hammer o impediu.

— Não — interveio ele. — Deixe o casaco onde está.

A mamãe se voltou para o tio Hammer, confusa.

— Hammer, o que você está dizendo? Esse é o melhor casaco que o Stacey já teve e provavelmente terá enquanto morar nesta casa. O David e eu não podemos comprar um casaco como aquele.

O tio Hammer voltou a se reclinar na cadeira, com seus olhos frios fixos em Stacey.

— Se o Stacey não é esperto o suficiente para ficar com um bom casaco, acho que ele não o merece. Até onde sei, o T.J. pode ficar com ele para sempre. Ele pelo menos sabe identificar uma coisa boa quando vê.

— Hammer, deixe o menino buscar o casaco — pediu a vovó. — Aquele T.J. provavelmente lhe disse todo tipo...

— E o Stacey não tem cérebro? Por que deveria se importar com o que o T.J acha ou diz? Quem é esse tal de T.J. afinal? Ele veste ou alimenta o Stacey? — O tio Hammer se levantou e se aproximou de Stacey, ao passo que o Homenzinho, Christopher-John e eu o acompanhávamos com os olhos, temendo o que quer que fosse acontecer. — Acho que se o T.J. lhe dissesse que era verão e que você deveria andar pelado na estrada porque todo mundo está fazendo isso, você andaria, não é?

— N-não, senhor — respondeu Stacey, olhando para o chão.

— Agora ouça bem... Olhe para mim enquanto estou falando com você, garoto! — Stacey ergueu imediatamente a cabeça e olhou para o tio Hammer. — Se você não tem o mínimo de inteligência para ver que esse tal de T.J. te enganou, então você não vai chegar a lugar nenhum neste mundo. É difícil lá fora, garoto, e enquanto houver pessoas, vai haver alguém tentando tomar o que você tem e te atrasar. Cabe a você decidir se deixará essas pessoas fazerem isso com você ou não. Me pareceu que você queria ficar com o casaco quando eu te dei, não queria?

Stacey conseguiu responder um trêmulo "Sim, senhor".

— E qualquer um que tenha bom senso diria que o casaco é uma coisa boa, não é?

Desta vez, Stacey só conseguiu concordar com a cabeça.

— Então se você quer uma coisa, se essa coisa é boa e a conseguiu de maneira legítima, é melhor se apegar a ela e não permitir que ninguém o convença a abrir mão dela. Se continuar se importando com o que um bando de inúteis diz sobre você, nunca chegará a lugar nenhum, porque tem muita gente por aí que não quer que você seja bem-sucedido. Entende o que quero dizer?

— S-sim, tio Hammer — gaguejou Stacey. O tio Hammer deu meia-volta e voltou a ler o jornal sem nem sequer encostar em Stacey, mas era possível ver que essa conversa deixou Stacey abalado.

Christopher-John, o Homenzinho e eu trocamos olhares apreensivos. Eu não sei no que eles estavam pensando, mas eu havia me decidido a não fazer nada para contrariar o tio Hammer; não tinha a mínima intenção de levar uma bronca daquelas. As surras do papai já eram suficientes para mim, muito obrigada.

Os últimos dias de escola antes do Natal pareciam nunca terminar. Toda noite, eu ia dormir na esperança de que a manhã trouxesse o papai, e a cada manhã, quando via que ele não estava lá, eu ia me arrastando para a escola, consolando-me com a ideia de que ele estaria em casa quando eu voltasse. Mas os dias passaram, frios e ventosos, e ele não voltou.

Em acréscimo ao meu tormento de espera e frio havia Lillian Jean, que já havia passado por mim com um sorrisinho de superioridade duas vezes naquela semana. Cheguei à conclusão de que ela já havia passado da conta, mas como ainda não havia decidido como lidar com a questão, deixei para fazer alguma coisa só depois de ter a oportunidade de conversar com o papai sobre todo aquele caso de Strawberry. Sabia muito bem que ele não sairia desembestado de casa atrás do sr. Simms como o tio Hammer havia feito, visto que sempre tirava tempo para pensar como agir, mas ele com certeza teria um bom conselho sobre como lidar com Lillian Jean.

Além disso, havia T.J., que, embora não fosse exatamente um problema meu, ficava se exibindo de forma tão irritante com o casaco de lã de Stacey durante aqueles dias frios, que decidi cuidar dele e de Lillian Jean ao mesmo tempo. Desde a noite em que o sr. Avery o levou até em casa para devolver o casaco, na qual foi informado pelo tio Hammer e por um hesitante Stacey que aquele casaco era dele, T.J. se tornou mais insuportável do que o normal. Agora ele elogiava o casaco, desde as pontas grandes das suas lapelas às bordas da sua bainha profunda. Ninguém jamais teve um casaco tão bom; ninguém nunca ficou tão bem em um casaco desses; ninguém jamais poderia esperar ter um casaco assim.

Stacey estava proibido de dar uma bofetada em T.J. por causa do princípio do tio Hammer de que um homem não pode culpar outros pela sua própria idiotice; ele aprendeu com o seu erro e se tornou mais forte por isso. Eu, por outro lado, não estava limitada por essa proibição, e no que dependia de mim, se T.J. continuasse com esse negócio do casaco, ele podia muito bem cair ao mesmo tempo que a "srta." Lillian Jean.

No dia antes do Natal, acordei com o murmúrio suave de vozes silenciosas reunidas na escuridão de meia-noite da manhã. A vovó não estava do meu lado, e sem me questionar nem por um instante sequer, já sabia por que ela havia saído. Pulando da cama, com meus pés mal tocando o tapete de pele de veado, corri até o quarto da mamãe.

— Oh, papai! — gritei. — Eu sabia que era o senhor!

— Ah, aí está a minha Cassie! — O papai sorriu, levantando-se para me pegar enquanto eu pulava nos seus braços.

Quando amanheceu, a casa cheirava a domingo: frango e bacon frito e linguiças defumadas assadas. À noitinha, ela tinha cheiro de Natal. Na cozinha havia tortas de batata-doce e de creme e bolos amanteigados frios; um guaxinim gigante que o sr. Morrison, o tio Hammer e Stacey haviam caçado em uma noite, o qual estava imerso em um mar de cebolas, alho e grandes inhames alaranjados; e um presunto selecionado e curado com açúcar, comprado em uma defumadora, esperava pela sua vez no forno. No centro da casa, onde nos reunimos depois do jantar, ramos recém-cortados de pinheiro de folhas longas foram posicionados sobre a lareira, adornada por trepadeiras retorcidas de azevinho e frutinhas vermelhas e brilhantes de Natal. E na lareira em si, em uma panela preta colocada sobre uma grade alta, amendoins eram torrados sobre o fogo da lenha, ao passo que a luz desvanecente do dia se transformava rapidamente no veludo da noite, manchado com presságios brancos da neve iminente, e o som caloroso de vozes graves e risadas altas se mesclando com contos de tristeza e alegria de dias passados, porém não esquecidos.

— ...As melancias do velho Ellis pareciam ter um gosto naturalmente melhor do que a de todos os outros — contou o papai —, e o Hammer e eu costumávamos entrar escondidos lá sempre que ficava tão quente que era difícil de se mexer e levávamos algumas até o lago para resfriá-las. E comíamos até não aguentar mais! Comíamos bem.

— Papai, o senhor roubava? — perguntou o Homenzinho, surpreso. Embora costumasse não gostar nem um pouco que as pessoas o ficassem segurando, ele estava sentado confortavelmente no colo do papai.

— Bem... Não exatamente — explicou o papai. O que fazíamos era trocar uma das melancias da nossa horta por uma das dele. É claro que ainda estávamos errados por fazer isso, mas, na época, parecia não ter problema...

— Com certeza — confirmou o tio Hammer, com uma risada. — As melancias do velho Ellis eram grandes e verdes e as nossas eram compridas e rajadas...

— E o sr. Ellis estava sempre certo, em especial no que se refere às suas melancias — prosseguiu o papai. — Ele levou um tempão para descobrir o que estávamos fazendo, mas, Senhor, Senhor, quando descobriu...

— Vocês deviam ter nos visto correndo — observou o tio Hammer, levantando-se. — Ele fez o gesto de levar uma mão até a outra e, depois, à frente dela. — Ra-paz! Sumimos! E aquele velho estava na nossa cola com um graveto de nogueira, batendo na nossa cabeça...

— Pois é! Aquele velho corria! — gritou o papai. — Eu não sabia que as pernas de uma pessoa podiam se mover tão rápido.

A vovó gargalhou.

— E até onde me lembro, o pai de vocês lhes deu uma boa surra quando o sr. Ellis lhe contou o que vocês andavam fazendo. Claro, vocês já sabem que os Ellis são corredores natos. Vocês se lembram do irmão do sr. Ellis, o Tom Lee? Bem, certa vez, ele...

Durante toda a noite, o papai, o tio Hammer, a vovó, o sr. Morrison e a mamãe nos emprestaram suas lembranças, representando suas histórias com atuações dignas de palco, imitando os personagens na voz, maneirismos e ações tão bem que os ouvintes acabavam agarrando os lados da barriga de tanto rir. Foi uma ocasião boa e calorosa. Mas quando a noite avançou e o nível dos amendoins da panela diminuiu, as vozes ficaram mais silenciosas, e o sr. Morrison contou:

— ...Eles vieram à noite, como os fantasmas daquele Natal de 1876. Eram épocas difíceis, como hoje, e minha família estava morando em uma favela do lado de Shreveport. A reconstrução tinha acabado de terminar a essa altura, e os soldados do Norte estavam cansados de ficar no Sul e não se importavam com os negros da favela. E os brancos do Sul estavam cansados dos soldados do Norte e dos negros libertos e estavam tentando fazer as coisas voltarem a ser como eram antes. E os negros... bem, estávamos cansados. Mal havia trabalho, e durante aqueles anos, acho que ser livre era tão difícil quanto ser escravo...

"Eles vieram naquela noite. Eu me lembro muito bem. Estava frio, tão frio que precisávamos ficar abraçados para nos manter aquecidos, e dois garotos – acho que por volta de dezoito ou dezenove anos – bateram na porta do meu pai. Eles estavam com medo, morrendo de medo. Haviam acabado de vir de Shreveport. Algumas mulheres brancas os haviam acusado de molestá-las, e eles não tinham para onde correr, então vieram para a casa do meu pai porque ele tinha uma boa cabeça e era grande, maior do que eu. Ele também era forte. Tão forte que podia quebrar a perna de um homem com a mesma facilidade que quebrava um graveto. Eu vi ele fazer isso naquela noite. E os branquelos tinham medo dele. Mas meu pai mal teve tempo de acabar de ouvir a história dos garotos quando aqueles malditos homens da noite chegaram..."

— Homens da noite! — repeti em um sussurro seco, sentindo calafrios. Stacey, que estava sentado ao meu lado no chão, ficou tenso; Christopher-John me cutucou, conspiradoramente; o Homenzinho se inclinou para frente no colo do papai.

— David... — falou a mamãe.

Mas o papai segurou a sua mão fina e disse baixinho:

— Essas são coisas que eles precisam ouvir, querida. É a história deles.

A mamãe se reclinou na cadeira, ainda segurando a mão do papai, refletindo a preocupação nos seus olhos. Mas o sr. Morrison pareceu não perceber.

— ...vieram como gafanhotos — prosseguiu ele em uma voz distante. — Invadiram a nossa casa com seus sabres rebeldes, cortando e matando, nos queimando. Para eles, não importava quem matavam. Não éramos nada para eles. Não éramos melhores do que cachorros. Mataram bebês e velhas. Não importava.

Ele encarou o fogo.

— Minhas irmãs foram mortas no fogo, mas minha mãe me ajudou a escapar... — Sua voz sumiu, e ele tocou as cicatrizes no pescoço. — Ela tentou voltar para a casa para salvar as garotas, mas não conseguiu. Aqueles homens da noite caíram sobre ela, e ela me jogou – me jogou como se eu fosse uma bola – o mais forte que conseguiu, tentando me afastar deles. Então ela lutou. Lutou como uma coisa selvagem ao lado do meu pai. Os dois eram descendentes de escravos de reprodução e eram fortes como touros...

— "Escravos de reprodução"? — perguntei. O que é isso?

— Cassie, não interrompa o sr. Morrison — ordenou a mamãe.

Mas o sr. Morrison desviou os olhos do fogo e explicou:

— Bem, Cassie, durante a escravidão, havia alguns fazendeiros que juntavam pessoas como animais para produzir mais escravos. A reprodução de escravos deu bastante dinheiro para os donos de escravos, especialmente depois que o governo disse que não podiam mais trazer escravos da África, e produziam todo tipo de escravos para vender no bloco. E aqueles que tinham dinheiro suficiente, homens brancos e até negros libertos, podiam comprar exatamente o que queriam. Meus pais foram criados pela força, assim como os pais deles e os avós deles antes deles. Ninguém se importava com o que eles achavam disso. Ninguém se importava.

— Mas minha mãe e meu pai se amavam e amavam a gente, seus filhos, e naquele Natal, eles lutaram contra aqueles demônios do inferno como anjos vingadores do Senhor. — Ele voltou a fitar o fogo e fiquei bem quieta; então ele ergueu a cabeça e nos encarou. — Eles morreram naquela noite. Os homens da noite os mataram. Algumas pessoas me dizem que não é possível que eu me lembre daquele Natal – porque eu mal tinha seis anos de idade –, mas eu me lembro muito bem. Eu me obrigo a lembrar dele.

Ele voltou a ficar em silêncio, e ninguém disse nada. A vovó cutucou a lenha vermelha com o atiçador, distraída, mas ninguém mais se mexeu. Por fim, o sr. Morrison se levantou, nos desejou uma boa noite e partiu.

O tio Hammer também se levantou.

— Acho que vou me deitar também. Já é quase uma da manhã.

— Espere um pouco, Hammer — pediu a vovó. — Agora que você e o David estão em casa, preciso falar com vocês... sobre a terra...

Visões dos homens da noite e do fogo misturados em um caldeirão de medo me despertaram muito antes do amanhecer. Rolei automaticamente em direção à presença consoladora da vovó, mas ela não estava do meu lado.

Uma luz suave vazava por debaixo da porta do quarto da mamãe e do papai, e imediatamente me dirigi em direção a ele. Quando abri a porta e entrei no quarto escuro, iluminado agora pelo amarelo trêmulo do fogo baixo, a vovó dizia:

— ...começarem a mexer com esse povo daqui, não há quem diga o que pode acontecer.

— É melhor apenas sentarmos e reclamarmos do que eles fazem com a gente? — retrucou a mamãe, erguendo a voz. — Todo mundo, de Smellings Creek a Strawberry, sabe que foram eles. Mas o que fazemos? Enchemos os bolsos deles com nossas moedas e mandamos nossos filhos para a loja deles para aprender o que não deviam. As crianças mais velhas estão bebendo regularmente agora, embora não tenham dinheiro para pagar por isso, e os Wallace estão simplesmente acrescentando o valor das bebidas à conta das famílias... mais dinheiro para eles, ao passo que acabam com os nossos jovens. Acho que o mínimo que podemos fazer é parar de fazer compras lá. Pode não ser justiça de verdade, mas isso os prejudicará, e teremos feito alguma coisa. O sr. Turner, os Avery, os Lanier e mais de vinte outras famílias, e talvez mais, disseram que vão pensar sobre não fazer mais compras lá se puderem conseguir crédito em algum outro lugar. Nós devemos isso aos Berry...

— Francamente — interrompeu o tio Hammer —, prefiro eu mesmo tacar fogo neles.

— Hammer, se recorrer a isso, não teremos nada — concluiu a mamãe.

— Não teremos nada de qualquer maneira — replicou o tio Hammer. — Se acha que passar a fazer compras em Vicksburg vai acabar com os Wallace, você não faz ideia de como as coisas funcionam por lá. Está se esquecendo que Harlan Granger apoia a loja?

— Mary, minha filha, o Hammer está certo — confirmou a vovó. — Estou fazendo o que lhes disse sobre esta terra porque não quero que alguma coisa jurídica surja depois que eu morrer e dê direito a Harlan Granger de tomá-la. Mas se usarmos nossa terra para dar crédito para essas pessoas, vamos perdê-la com toda a certeza; e se isso acontecer, não vou conseguir encarar Paul Edward...

— Eu não disse que nós deveríamos dar a garantia — esclareceu a mamãe —, mas somos praticamente a única família que pode dar alguma.

O papai desviou o olhar do fogo.

— Pode ser, querida, mas se usássemos esta terra como garantia para isso, seria como abrir mão dela. Do jeito que as coisas vão, não é muito provável que alguma dessas pessoas consiga pagar as dívidas que fizer, por mais que tenha a intenção de fazer isso. E se não conseguirem pagar, como vamos ficar? Não temos caixa para pagar a dívida dos outros. — Ele balançou a cabeça. — Não... vamos precisar encontrar outra maneira... Talvez possamos ir até Vicksburg e ver o que podemos conseguir... — Os olhos dele pousaram sobre mim nas sombras, e ele se inclinou para frente. — Cassie? O que foi, querida?

— Nada, papai — murmurei. — Acordei. Só isso.

A mamãe fez que ia levantar, mas o papai fez um gesto para que ela se sentasse e ele se levantou. Levando-me de volta para a cama, ele disse gentilmente:

— Não há motivos para ter pesadelos, Cassie. Pelo menos não esta noite.

— Papai, vamos perder nossa terra? — perguntei, ajeitando-me debaixo das colchas quentinhas enquanto ele as arrumava.

O papai se inclinou e tocou meu rosto com delicadeza na escuridão.

— Se não conseguir se lembrar de nada mais na sua vida, Cassie, lembre-se disso: nunca vamos perder esta terra. Você acredita nisso?

— Sim, papai.

— Então vá dormir. O Natal está chegando.

— Livros! — gritou o Homenzinho na manhã de Natal.

Para Stacey havia *O conde de Monte Cristo*; para mim, *Os três mosqueteiros*; e para o Homenzinho, dois volumes distintos de *As fábulas de Esopo*. Na contracapa de cada livro, na excelente caligrafia da mamãe, estava escrito o nome do dono. No meu estava escrito: "Este livro pertence à srta. Cassie Deborah Logan. Natal, 1933."

— Os homens que me venderam esses livros me disseram que estes dois foram escritos por negros — explicou o papai, abrindo meu livro e apontando para a foto de um homem que vestia um casaco longo e elegante e que usava uma peruca de cabelo encaracolado que caía sobre os ombros. — O nome dele era Alexandre Du-mas, um francês. O pai dele era mulato e a avó dele era escrava em uma ilha; aqui diz Mar-ti-nica. Os homens também me disseram que eles eram difíceis para crianças ler, mas eu respondi que eles não conheciam meus bebês. Talvez não consigam lê-los agora, mas vão conseguir.

Além dos livros, havia uma meia cheia de alcaçuz – que era comprado em loja uma vez por ano –, laranjas e bananas para cada um de nós e, da parte do tio Hammer, um vestido e um suéter para mim e um suéter e um par de calças cada para Christopher-John e para o Homenzinho. Mas nada se comparava aos livros. O Homenzinho, que amava roupas acima de tudo, posicionou suas novas calças e suéter de lado e correu para pegar uma folha limpa de papel marrom para fazer uma capa para o seu novo livro, e durante todo o dia, enquanto permanecia sentado no tapete de pele de veado, analisando figuras claras e brilhantes e lugares longínquos, virando cada página como se fossem de ouro, ele olhava de repente para as suas mãos, verificava a página que tinha acabado de virar e corria para a cozinha para lavá-las novamente – só para ter certeza.

Depois da missa, os Avery voltaram para casa conosco para o jantar de Natal. Todos os oito filhos dos Avery, incluindo os quatro que estavam na pré-escola, se juntaram aos meninos e a mim na cozinha, sentindo os aromas deliciosos e esperando que todos fossem chamados para comer. Mas só as garotas mais velhas, que estavam ajudando a mamãe, a vovó e a sra. Avery a dar os toques finais à refeição, tiveram permissão de ficar. A vovó procurava continuamente afastar o restante de nós. Por fim, o anúncio que todos nós estávamos aguardando foi feito, e recebemos a permissão para começar a celebração do Natal.

A refeição durou duas horas, com um primeiro prato seguido de repetições e repetições, conversas e risadas e, por fim, a sobremesa. Quando terminamos, os meninos e eu, com Claude e T.J., saímos de casa, mas a camada de um centímetro de neve deixava tudo lamacento, de modo que voltamos para dentro de casa e nos juntamos aos adultos ao redor do fogo. Logo depois, ouvimos uma batida tímida na porta da frente. Stacey a abriu e encontrou Jeremy Simms parado ali, o qual parecia congelar e bastante assustado ao visualizar o cômodo iluminado. Todo mundo se virou para encará-lo. Stacey olhou para o papai e de volta para Jeremy.

— Você… você quer entrar? — perguntou ele, sem jeito.

Jeremy balançou a cabeça e entrou, hesitante. Enquanto Stacey o acompanhava até o fogo, os olhos do tio Hammer se estreitaram, e ele disse ao papai:

— Ele parece um Simms.

— Acho que é — concordou o papai.

— Então o que diabos…

— Deixe que eu cuido disso — ordenou o papai.

Jeremy, que havia ouvido, enrubesceu bastante e entregou rapidamente à mamãe um pequeno saco de juta.

— E-eu trouxe para todos. — A mamãe apanhou o saco. Quando ela abriu, eu olhei por cima do seu ombro; o saco estava cheio de nozes.

— Nozes? — perguntei. — Nozes! Temos mais nozes agora do que sabemos o que…

— Cassie! — disse a mamãe, repreendendo-me. — O que foi que eu te disse sobre essa sua boca? — Então ela se voltou para Jeremy. — Foi muita consideração sua, Jeremy, e agradecemos. Obrigada.

Jeremy balançou a cabeça novamente, tímido, como se não soubesse como aceitar o agradecimento, e rapidamente entregou um objeto fino e embrulhado a mão para Stacey.

— Eu fiz isso para você — explicou ele.

Stacey olhou para o papai para ver se deveria aceitá-lo. Durante um bom tempo, o papai sondou Jeremy e então fez que sim com a cabeça.

— N-não é muito — gaguejou Jeremy, ao passo que Stacey rasgava o embrulho. — E-eu mesmo fiz. — Stacey passou os dedos pela superfície lisa e lixada de uma flauta de madeira. — Vá em frente. Toque — pediu Jeremy, satisfeito. — Ela faz um som muito bonito.

Stacey olhou novamente para o papai, mas, desta vez, ele não lhe deu nenhuma indicação do que fazer.

— Obrigado, Jeremy. Ela é muito bonita — disse ele, por fim. Então, com a flauta em mãos, ele ficou parado desconfortavelmente do lado da porta, esperando que Jeremy partisse.

Visto que Jeremy não se moveu, o papai perguntou:

— Você é filho do Charlie Simms?

Jeremy fez que sim.

— S-sim, senhor.

— Seu pai sabe que você está aqui?

Jeremy mordeu o lábio inferior e olhou para os pés.

— N-não, senhor. Acho que não.

— Então acho melhor que você vá para casa, filho, antes que ele venha até aqui para procurar você.

— Sim, senhor — respondeu Jeremy, afastando-se.

Quando ele chegou na porta, eu gritei para ele:

— Feliz Natal, Jeremy!

Jeremy olhou para trás e deu um sorriso acanhado.

— Feliz Natal para todos vocês também.

T.J. só falou sobre a visita de Jeremy depois que o papai e o tio Hammer deixaram o cômodo. Ele tinha receio do papai e morria de medo do tio Hammer, de modo que evitava falar quando algum deles estava por perto. Mas agora que eles estavam do lado de fora da casa com o sr. Avery, ele disse:

— Você não vai ficar com isso, vai?

Stacey olhou para T.J. com irritação, e eu sabia que ele estava pensando no casaco.

— Sim, vou. Por quê?

T.J. ergueu os ombros.

— Nada. Só que eu nunca iria querer um apito que foi soprado por um branquelo.

Observei Stacey de perto para ver se ele se deixaria levar pelas artimanhas de T.J.; ele não deixou.

— Ah, cale a boca, T.J. — mandou ele.

— Ah, cara, não me entenda mal — acrescentou T.J. rapidamente. — Se quiser ficar com essa velharia, isso é com você. Mas eu, se alguém me der algo, quero que seja alguma coisa boa — como aquela linda pistola de cabo perolado…

Depois que os Avery partiram, Stacey perguntou:

— Papai, por que o Jeremy me deu esta flauta? Digo, eu não dei nada a ele.

— Talvez tenha lhe dado algo — sugeriu o papai, acendendo seu cachimbo.

— Acho que não, papai. Eu nunca dei nada a ele!

— Nem mesmo sua amizade?

— Bem… creio que não. Digo… ele é meio maluco e gosta de ir andando com a gente até a escola, mas…

— Você gosta dele?

Stacey franziu as sobrancelhas, pensando.

— Eu disse que não queria que ele ficasse andando com a gente, mas ele continuou fazendo isso, e as crianças brancas riem dele por causa disso. Mas ele não parece se importar com isso... Acho que gosto dele. Isso é errado?

— Não — respondeu o papai, com cuidado. — Isso não é errado.

— Na verdade, é muito mais fácil de lidar com ele do que com o T.J. — prosseguiu Stacey. — E acho que se permitisse, ele poderia ser um amigo muito melhor para mim do que o T.J.

O papai tirou o cachimbo da boca, esfregou o bigode e falou, baixinho:

— Até onde sei, a amizade entre negros e brancos não significa tanto porque ela não tem uma base igualitária. Você e Jeremy podem estar se dando bem agora. Porém, daqui a alguns anos, ele se verá como um homem, mas provavelmente ainda o verá como um menino. E se achar isso, ele não vai hesitar em se voltar contra você.

— Mas, papai, não acho que Jeremy faria isso.

Os olhos do papai se estreitaram, e sua similaridade com o tio Hammer aumentou.

— Nós, os Logan, não temos muitos tratos com gente branca. Sabe por quê? Porque gente branca significa problemas. Se vir negros andando com brancos, pode ter certeza que eles vão se encrencar. Talvez, algum dia, os brancos e os negros possam ser amigos de verdade, mas agora, a estrutura do país não permite isso. Você talvez esteja certo sobre o Jeremy ser um amigo muito melhor do que o T.J. jamais será. O problema é que, aqui, no Mississippi, o custo para descobrir é muito alto... Então acho melhor não tentar.

Stacey olhou bem fundo nos olhos do papai para entender o que ele queria dizer.

Ao ir dormir, parei no quarto dos meninos para pegar uma das laranjas que Christopher-John havia pegado da minha meia e vi Stacey dedilhando a flauta. Fiquei parada na entrada enquanto ele a observava. Então ele voltou a embrulhá-la com cuidado e a guardou na sua caixa de coisas valiosas. Nunca mais vi aquela flauta.

No dia depois do Natal, o papai mandou que Stacey, Christopher-John, o Homenzinho e eu fôssemos até o celeiro. Esperávamos, contra toda a esperança, que a mamãe não tivesse contado a ele sobre nossa ida até a loja dos Wallace ou, se tivesse, que ele se esquecesse da sua promessa. Deveríamos saber que isso não aconteceria. A mamãe sempre contava tudo ao papai, e ele nunca se esquecia de nada.

Depois de recebermos nossa punição, saímos do celeiro, ardidos e com os olhos marejados, e vimos o papai, o tio Hammer e o sr. Morrison entrar no Packard e saírem em alta velocidade. A mamãe disse que eles estavam indo para Vicksburg.

— Por que Vicksburg, mamãe? — perguntou Stacey.

— Eles têm alguns negócios para cuidar — respondeu ela, resumidamente. — Vamos. Temos coisas para fazer.

No fim da tarde, logo depois que os homens voltaram, o sr. Jamison chegou. Ele trouxe um bolo de frutas que a sra. Jamison havia feito e um saco de balas de limão para cada um dos meninos e para mim. A mamãe nos deixou agradecer e depois nos pediu para sair. Brincamos por um tempo nos montes de neve que sobraram, mas quando cansamos disso, entrei em casa para ver o que estava acontecendo; a mamãe mandou que eu saísse de novo.

— O que eles estão fazendo? — perguntou o Homenzinho.

— Olhando um punhado de papéis — respondi. — E o tio Hammer estava assinando alguma coisa.

— Que tipo de papéis? — perguntou Stacey.

Ergui os ombros.

— Eu não sei. Mas o sr. Jamison estava falando algo sobre vender a terra.

— Vender a terra? — perguntou Stacey. — Tem certeza?

Fiz que sim.

— Ele disse: "Depois que todos vocês assinarem os papéis, a dona Caroline não terá mais direito a esta terra. Não poderá vendê-la ou assinar nenhum documento relacionado com ela. Estará tudo no nome de vocês, e ambos serão necessários para fazer qualquer coisa com ela".

— "Ambos" quem?

Ergui os ombros de novo.

— O papai e o tio Hammer, acho.

Depois de um tempo, fiquei com frio e entrei. O sr. Jamison, sentado ao lado da vovó, estava colocando alguns papéis na maleta.

— Espero que se sinta melhor agora que isso foi feito, dona Caroline — disse ele, com sua voz refletindo uma mistura de aristocracia sulista e instrução nortista.

— Hammer e David já vêm cuidando das coisas há um bom tempo — explicou a vovó. — Eles e a Mary se esforçam bastante para pagar os impostos e a hipoteca deste lugar, e queria me certificar, enquanto ainda estivesse respirando, que eles tivessem direito sobre este lugar segundo à lei, sem problemas. Não quero nenhum problema depois que eu morrer sobre quem tem direito a esta terra.

— Ela fez uma pausa e depois acrescentou: — Isso acontece às vezes, sabia?

O sr. Jamison fez que sim. Ele era um homem alto e magro, tinha por volta de cinquenta anos e um rosto perfeito para um advogado, tão calmo que era difícil adivinhar no que estava pensando.

Os meninos e eu nos sentamos em silêncio à mesa de estudo, e este silêncio nos permitiu ficar ali. Achei que o sr. Jamison estava para partir. Era óbvio que seus negócios haviam terminado, e apesar do fato de que a família o considerava uma boa pessoa, ele não era considerado um amigo no sentido costumeiro, e não parecia haver nenhum motivo para ele ficar por mais tempo. Mas então o sr. Jamison voltou a colocar sua maleta no chão, indicando que não estava partindo, e olhou primeiro para a vovó e para a mamãe e depois para o papai e para o tio Hammer.

— Estão dizendo que algumas pessoas daqui estão querendo fazer compras em Vicksburg — observou ele.

A vovó olhou na direção do papai e do tio Hammer, mas nenhum deles retribuiu o olhar; eles estavam com os olhos fixos no sr. Jamison.

— Também estão falando sobre o motivo de quererem fazer compras lá. — Ele fez uma pausa, olhou nos olhos do papai, depois do tio Hammer e prosseguiu: — Como deve saber, minha família tem raízes em Vicksburg – vários de nossos amigos ainda moram lá. Recebi a ligação de um deles esta manhã. Ele disse que vocês estavam tentando obter crédito para cerca de trinta famílias.

O papai e o tio Hammer não afirmaram nem negaram isso.

— Vocês sabem tão bem quanto eu que não é tão fácil assim conseguir crédito hoje em dia — continuou o sr. Jamison. — Se esperam consegui-lo, precisarão de algo para dar garantia.

— Já sabemos disso — afirmou o tio Hammer.

O sr. Jamison olhou para o tio Hammer e balançou a cabeça.

— Eu supunha que sim. Mas até onde posso ver, a única coisa que vocês têm para dar garantia de crédito é esta terra... e eu odiaria vê-los dá-la como garantia.

— Por quê? — perguntou o tio Hammer, receoso com o interesse dele.

— Porque a perderiam.

O fogo crepitou, e o cômodo ficou em silêncio. Então o papai disse:

— Aonde você quer chegar?

— Eu vou dar a garantia de crédito.

Silêncio novamente. O sr. Jamison permitiu que o papai e o tio Hammer tivessem um bom tempo para tentar descobrir o motivo por trás do seu rosto inexpressivo.

— Sou do Sul, nascido e criado, mas isso não quer dizer que aprovo tudo o que anda acontecendo por aqui, e muitas outras pessoas brancas pensam da mesma forma.

— Se o senhor e muitos outros pensam assim, então por que os Wallace não estão na cadeia? — perguntou o tio Hammer.

— Hammer... — repreendeu a vovó.

— Porque — respondeu o sr. Jamison, com franqueza — não há o suficiente dessas mesmas pessoas brancas que admitiriam como se sentem, ou mesmo se admitissem, que enforcariam um branco por ter matado um negro. É simples assim.

O tio Hammer deu um breve sorriso e balançou a cabeça, mas seus olhos refletiram um respeito rancoroso pelo sr. Jamison.

— Dar garantia pelo empréstimo será estritamente uma questão de negócios. No outono, quando for feita a colheita, as pessoas que tiverem feito compras em Vicksburg deverão pagar por elas. Se não, eu terei que pagar. É claro, como homem de negócios, espero não precisar usar nenhum centavo meu – meu caixa não está exatamente transbordando –, de modo que precisaremos impor um limite de crédito. Ainda assim, me daria muita satisfação saber que pude fazer parte de tudo isso. — Ele olhou em volta. — O que vocês acham?

— O senhor entende que não é muito improvável, depois de feitas as contas, que eles não tenham dinheiro para pagar as dívidas, com exceção das da loja dos Wallace? — perguntou o papai.

O sr. Jamison fez que sim.

— Mas minha oferta ainda está de pé.

O papai suspirou profundamente.

— Bem, então eu diria que tudo depende das pessoas que estarão dispostas a comprar com a sua garantia. Elas querem fazer isso, então essa é uma decisão delas. Nós sempre pagamos em dinheiro vivo.

— O senhor sabe que se der esse crédito, não será uma das pessoas mais populares por aqui? — perguntou o tio Hammer. — Já pensou nisso?

— Sim — respondeu o sr. Jamison, reflexivamente. — Minha esposa e eu discutimos o assunto em detalhes. Entendemos que isso pode acontecer... Mas me pergunto se vocês se perguntaram isso também. Além do fato de que várias pessoas brancas por aqui se ressentem desta terra e da sua atitude independente, temos Harlan Granger. Eu conheço o Harlan durante toda a minha vida, e ele não vai gostar disso.

Eu quis perguntar o que o sr. Granger tinha a ver com tudo isso, mas o bom senso me disse que isso só me faria ser expulsa dali.

Mas então o sr. Jamison prosseguiu e explicou sem que eu precisasse perguntar nada.

— Desde que éramos crianças, o Harlan vivia no passado. A avó dele encheu a cabeça dele com histórias e mais histórias da glória do Sul antes da guerra. Vocês já sabem, naquela época, os Granger tinham uma das maiores plantações do estado, e o condado de Spokane era praticamente deles... e eles pensavam o mesmo. Eles eram consultados sobre tudo referente a esta área e achavam que tinham a responsabilidade de ver se as coisas estavam funcionando suavemente, de acordo com a lei – uma lei basicamente para gente branca. Bem, o Harlan continua pensando hoje o que a sua avó pensava. Ele também tem fortes sentimentos sobre esta terra e se ressente pelo fato de que vocês se negam a vendê-la de volta para ele. Se derem garantia pelo crédito com ela agora, ele vai aproveitar a oportunidade para tomá-la de vocês. Podem contar com isso.

Ele fez uma pausa e, quando voltou a falar, sua voz estava tão baixa que precisei me inclinar para frente para ouvir suas próximas palavras.

— E se continuarem a incentivar as pessoas a não fazerem compras na loja dos Wallace, ainda poderão perdê-la. Não se esqueçam de que o Harlan arrenda a terra daquela loja para os Wallace e recebe uma boa porcentagem da sua renda. Antes de permitir que os Wallace montassem a loja, ele recebia apenas o dinheiro dos lavradores. Agora, ele recebe uma boa parte do dinheiro da produção dos Montier e dos Harrison, visto que essas duas plantações são pequenas demais para terem uma loja, e não é muito improvável que ele se oponha a sua interferência.

"Mas ainda mais importante do que tudo isso é que vocês estão apontando o dedo diretamente para os Wallace com esse boicote. Não só os estão acusando de assassinato, o que, neste caso, seria apenas um detalhe, visto que a pessoa que morreu era negra, como estão dizendo que eles deveriam ser punidos por isso. Que deveriam receber a mesma punição por terem matado um branco, e a punição de um branco por ter feito algo de errado a um negro passa a ideia de igualdade. *Isso* é uma coisa que Harlan Granger com toda a certeza não vai permitir."

O sr. Jamison ficou em silêncio, esperando; ninguém falou nada, então ele prosseguiu:

— Aquilo do que John Henry Berry e o irmão dele foram acusados – de fazer insinuações a uma mulher branca – vai contra o cerne de Harlan Granger e contra a maioria das outras pessoas brancas desta comunidade mais do que qualquer outra coisa, e vocês sabem disso. O Harlan pode não acreditar nos métodos dos Wallace, mas ele definitivamente os apoiará. Podem acreditar.

O sr. Jamison apanhou sua maleta, passou os dedos pelo cabelo grisalho e olhou nos olhos do papai.

— O triste é que, no fim, sabemos que não podemos vencer a ele ou aos Wallace.

O papai olhou para os meninos e para mim, esperando por sua resposta, e então balançou a cabeça de leve, como se tivesse concordado.

— Mesmo assim — disse ele —, eu quero que essas crianças saibam que tentamos, e o que não conseguirmos fazer agora, talvez eles consigam algum dia.

— Espero que sim, David — murmurou o sr. Jamison, dirigindo-se até a porta. — Realmente espero que sim.

Nos dias que seguiram após a visita do sr. Jamison, o papai, a mamãe e o tio Hammer visitaram as famílias que estavam pensando em fazer compras em Vicksburg. No quarto dia, o papai e o tio Hammer viajaram novamente para Vicksburg, mas, dessa, vez, na carroça com o sr. Morrison. Essa jornada levou dois dias e, quando voltaram, a carroça estava carregada com produtos comprados em lojas.

— O que é tudo isso? — perguntei ao papai enquanto ele descia da carroça. — É para a gente?

— Não, Cassie. São coisas que o pessoal encomendou de Vicksburg.

Eu queria fazer mais perguntas sobre a viagem, mas o papai parecia com pressa para partir novamente, então minhas perguntas permaneceram não respondidas até o dia seguinte, quando o sr. Granger chegou. Christopher-John e eu estávamos tirando água do poço quando o Packard prateado parou na entrada e o sr. Granger saiu. Ele lançou uma expressão azeda para o Packard do tio Hammer no celeiro, abriu o portão do quintal da frente e atravessou apressadamente o gramado até a casa.

Rapidamente, Christopher-John e eu agarramos a corda do poço, puxamos o tubo de água e a derramamos no balde. Cada um de nós segurou um lado do pesado balde, corremos para a varanda de trás, onde a depositamos e então atravessamos a cozinha vazia em silêncio, na ponta dos pés, até a porta que levava para o quarto da mamãe e do papai. O Homenzinho e Stacey, acabando de deixar o quarto sob as ordens da mamãe, deixaram a porta ligeiramente aberta. Então nós quatro nos aglomeramos contra ela formando uma escadinha.

— Você com certeza está dando o que falar com aquele seu carro, Hammer — observou o sr. Granger com seu dialeto do povo, sentando-se com um grunhido na frente do papai. Apesar da sua educação universitária, ele sempre falou assim. — O que eles te botaram para fazer no Norte? Contrabandear uísque? — Ele deu uma risada seca, indicando que a pergunta foi feita como brincadeira, mas seus olhos, que permaneciam fixos no tio Hammer, mostravam que ele queria receber uma resposta.

O tio Hammer, inclinando-se contra a lareira, não sorriu.

— Não preciso contrabandear nada — respondeu ele, rabugento. — Lá, eu tenho um serviço de homem, e eles me pagam um salário de homem por isso.

O sr. Granger analisou o tio Hammer. O tio Hammer estava usando, como usou todos os dias desde que havia chegado, calças bem passadas, um colete sobre sua camisa, branca como a neve, e sapatos que brilhavam como a meia-noite.

— Você é urbanizado, não é? É claro, sempre se achou bom demais para trabalhar nos campos, como os outros.

— Não. Não é isso — explicou o tio Hammer. — Só nunca achei que cinquenta centavos por dia valia o tempo de uma criança, muito menos o salário de um homem. — O tio Hammer não disse mais nada; não precisava. Todos sabiam que cinquenta centavos era o valor máximo pago por dia a cada pessoa, fosse homem, mulher ou criança, que trabalhasse nos campos dos Granger.

O sr. Granger passou a língua nos dentes, fazendo seus lábios se estenderem em semicírculos estranhos, e então desviou a atenção do tio Hammer para o papai.

— Algumas pessoas me disseram que vocês estão fazendo viagens regulares para fazer compras. Ouvi dizer que uma pessoa pode comprar o que quiser na loja do Tate, de Vicksburg. Basta falar com vocês.

O papai olhou o sr. Granger nos olhos, mas não disse nada.

O sr. Granger balançou a cabeça.

— Acho que vocês estão querendo causar alguma agitação. Vocês têm raízes nesta comunidade. Têm até um empréstimo que Paul Edward conseguiu pelo First National Bank, de Strawberry, para aqueles oitenta hectares do leste. É evidente que, do jeito que as coisas estão, aquela hipoteca pode ser cobrada a qualquer momento... e, se isso acontecer, vocês não vão ter dinheiro para pagá-la e podem perder este lugar.

— Não vamos perdê-lo — respondeu o tio Hammer bruscamente.

O sr. Granger olhou para o tio Hammer e de volta para o papai. Ele pegou um charuto do bolso e uma faca para cortar a ponta. Depois de jogar a ponta no fogo, ele voltou a se ajeitar na cadeira e acendeu o charuto enquanto o papai, a mamãe, o tio Hammer e a vovó esperavam que ele continuasse. Então ele disse:

— Esta é uma bela comunidade. Tem boas pessoas – tanto brancas como negras. O que quer que os esteja aborrecendo, me contem. Vou resolver sem essa trabalheira toda.

O tio Hammer gargalhou bem na cara dele. O sr. Granger os encarou, sério, mas o tio Hammer lhe devolveu um olhar insolente, com um sorriso ainda nos lábios. O sr. Granger, encarando-o, alertou com gravidade:

— Eu não quero problemas aqui. Este é um lugar quieto e pacífico... e quero que continue assim. — Voltando-se para o papai, ele prosseguiu: — Independentemente de quais problemas tivermos, podemos resolvê-los. Não vou ocultar o fato de que acho que vocês estão cometendo um grande erro, tanto para a comunidade, como para vocês, indo até Vicksburg para fazer suas compras. Isso não parece muito sociável...

— Nem queimar os outros — acrescentou o tio Hammer.

O sr. Granger deu uma grande tragada no seu charuto e não olhou para o tio Hammer. Quando voltou a falar, dirigiu-se à vovó. Sua voz era dura, mas ele não fez nenhum comentário sobre o que o tio Hammer havia acabado de dizer.

— Não acho que seu Paul Edward teria aprovado uma coisa dessas e arriscado perder este lugar. Por que está deixando seus filhos fazerem isso?

A vovó ajeitou o vestido com as mãos.

— Eles cresceram, e a terra é deles. Não tenho mais nada a dizer sobre isso.

Os olhos do sr. Granger não refletiram nenhuma surpresa, mas ele pressionou os lábios e passou a língua nos dentes.

— O preço do algodão está bem baixo, vocês sabem disso — disse ele, por fim. — Talvez eu precise cobrar mais da colheita do meu pessoal no próximo verão só para cobrir os gastos... Eu odiaria ter que fazer isso, porque, se fizesse, meu pessoal mal teria o suficiente para comprar roupas de inverno, muito menos pagar suas dívidas...

Houve um silêncio longo e tenso antes do seu olhar se encontrar com o do papai novamente.

— O sr. Joe Higgins, do First National, me disse que mal conseguiu honrar um empréstimo a pessoas que começaram a instigar sentimentos ruins na comunidade...

— E especialmente incentivar que os negros saíssem da linha — interveio o tio Hammer, calmo.

O sr. Granger ficou pálido, mas não olhou para o tio Hammer.

— Há pouco dinheiro — prosseguiu ele, como se não tivesse ouvido —, e pessoas assim são um grande risco. Está pronto para perder sua terra por causa disso, David?

O papai estava acendendo seu cachimbo. Ele só olhou para o sr. Granger depois que o tabaco havia pegado fogo e depois de ter certeza de que ele não se apagaria. Foi só então que ele olhou para o sr. Granger.

— Oitenta hectares deste lugar já pertencem aos Logan por quase cinquenta anos, e os outros oitenta há quinze anos. Já passamos por tempos bons e ruins, mas não perdemos nada dele. E não vamos começar a perder agora.

O sr. Granger acrescentou, baixinho:

— A terra era dos Granger antes de ter sido dos Logan.

— Terra de escravos — falou o papai.

O sr. Granger balançou a cabeça.

— Não teríamos perdido esta parte dela se não tivesse sido roubada pelos seus aproveitadores políticos ianques depois da guerra. Mas se vocês continuarem brincando de Papai Noel, vou consegui-la de volta — rapidinho. Quero que saibam que pretendo fazer o que for necessário para manter a paz por aqui.

O papai tirou o cachimbo da boca e olhou para o fogo. Quando olhou novamente para o sr. Granger, sua voz estava bem baixa, distinta e segura.

— Como o senhor é branco, o senhor pode fazer os planos que quiser. Mas lhe digo o seguinte: se estiver planejando ficar com esta terra, está fazendo os planos errados.

Quase sem ninguém perceber, a mamãe cruzou o braço com o do papai.

O sr. Granger os encarou, convencido.

— Existem várias formas de impedi-lo, David.

O papai empalou o sr. Granger com um olhar frio.

— Então é bom fazer o seu melhor — respondeu ele.

O sr. Granger se levantou para se retirar, com um sorriso presunçoso surgindo nos lábios, como se soubesse um segredo, mas se recusasse a contar. Ele olhou para o tio Hammer, virou-se e partiu, deixando o silêncio atrás dele.

# 8

— Ahn... srta. Lillian Jean, poderia esperar um momento, por favor?

— Cassie, você ficou louca? — gritou Stacey. — Cassie, aonde você... volte aqui! Cassie!

As palavras de Stacey sumiram na monotonia cinzenta daquela manhã de inverno, ao passo que fingi não o ouvir e corri em direção a Lillian Jean.

— Obrigada por esperar — disse eu ao alcançá-la.

Ela me olhou com irritação.

— O que você quer?

— Bem — prossegui, caminhando ao lado dela —, estive pensando sobre o que aconteceu em Strawberry no mês passado.

— E? — perguntou Lillian Jean, incerta.

— Bem, para dizer a verdade, eu fiquei bem chateada por um tempo. Mas o papai me disse que ficar com raiva não me traria nada de bom. Então vi como as coisas são. Digo, já deveria ter visto desde sempre. Afinal, sou quem sou, e a senhorita é quem é.

Lillian Jean ficou surpresa com o fato de eu conseguir ver as coisas com tanta clareza.

— Bem, fico feliz por finalmente ter conseguido aprender como as coisas funcionam.

— Sim, aprendi — afirmei prontamente. — Do jeito que vejo... Aqui, deixe-me levar seus livros, srta. Lillian Jean. Do jeito que vejo, todos nós precisamos fazer o que precisamos fazer. E é isso o que vou fazer de agora em diante. Só o que preciso fazer.

— Bom para você, Cassie — respondeu Lillian Jean, entusiasmada. — Deus te abençoe por isso.

— A senhorita acha?

— Ora, claro! — exclamou ela. — Deus quer que todos os Seus filhos façam o que é certo.

— Fico feliz de que ache isso... srta. Lillian Jean.

Quando chegamos ao cruzamento, despedi-me de Lillian Jean com um aceno e esperei pelos outros. Antes de me alcançarem, o Homenzinho exclamou:

— Aaaah, eu vou contar para a mamãe! Levando os livros daquela boboca da Lillian Jean?!

— Cassie, por que fez isso? — perguntou Christopher-John, com seu rosto rechonchudo triste.

— Oras, oras — disse T.J., rindo. — A Cassie descobriu o que é melhor para ela se não quiser levar uns tapas do sr. Simms.

Fechei os punhos atrás de mim e estreitei os olhos no estilo dos Logan, mas consegui conter a língua.

Stacey me encarou, intrigado, então se virou para mim e disse:

— É melhor irmos para a escola.

Enquanto o seguia, Jeremy tocou no meu braço de leve.

— C-Cassie, você não precisava fazer aquilo. A-aquela Lillian Jean não vale a pena.

Fitei Jeremy, tentando entendê-lo. Mas ele se afastou e correu atrás da irmã na estrada.

— A mamãe vai te dar uma boa surra — previu o Homenzinho, orgulhoso, que ainda estava irritado quando nos acercamos da escola. — Porque eu vou contar, com toda a certeza.

— Não, não vai — determinou Stacey. Todos ficaram em silêncio, chocados, e viraram a cabeça para ele. — Isso é entre a Cassie e a Lillian Jean, e ninguém vai falar nada sobre isso. — Ele olhou T.J. diretamente nos olhos e repetiu: — Ninguém.

— Ah, cara! — falou T.J. — Isso não é da minha conta. — Mas, depois de um momento de silêncio, ele acrescentou: — Eu já tenho com o que me preocupar para me importar com a Cassie se humilhando para a Lillian Jean.

Quase disse umas poucas e boas, mas pressionei os lábios com força, obrigando-me a conter meu temperamento.

— As provas finais são em duas semanas, cara, e não posso tirar nota baixa de novo — prosseguiu T.J.

— Então não tire — sugeriu Stacey.

— Raios, foi isso o que pensei no ano passado. Mas sua mãe faz as perguntas mais difíceis possíveis nas provas. — Ele fez uma pausa e sugeriu: — Aposto que se você perguntasse a ela que tipo de perguntas...

— T.J., não venha me falar mais sobre cola! — gritou Stacey, com raiva. — Depois de toda aquela confusão em que me meti por sua culpa... Se tiver alguma pergunta, pergunte você à mamãe, mas se disser mais alguma coisa sobre as provas, eu vou...

— Está bem, está bem. — T.J. deu um sorriso falso de desculpas. — Vou só precisar encontrar uma solução.

— Eu tenho uma solução — sugeri eu, incapaz de resistir dar apenas essa sugestão amigável.

— Qual é?

— Que tal estudar?

Depois que o tio Hammer partiu no dia de Ano Novo, o papai e eu fomos até a floresta, na passagem das vacas, na clareira nebulosa, onde as árvores haviam caído. Por um instante, ficamos olhando a destruição novamente. Então, sentando-nos nas nossas amigas caídas, conversamos em um tom baixo e respeitoso, observando o lamento silencioso da floresta.

Quando expliquei ao papai tudo o que havia acontecido em Strawberry, ele disse bem devagar:

— Você sabe que a Bíblia diz que devemos perdoar essas coisas.

— Sim, senhor — concordei, esperando.

— Deveríamos dar a outra face.

— Sim, senhor.

O papai esfregou o bigode e olhou para as árvores, erguendo-se como sentinelas no limite da clareira, ouvindo.

— Mas, da forma como vejo, a Bíblia não diz que devemos ser tolos. Algum dia, talvez eu consiga perdoar John Andersen pelo que ele fez com essas árvores, mas não vou esquecer. Acho que perdoar não quer dizer que devemos permitir que alguém continue nos perturbando – acabando com a gente. Se eu não tivesse feito o que fiz, eu não teria me perdoado, e essa é a verdade.

Fiz que sim com a cabeça, séria. Então ele olhou para mim.

— Você é muito parecida comigo, Cassie, mas tem um mau temperamento, como seu tio Hammer. Esse temperamento pode te causar problemas.

— Sim, senhor.

— Essa coisa entre você e a Lillian Jean, a maioria das pessoas diria que você deveria fazer o que ela diz... e talvez devesse...

— Papai!

— Cassie, nessa vida, haverá muitas coisas que você não vai querer fazer, mas que vai precisar fazer para sobreviver. Eu não gosto da ideia do que Charlie Simms fez com você tanto quanto o seu tio Hammer, mas preciso pesar a dor do que aconteceu com você e o que poderia acontecer se tivesse ido atrás dele. Se tivesse ido atrás de Charlie Simms e lhe dado uma boa surra, que é o que eu queria fazer, a dor que todos nós sentiríamos teria sido muito maior do que a dor que você sentiu, então deixei isso passar. Eu não gosto disso, mas posso viver com essa decisão.

"Mas tem outras coisas, Cassie, que se eu deixasse passar, elas teriam me consumido e destruído no fim. E o mesmo vale para você, querida. Tem coisas que não podemos ceder, coisas pelas quais precisamos tomar uma atitude. Mas você deve decidir que coisas são essas. Precisamos exigir respeito do mundo, e ninguém vai nos dar isso de graça. A maneira como você se comporta, o que defende – é assim que vai ganhar respeito. Porém, minha pequena, o respeito de mais ninguém vale tanto quanto o seu próprio. Entendeu?"

— Sim, senhor.

— Mas não faz sentido ficar emburrada por aí. Você precisa limpar a mente para pensar direito. Então quero que pense muito bem se vale a pena ou não fazer alguma coisa quanto a Lillian Jean, mas tenha em mente que ela provavelmente não será a última pessoa branca a te tratar dessa forma. — Ele se virou para mim para olhar bem para o meu rosto, e a seriedade nos seus olhos me deixou assustada. Ele levantou meu queixo com a palma dura da mão. — Essa é uma decisão importante, Cassie, muito importante — e quero que entenda isso —, mas acho que você consegue tomá-la. Agora ouça bem, ouça muito bem. Essa coisa, se tomar a decisão errada e Charlie Simms se envolver, então eu vou me envolver, e isso vai causar problemas.

— G-grandes problemas? — sussurrei. — Como as árvores?

— Eu não sei — respondeu o papai. — Mas pode ser muito ruim.

Refleti nas palavras dele e prometi:

— O sr. Simms nunca vai descobrir, papai.

O papai me analisou.

— Estou contando com isso, Cassie. Estou contando bastante com isso.

Durante todo o mês de janeiro, fui a escrava de Lillian Jean, e ela gostou muito disso. Ela até começou a me esperar pelas manhãs com Jeremy para que eu pudesse levar os livros dela. Quando seus amigos caminhavam conosco, ela se gabava sobre sua amiguinha negra e chegava quase a se abraçar de prazer quando eu a chamava de "srta." Lillian Jean. Quando estávamos sozinhas, ela me contava segredos: o menino por quem ela estava perdidamente apaixonada no último ano e o que ela havia feito para chamar a atenção dele (sem sucesso, devo acrescentar); os segredos das meninas que ela não suportava e das que suportava; até uma coisa ou outra sobre as aventuras românticas dos seus irmãos mais velhos. Tudo o que eu precisava fazer para ligar a fonte de fofocas era dar um sorriso amigável e sussurrar um "srta. Lillian Jean" aqui e acolá. Eu *quase* odiava ver a fonte secar.

No fim do dia das provas, saí correndo da sala de aula da sra. Crocker e fui até o pátio. Estava ansiosa para chegar até o cruzamento e me encontrar com Lillian Jean; havia prometido a mim mesma fazer a prova e então...

— Homenzinho! Claude! Christopher-John Venham aqui! — gritei. — Olhem o Stacey ali! — Nós quatro atravessamos o pátio, seguindo Stacey e T.J. na estrada. Quando os alcançamos, era óbvio que a máscara jovial que T.J. sempre usava havia sido removida.

— Ela fez isso de propósito — acusou T.J., com as sobrancelhas franzidas desfigurando-lhe o rosto.

— Cara, você estava colando! — observou Stacey. — O que esperava que ela fizesse?

— Ela podia me dar um tempo. Eram só alguns papeizinhos. Nem precisava deles.

— Bem, então por que estava com eles?

— Ah, cara, me deixa em paz! Vocês Logan se acham o máximo com seus casacos, livros e Packards novos e brilhantes! — Ele girou, olhando para Christopher-John, para o Homenzinho e para mim. — Estou cansado de vocês. Da sua mãe e do seu pai também! — Então ele se virou e saiu correndo pela estrada, com raiva.

— T.J.! Ei, cara, aonde você vai? — gritou Stacey. T.J. não respondeu. A estrada tinha uma pequena elevação, e ele desapareceu por trás dela. Quando chegamos ao cruzamento e não vimos nem sinal dele na estrada do sul, que levava para casa, Stacey perguntou a Claude: — Aonde ele foi?

Claude pareceu envergonhado e esfregou um dos seus sapatos bem gastos no outro.

— Para a loja, eu acho.

Stacey suspirou.

— Vamos então. É melhor irmos para casa. Ele vai estar bem amanhã.

— Podem ir na frente — disse eu. — Preciso esperar pela Lillian Jean.

— Cassie...

— Eu alcanço vocês — acrescentei antes que Stacey pudesse me dar um sermão. — Poderia levar os meus livros? — Ele me encarou como se fosse dizer mais alguma coisa, mas, ao decidir não fazer isso, posicionou os meninos mais jovens na sua frente e os seguiu.

Quando Lillian Jean apareceu, suspirei de alívio por ver que apenas Jeremy estava com ela; podia ser hoje, com certeza. Jeremy, que parecia estar tão decepcionado comigo quanto o Homenzinho, apertou o passo para se encontrar com Stacey. Sem problemas quanto a isso também; eu sabia que ele faria isso. Peguei os livros de Lillian Jean, e enquanto ela seguia pela estrada, ouvia o que ela dizia apenas por cima; eu estava analisando a estrada, procurando por uma trilha densa da floresta que havia escolhido no início da semana. Quando a encontrei, desculpei-me e interrompi Lillian Jean.

— Perdão, srta. Lillian Jean, mas eu tenho uma ótima surpresa para a senhorita... eu a encontrei outro dia na floresta.

— Para mim? — perguntou Lillian Jean. — Ah, você é uma graça, Cassie. Onde você disse que está?

— Venha. Vou te mostrar.

Entrei na vala seca e subi a elevação. Lillian Jean me seguia.

— Tudo bem — garanti. — Não é longe. Precisa ver isso, srta. Lillian Jean.

E isso bastou. Com um sorriso de orelha a orelha, ela atravessou a vala e subiu na elevação. Seguindo-me na trilha de grama alta até o meio da floresta, ela perguntou:

— Tem certeza que este é o caminho, Cassie?

— Só um pouco mais... ali na frente. Ah, chegamos.

Entramos em uma pequena clareira escura, com cipós pendurados, totalmente fora de vista da estrada.

— E então? Cadê a surpresa?

— Bem aqui — falei, jogando os livros de Lillian Jean no chão.

— Por que você fez isso? — perguntou Lillian Jean, mais confusa do que irritada.

— Cansei de carregá-los — respondi.

— Foi para isso que me trouxe aqui?!

Bem, é melhor deixar de ficar cansada e apanhá-los novamente. — Então, esperando que eu fosse satisfazer seus desejos com nada mais do que isso por parte dela, ela se virou para deixar a clareira.

— Me obrigue — falei baixinho.

— O quê?! — O choque no rosto dela era quase cômico.

— Eu disse: "Me obrigue."

Ela ficou pálida. Então, vermelha de raiva, ela cruzou delicadamente a clareira e me acertou no rosto com força. Para deixar registrado: ela me bateu primeiro; não tinha a menor intenção de deixar que ela me batesse de novo.

Lancei-me sobre ela, segurando-a com tanta força que nós duas caímos no chão. Depois do choque inicial de eu realmente colocar as mãos nela, ela lutou o máximo que pôde, mas não era páreo para mim. Eu estava calma e sabia muito bem onde acertar. Bati na barriga e no traseiro e puxei o cabelo dela, mas não encostei no seu rosto; ela, por sua vez, gastou toda a sua energia com raiva, me xingando, me agarrando e tentando me arranhar duas vezes. Ela tentou puxar meu cabelo, mas não conseguiu, pois eu havia pedido propositalmente para a vovó fazer tranças achatadas contra a minha cabeça.

Depois de me certificar de que Lillian Jean estava bem presa debaixo de mim, puxei seu cabelo longo e solto sem dó, exigindo desculpas por todos os xingamentos e pelo incidente em Strawberry. De início, ela tentou fazer graça:

— Não vou me desculpar com uma neguinha! — disse ela.

— Quer ficar careca, garota?

Então ela se desculpou. Em nome dela e do pai. Dos seus irmãos e da mãe. De Strawberry e Mississippi, e quando parei de puxar o cabelo dela, acho que ela estava pronta para se desculpar pelo fato de o mundo ser redondo se tivesse exigido. Mas quando a soltei, e ela correu em segurança para o outro lado da clareira com a trilha diante dela, ela ameaçou contar tudo para o pai.

— Faça isso, Lillian Jean. Faça isso, e eu vou me certificar de que seus amiguinhos saibam o quão bem você sabe guardar um segredo. Aposto que ninguém vai te contar mais nenhum depois disso.

— Cassie! Você não faria isso. Não depois de ter confiado em você...

— Se disser uma palavra disso para alguém, Lillian Jean — ameacei, tentando estreitar os olhos como o papai —, se contar para qualquer pessoa, todo mundo na Jefferson Davis vai saber o quanto você gosta de estar por dentro do assunto dos outros... e você sabe que eu sei. Além disso, se alguém souber dessa luta, vão rir de você daqui até Jackson. Uma menina de treze anos apanhando de uma de nove...

Estava para começar a andar na trilha, me sentindo muito bem, quando Lillian Jean perguntou, confusa:

— Mas, Cassie, por quê? Você era uma menininha tão legal...

Olhei para ela, embasbacada. Então me virei e saí da floresta, não querendo acreditar que Lillian Jean nem sequer havia percebido que tudo não passava de um truque.

— Cassie Logan!

— Sim, sra. Crocker?

— Já é a terceira vem que te pego sonhando acordada esta manhã. O fato de que você tirou as melhores notas nas provas na semana passada não significa nada esta semana. Estamos em um novo trimestre, e a ficha de todo mundo está em branco. Você não vai tirar nenhum 10 sonhando acordada. Entendeu?

— Sim, senhora — respondi, não me incomodando em acrescentar que ela se repetia tanto que tudo o que precisávamos fazer era ouvir aos primeiros minutos da aula dela para ficarmos livres para sonhar acordado o tanto que quiséssemos.

— Acho melhor você se sentar no fundo, onde não ficaria tão à vontade — ponderou ela. — Então talvez você prestasse mais atenção.

— Mas...

A sra. Crocker ergueu a mão, indicando que não queria ouvir mais nenhuma palavra, e me baniu para a última fileira na frente da janela. Sentei-me no assento frio depois de seu ocupante anterior o deixar ansiosamente e se dirigir até o meu lugar quentinho, do lado do aquecedor. Assim que a sra. Crocker se virou, murmurei algumas palavras de indignação e coloquei meu suéter de Natal sobre os ombros. Tentei prestar atenção ao que a sra. Crocker dizia, mas o frio que vinha pelo peitoril da janela tornava isso impossível. Incapaz de suportar a corrente de ar, decidir revestir o peitoril com papel do meu caderno. Arranquei o papel e me virei para a janela. Ao fazer isso, um homem passou debaixo dela e desapareceu.

Esse homem era Kaleb Wallace.

Ergui a mão.

— Ahn, sra. Crocker, poderia me dar licença? Eu preciso... bem, a senhora sabe...

Assim que escapei da sra. Crocker, corri até a frente do prédio. Kaleb Wallace estava parado na frente do prédio da sétima série, conversando com o sr. Wellever e dois homens brancos que não conseguia discernir quem eram de onde estava parada. Quando os homens entraram no prédio, virei-me, corri até a parte de trás e subi com cuidado na pilha de madeira empilhada atrás dele. Espiei discretamente a sala de aula da mamãe através de uma janela quebrada. Os homens tinham acabado de entrar, Kaleb Wallace primeiro, seguido por um homem que eu não conhecia e pelo sr. Harlan Granger.

A mamãe parecia ter se assustado ao ver os homens, mas quando o sr. Granger disse "Ouvi falar sobre a sua forma de ensinar, Mary, então como membros do conselho da escola pensamos em vir até aqui e aprender alguma coisa", ela simplesmente acenou com a cabeça e continuou a aula. O sr. Wellever deixou a sala, voltando logo depois com três cadeiras dobráveis para os visitantes; ele mesmo permaneceu em pé.

A mamãe estava no meio de uma aula de História, e eu sabia que isso era ruim. Pude ver que Stacey sabia também; ele estava tenso, sentado quase no fundo da sala, com os lábios bem apertados, encarando os homens. Mas a mamãe não hesitou; ela sempre começava o dia com uma aula de História, quando os alunos estavam mais alertas, e eu sabia que a hora de aula ainda não havia terminado. Para piorar, a aula do dia era sobre escravidão. Ela falou da crueldade dela; do rico ciclo econômico que ela gerava ao passo que os escravos produziam a matéria-prima para as fábricas do Norte e da Europa; como o país lucrou e cresceu graças ao trabalho gratuito de um povo que ainda não estava livre.

Antes de terminar, o sr. Granger apanhou o livro de um aluno, abriu na contracapa, na qual os papéis haviam sido colados, e pressionou os lábios.

— Eu achava que estes livros pertenciam ao condado — observou ele, interrompendo-a. A mamãe olhou para ele, mas não respondeu. O sr. Granger virou as páginas, parou e leu alguma coisa. — Eu não vejo essas coisas que você está ensinando aqui.

— É porque não estão aí — respondeu a mamãe.

— Bem, se não estão aqui, então você não tem o direito de ensinar. Este livro foi aprovado pelo Conselho de Educação, e você deveria ensinar o que está nele.

— Não posso fazer isso.

— E por que não?

A mamãe estufou o peito e, com os olhos fixos nos homens, respondeu:

— Porque tudo o que está neste livro não é verdade.

O sr. Granger se levantou. Ele colocou o livro de volta na mesa do aluno e foi até a porta. O outro membro do conselho e Kaleb Wallace franziram as sobrancelhas. Na porta, o sr. Granger parou e apontou para a mamãe.

— Suponho, Mary, que você deve ser muito inteligente para saber mais do que a pessoa que escreveu este livro. E acho que mais inteligente do que o conselho da escola.

A mamãe continuou em silêncio, e o sr. Wellever não lhe deu nenhum apoio.

— Na verdade — prosseguiu o sr. Granger, colocando o chapéu — você é tão inteligente que acho melhor parar de dar aulas... assim, terá bastante tempo para escrever seu próprio livro. — Com isso, ele lhe deu as costas, olhou para o sr. Wellever para se certificar de que ele havia entendido o que queria dizer e partiu com os outros atrás dele.

Esperamos pela mamãe depois das aulas. Stacey mandou T.J. e Claude na frente, e nós quatro, em silêncio e com paciência, estávamos sentados nos degraus quando a mamãe apareceu. Ela nos deu um sorriso, parecendo não estar surpresa de nos encontrar ali.

Olhei para ela, mas não consegui falar. Nunca parei realmente para pensar muito na forma de a mamãe ensinar antes disso; isso apenas fazia parte dela. Mas agora que ela não podia mais dar aulas, senti ressentimento e raiva, e odiava o sr. Granger.

— Vocês já sabem? — perguntou ela. Fizemos que sim com a cabeça enquanto ela descia as escadas devagar. Stacey pegou uma das alças da sua pesada bolsa preta e eu peguei a outra. Christopher-John e o Homenzinho seguraram cada um uma de suas mãos, e cruzamos o gramado.

— M-mamãe, a senhora não pode mais dar aulas? — perguntou Christopher-John quando chegamos na estrada.

A mamãe não respondeu de imediato. Quando respondeu, sua voz estava abafada. — Talvez em algum outro lugar, mas não aqui – pelo menos, não por um tempo.

— Mas por quê, mamãe? — questionou o Homenzinho. — Por quê?

A mamãe mordeu o lábio inferior e olhou para a estrada. — Porque, querido — disse ela, por fim —, eu ensino coisas que algumas pessoas simplesmente não querem ouvir.

Quando chegamos em casa, o papai e o sr. Morrison estavam na cozinha, tomando café com a vovó. Quando entramos, o papai analisou nossos rostos. Seus olhos pararam na mamãe; a dor estava estampada no rosto dela.

— O que houve? — perguntou ele.

A mamãe se sentou do lado dele. Ela empurrou um cacho de cabelo que havia se soltado do coque para trás, mas como ele voltou para onde estava, ela o deixou ali.

— Eu fui demitida.

A vovó pousou sua xícara sem dizer nada.

O papai estendeu a mão e tocou na mamãe. Ela prosseguiu:

— Harlan Granger foi até a escola com Kaleb Wallace e um dos membros do conselho da escola. Alguém falou com eles sobre aqueles livros em que eu colei uma folha branca... mas isso foi só uma desculpa. Eles só estão tentando nos atingir como podem por causa das compras em Vicksburg. — Sua voz falhou. — O que vamos fazer, David? Precisamos desse emprego.

O papai gentilmente colocou o cacho de cabelo por cima da orelha dela.

— Vai dar tudo certo... Podemos plantar mais algodão talvez. Mas vai dar tudo certo. — Havia uma garantia silenciosa na voz dele.

A mamãe balançou a cabeça e se levantou.

— Aonde está indo, filha? — perguntou a vovó.

— Lá fora. Quero caminhar um pouco.

Christopher-John, o Homenzinho e eu nos viramos para segui-la, mas o papai nos chamou de volta.

— Deixem sua mãe sozinha — mandou ele.

Ao vermos ela atravessar vagarosamente o quintal dos fundos em direção ao jardim infértil até o pasto do sul, o sr. Morrison falou:

— O senhor sabe que já que está aqui, sr. Logan, o senhor não precisa de mim. Talvez haja trabalho por aqui... Talvez eu possa encontrar alguma coisa... para ajudar.

O papai encarou o sr. Morrison.

— Não precisa fazer isso — respondeu ele. — Não estou te pagando nada mesmo.

O sr. Morrison respondeu, baixinho:

— Eu tenho uma bela casa para morar, a melhor comida que um homem poderia querer e, pela primeira vez em um bom tempo, tenho uma família. Eu diria que este é um bom pagamento.

O papai acenou com a cabeça.

— O senhor é um bom homem, sr. Morrison, e agradeço a oferta, mas estarei partindo em algumas semanas e prefiro que esteja aqui. — Seus olhos se concentraram na mamãe de novo, uma pequena silhueta bem distante agora.

— Papai, a mamãe vai ficar bem? — perguntou Christopher-John, aproximando-se dele.

O papai se virou e, colocando os braços nos ombros de Christopher-John, trouxe-o ainda mais perto.

— Filho, sua mãe... ela nasceu para ensinar, assim como o Sol foi feito para brilhar. E vai ser difícil para ela não dar mais aulas. Vai ser muito difícil porque, desde que era uma menininha no Delta, ela queria ser professora.

— E o vovô queria que ela fosse professora também, não é, papai? — acrescentou Christopher-John.

O papai fez que sim com a cabeça.

— Sua mãe era a caçula dele, e todo centavo que conseguia, ele guardava para a instrução dela... e isso não foi fácil para ele também porque ele trabalhava em uma fazenda alugada e não ganhava muito. Mas havia prometido à sua avó, antes de ela morrer, que iria garantir que ela recebesse uma boa educação, e quando sua mãe estava na idade do ensino médio, ele a mandou para estudar em Jackson e, depois, para a escola de treinamento para professores. Foi só porque ele morreu no último ano da escola que ela veio para cá para dar aulas em vez de voltar para o Delta.

— E vocês se casaram, e ela nunca mais voltou para lá — acrescentou o Homenzinho.

O papai sorriu para o Homenzinho e se levantou.

— Isso mesmo, filho. Ela era inteligente e bonita demais para deixá-la escapar. — Ele se inclinou e olhou pela janela novamente e de volta para nós. — Sua mãe é uma mulher forte e incrível, e isso não a deixará desanimada para sempre... mas isso a machucou demais. Então quero que todos vocês lhe mostrem consideração extra nos próximos dias – e lembrem-se do que eu lhes disse, está bem?

— Sim, papai — respondemos.

O papai nos deixou e foi até a varanda de trás. Ele ficou apoiado no pilar da varanda por vários minutos, olhando para o pasto; mas depois de um tempo, ele seguiu pelo quintal e cruzou o jardim para se juntar à mamãe.

— O T.J.? Tem certeza? — perguntou Stacey ao Pequeno Willie Wiggins durante o recreio no dia seguinte.

O Pequeno Willie fez que sim lentamente com a cabeça e acrescentou:

— Eu mesmo ouvi. O Clarence também. Estava parado bem do lado dele na loja quando ele contou ao sr. Kaleb. Estava falando sobre como a sra. Logan havia dado nota baixa para ele de propósito, então disse que ela não era uma boa professora e que foi ela que fez com que todo mundo parasse de ir à loja. Disse que ela estava destruindo a propriedade da escola – falando sobre os livros, claro.

— Quem vai pegar ele? — gritei.

— Quieta, Cassie — mandou Stacey. — Por que só está contando isso agora, Pequeno Willie?

O Pequeno Willie ergueu os ombros.

— Acho que o T.J. me enganou. O Clarence e eu dissemos que iríamos contar assim que saíssemos da loja, mas o T.J. nos pediu para não contar. Disse que ia voltar e falar que estava só brincando. Foi isso o que ele disse. E ele voltou, e achei que isso não ia dar em nada. — Ele hesitou e então confessou: — Não disse nada sobre isso antes porque eu e o Clarence não deveríamos estar lá... mas então o sr. Granger veio aqui ontem e demitiu a sra. Logan. Acho que isso é coisa do T.J.

— Ele provavelmente chegou a essa conclusão também — disse eu. — Foi por isso que ele não veio para a escola hoje.

— Estão dizendo que ele está doente — observou Christopher-John.

— Se não estiver agora, ele vai ficar — profetizou o Homenzinho, com seus pequenos punhos preparados para a ação. — Dedurando a mamãe por aí, ora essa.

Depois das aulas, quando Claude virou na trilha da floresta que ia até a casa dos Avery, nós o acompanhamos. Quando saímos da floresta e chegamos ao quintal dos Avery, a casa parecia deserta, mas então vimos T.J., balançando-se languidamente, com uma perna de cada lado de um balanço feito com uma câmara de ar, o qual ficava pendurado em um velho carvalho no quintal da frente. Stacey avançou imediatamente em direção a ele, e quando T.J. o viu chegando, ele tentou passar sua longa perna direita por cima do balanço para fugir. Mas não conseguiu. Stacey pulou no balanço, fazendo ambos balançar bruscamente antes de caírem nas azaleias da sra. Avery.

— Cara, qual é o seu problema? — gritou T.J., rolando e saindo de debaixo de Stacey para olhar para as flores esmagadas. — Minha mãe vai me matar quando vir isso.

Stacey avançou novamente e agarrou o colarinho de T.J.

— Foi você? Você fez isso?

T.J. olhou para ele totalmente perdido.

— Fiz o quê? Do que você está falando?

— Você contou para eles? Contou para os Wallace sobre a mamãe?

— Eu? — perguntou T.J. — Eu? Cara, você devia me conhecer melhor do que isso.

— Ele conhece — observei. — Como acha que chegamos aqui?

— Ei, espere um minuto — protestou T.J. — Eu não sei o que andaram lhe dizendo, mas eu não contei nada para os Wallace.

— Você estava lá — acusou Stacey. — No dia em que a mamãe te pegou colando, você foi até a loja dos Wallace.

— Mas isso não quer dizer nada — afirmou T.J., livrando-se da pegada de Stacey e levantando-se. — Meu pai disse que posso ir lá se quiser. Isso não significa que contei alguma coisa para eles.

— Ouvi dizer que você contou várias coisas para eles... do tipo que a mamãe não sabia nada e que ela nem sequer estava ensinando o que devia...

— Não disse, não! — negou T.J. — Eu nunca disse isso! Tudo o que eu disse foi que ela... — Sua voz sumiu, como se tivesse percebido que havia falado demais, e começou a rir, desconfortável. — Vejam bem, eu não sei por que a sra. Logan foi demitida, mas eu não disse nada para fazer com que demitissem ela. Só disse que ela havia me dado nota baixa de novo. Tenho o direito de ficar com raiva disso, não tenho?

Stacey encarou T.J. estreitando os olhos.

— Talvez — sugeriu ele. — Mas não tem o direito de sair por aí falando sobre o que não devia.

T.J. deu um passo para trás e olhou nervosamente sobre o ombro para o sul, onde os campos estavam em pousio. O rastro da carroça que cruzava os campos e que vinha da mansão dos Granger, à distância, revelava uma mulher magra que se aproximava apressadamente em nossa direção. T.J. pareceu criar coragem quando a viu e voltou adotar uma postura arrogante.

— Não sei quem andou falando, mas não fui eu.

Passou-se um momento de silêncio, e então Stacey, com frieza e condenação no olhar, disse baixinho:

— Foi você sim, T.J. Foi você. — Então, virando-se, ele gesticulou para que voltássemos para a floresta.

— Você não vai bater nele? — perguntou o Homenzinho, decepcionado.

— O que vai acontecer com ele é pior do que uma surra — respondeu Stacey.

— O que poderia ser pior do que isso? — perguntou Christopher-John.

— Você vai ver — prometeu Stacey. — E o T.J. também.

O primeiro dia de T.J. de volta à escola depois de quase uma semana de ausência não foi exatamente um sucesso. Por querer nos evitar de manhã, ele chegou tarde, apenas para ser ignorado pelos outros alunos. De início, ele fingiu que a atitude dos outros alunos não o incomodava, mas à tarde, no fim das aulas, ele veio correndo atrás de nós, tentando nos convencer de que não passava de uma vítima das circunstâncias.

— Ei, vocês vão continuar acreditando no que o Pequeno Willie disse sobre mim? — perguntou ele.

— Você ainda vai dizer que o que o Pequeno Willie disse não é verdade? — questionou Stacey.

— Oras, é claro que sim! — exclamou ele. — Quando eu me encontrar com aquele patife, vou acabar com ele. Que audácia, dizendo por aí que fui eu quem fez a sra. Logan ser demitida! Ninguém mais vai falar comigo assim. Provavelmente foi o Pequeno Willie que contou para os Wallace, então ele deve ter pensado que podia sair dessa dizendo para todo mundo que foi...

— Ah, pare de mentir, T.J.! — mandei, com raiva. — Ninguém acredita em você.

— Oras, eu já devia saber que você não iria acreditar, Cassie. Você nunca gostou de mim.

— Bem, pelo menos isso é verdade — concordei.

— Mas — prosseguiu T.J., sorrindo novamente e virando-se para o Homenzinho e para Christopher-John —, meu amiguinho Christopher-John acredita, não é, camarada? Você ainda é meu amigo, não é, Homenzinho?

O Homenzinho, indignado, encarou T.J., mas antes que pudesse dizer alguma coisa, Christopher-John, tranquilo, falou:

— Você dedurou a mamãe, T.J. Agora ela está triste porque não pode mais dar aulas na escola, e é tudo culpa sua, e não gostamos mais de você.

— É! — concordou o Homenzinho.

T.J. encarou Christopher-John, não conseguindo acreditar que ele havia dito aquilo. Então ele deu uma risada desconfortável.

— Eu não sei o que deu em vocês. Ficaram todos loucos...

— Ouça — disse Stacey, interrompendo-o —, primeiro você foi correndo para os Wallace para tagarelar e agora está culpando o Pequeno Willie por isso. Por que não admite que foi você?

— Ei, cara! — exclamou T.J., dando um belo sorriso. Porém, ao descobrir que seu sorriso e sua fala mansa não funcionavam mais, ele deixou de lado a encenação. — Ah, tudo bem. Tudo bem. E se eu tiver dito algo sobre a sra. Logan? Eu não consigo me lembrar de ter dito nada, mas se o Pequeno Willie e o Clarence disseram que eu disse, então talvez tenha dito. De qualquer maneira, sinto muito pela sua mãe ter perdido o emprego e...

Todos nós, incluindo Claude, olhamos com nojo para T.J. e nos afastamos dele.

— Ei, esperem... eu disse que sinto muito, não disse? — falou ele, seguindo-nos. — O que eu preciso fazer, afinal? Ei, vocês, vejam, eu ainda sou o bom e velho T.J.! Não mudei nada. Vocês não podem cometer essa traição só porque...

— Foi você quem nos traiu, T.J. — declarou Stacey por cima do ombro. — Agora nos deixe em paz. Não queremos ter mais nada a ver com você.

T.J., entendendo pela primeira vez que não éramos mais amigos, parou. Então, sozinho no meio da estrada, ele gritou atrás de nós:

— Quem precisa de vocês, afinal? Já faz tempo que estou cansado de vocês me rodeando, mas fui legal e não disse nada... eu já devia saber! Pega mal para mim viver rodeado de criancinhas. Eu já tenho quatorze anos. Sou quase um homem...

Continuamos andando, sem parar.

— Tenho amigos melhores do que vocês! Eles me dão coisas e me tratam como homem e... e são brancos...

A voz dele foi levada pelo vento enquanto nos afastávamos dele, e não o ouvimos mais.

# 9

A primavera. Ela chegou despercebida na ansiosa terra vermelha em inícios de março, amolecendo o solo duro para a futura aragem e para despertar a vida que dormiu gentilmente durante o frio do inverno. Mas no fim de março, ela era evidente em toda parte: no celeiro, onde três bezerros novos mugiam e as galinhas da cor pálida e suave como a luz do sol cacarejavam; no quintal, onde as glicínias e as silindras se preparavam para o seu florescimento anual de Páscoa e a figueira dava botões, exibindo os indícios do fruto suculento e amarronzado pelo qual os meninos e eu precisávamos lutar com Jack, que amava figos; e o odor da terra em si. A primavera regada pela chuva, fresca, vital e cheia de vida nos envolvia.

Eu estava ansiosa para voltar aos campos, sentir os sulcos de terra úmida e macia debaixo dos meus pés; desejosa de andar descalça pela floresta fresquinha, abraçar as árvores e sentar sob sua sombra protetora. Porém, embora todas as criaturas vivas soubessem que era primavera, a sra. Crocker e os outros professores evidentemente não sabiam disso, porque as aulas continuavam indefinidamente. Na última semana de março, quando o papai e o sr. Morrison começaram a arar o campo leste, eu me ofereci para sacrificar a escola e ajudá-los. Minha oferta foi recusada, e me arrastei para outra semana de aulas.

— Acho que não os verei muito depois da próxima sexta — disse Jeremy uma tarde, enquanto nos aproximávamos da sua trilha na floresta.

— Suponho que não — confirmou Stacey.

— Seria legal se as nossas aulas terminassem na mesma época.

— Você é louco! — gritei, lembrando-me de que a Jefferson Davis só nos dispensava em meados de maio.

Jeremy gaguejou um pedido de desculpas.

— E-eu só queria dizer que assim ainda poderíamos nos ver. — Ele ficou em silêncio por um instante, e então seu rosto se iluminou. — Talvez eu possa vir e ver como vocês estão às vezes.

Stacey fez que não com a cabeça.

— Acho que o papai não iria gostar.

— Bem... eu só achei... — Ele ergueu os ombros. — Com toda a certeza será solitário sem vocês.

— Solitário? — perguntei. — Com todos os irmãos e irmãs que você tem?

Jeremy franziu as sobrancelhas.

— Os mais novos são jovens demais para brincar e os mais velhos... a Lillian Jean, o R.W. e o Melvin, acho que não gosto muito deles.

— O que você quer dizer? — perguntou Stacey. — Você não pode não gostar da sua própria irmã e irmãos.

— Bem, eu consigo entender isso — disse eu, séria. — Eu definitivamente não gosto deles.

— Mas eles são seus parentes. Precisamos gostar dos nossos parentes.

Jeremy pensou nisso.

— Bem, a Lillian Jean é legal, eu acho. Ela não está tão arrogante desde que a Cassie parou de ser amiga dela. — Ele sorriu secretamente para si mesmo. — Mas o R.W. e o Melvin, eles não são muito legais. Vocês precisam ver como eles tratam o T.J.... — Ele parou, nos deu um olhar envergonhado e ficou em silêncio.

Stacey parou.

— Como eles o tratam?

Jeremy parou também.

— Eu não sei — respondeu ele, como se tivesse se arrependido de ter dito algo. — Eles só não o tratam bem.

— Como? — insistiu Stacey.

— Achei que você não gostava mais dele.

— Bem... não gosto — afirmou Stacey, defensivo. — Mas ouvi dizer que ele estava andando com o R.W. e com Melvin. Estava me perguntando por quê. Seus irmãos devem ter dezoito ou dezenove anos.

Jeremy olhou para o Sol, estreitou os olhos e depois olhou para a sua trilha na floresta a alguns metros à frente.

— Eles levaram o T.J. para casa algumas vezes quando o papai não estava. O tratavam quase como amigo, mas quando ele ia embora, eles riam e falavam coisas dele – o xingavam. — Ele estreitou os olhos de novo, focando a trilha, e disse, apressado: — É melhor eu ir... Vejo vocês amanhã.

— Mamãe, como a senhora acha que o R.W. e o Melvin estão passando o tempo deles com o T.J.? — perguntei enquanto medíamos duas colheres de sopa cheias de farinha para o pão de milho.

A mamãe franziu tanto as sobrancelhas que elas encostaram no barril de farinha.

— Só uma colher de sopa, Cassie, e não tão cheias.

— Mas, mamãe, nós sempre usamos duas.

— Este barril vai precisar durar até que o papai volte para a ferrovia. Agora devolva.

Enquanto devolvia uma colher de sopa de farinha no barril, voltei a perguntar:

— O que a senhora acha, mamãe? Por que os Simms estão andando com o T.J.?

A mamãe mediu o fermento e o entregou para mim. Era uma colher de chá a menos do que tínhamos o costume de usar, mas não precisei perguntar a ela o porquê. Ele estava quase acabando.

— Eu realmente não sei, Cassie — respondeu ela, virando-se para o fogão para mexer o leite do feijão-manteiga. — Talvez eles só o queiram por perto porque isso faz com que eles se sintam bem.

— Quando o T.J. está perto de mim, ele não faz com que eu me sinta bem.

— Bem, você me disse que o Jeremy falou que eles estavam rindo do T.J. pelas costas dele. Algumas pessoas simplesmente gostam de manter outras perto delas para rirem delas… para usá-las.

— Me pergunto como o T.J. não sabe que eles estão rindo dele. A senhora acha que ele é tão burro assim?

— O T.J. não é “burro”, Cassie. Ele só quer atenção, mas a está conseguindo do jeito errado.

Eu estava para perguntar qual seria a utilidade de T.J. para alguém, mas fui interrompida pelo Homenzinho, que entrou correndo na cozinha.

— Mamãe! — gritou ele. — O sr. Jamison acabou de chegar! — Ele estava no celeiro limpando o galinheiro com Christopher-John, e pequenas partículas de palha ainda estavam presas na cabeça dele. Abri um sorriso graças à sua aparência desleixada, mas não tive tempo para zombar dele antes de ele sair.

A mamãe olhou para a vovó, com dúvida nos olhos, e então acompanhou o Homenzinho para fora. Decidi que o pão de milho poderia esperar e saí correndo atrás deles.

— Garota, volte lá para dentro e termine de misturar a massa do pão de milho — ordenou a vovó.

— Sim, senhora — respondi. — Volto já. — Antes que a vovó pudesse me alcançar, já estava na porta dos fundos, atravessando o quintal que dava para a entrada.

O sr. Jamison tocou o chapéu quando a mamãe se aproximou.

— Como vai, sra. Logan? — perguntou ele.

— Muito bem, sr. Jamison — respondeu a mamãe. — E o senhor?

— Bem. Bem — disse ele, distraído. — O David está aqui?

— Ele está no campo leste. — A mamãe analisou o sr. Jamison. — Tem alguma coisa errada?

— Ah, não... não. Só queria falar com ele.

— Homenzinho — disse a mamãe, virando-se —, vá chamar o papai.

— Ah, não – não faça isso. Eu posso ir andando até lá, se não se importar. — Preciso me exercitar. — A mamãe fez que sim com a cabeça, e depois de falar comigo, o sr. Jamison atravessou o quintal até o campo. O Homenzinho e eu começamos a caminhar atrás dele, mas a mamãe nos chamou de volta, e voltamos para as nossas tarefas.

O sr. Jamison não ficou por muito tempo. Alguns minutos depois, ele surgiu do campo sozinho, entrou no carro e partiu.

Quando o jantar ficou pronto, eu peguei ansiosamente o sino de ferro antes que Christopher-John ou o Homenzinho pudessem fazê-lo e corri para a varanda de trás para chamar o papai, o sr. Morrison e Stacey dos campos. Enquanto os três se lavavam na varanda de trás, a mamãe foi até a beirada dela, onde o papai estava sozinho.

— O que o sr. Jamison queria? — perguntou ela, com sua voz quase inaudível.

O papai apanhou a toalha que a mamãe lhe entregou, mas não respondeu de imediato. Eu estava na cozinha, virando os feijões-manteiga em uma tigela. Aproximei-me da janela para ouvir o que ele responderia.

— Não me esconda nada, David. Se houver problemas, eu quero saber.

O papai olhou para ela.

— Nada com que se preocupar, querida... Só parece que Thurston Wallace esteve na cidade falando sobre como não vai deixar que alguns negros espertinhos acabem com o negócio dele. Disse que vai acabar com esse negócio de fazer compras em Vicksburg. Só isso.

A mamãe suspirou e olhou do campo arado até o pasto inclinado.

— Estou com medo, David — disse ela.

O papai colocou a toalha de lado.

— Ainda não, Mary. Ainda não é hora de sentir medo. São só palavras.

A mamãe se virou e o encarou.

— E quando eles pararem de falar?

— Então... então talvez seja hora. Mas agora, moça linda — prosseguiu ele, tomando-a pela mão e conduzindo-a em direção à porta da cozinha —, agora tenho coisas melhores no que pensar.

Virei rapidamente o resto dos feijões-manteiga na tigela e atravessei a cozinha até a mesa. Quando a mamãe e o papai entraram, sentei-me no banco do lado do Homenzinho e de Christopher-John. Então o papai viu a mesa.

— Oras, vejam só! — exclamou ele. — Feijões-manteiga e pão de milho! É melhor entrar, sr. Morrison! Você também, filho! — chamou ele. — As mulheres nos prepararam um banquete.

Quando as aulas terminaram, a primavera logo se tornou o verão; mesmo assim, o papai não foi para a ferrovia. Ele parecia esperar alguma coisa, e eu secretamente esperava que o que quer que fosse, que essa coisa nunca viesse para que ele não tivesse que partir. Mas, certa noite, enquanto ele, a mamãe, a vovó, o sr. Morrison e Stacey estavam sentados na varanda da frente, enquanto Christopher-John, o Homenzinho e eu corríamos no quintal para caçar vaga-lumes, ouvi-o dizer:

— Vou precisar partir no domingo. Mas não queria ir. Sinto no meu ser que isso ainda não acabou. Foi fácil demais.

Soltei o vaga-lume que havia aprisionado nas minhas mãos e me sentei do lado do papai e de Stacey nos degraus.

— Papai, por favor — roguei, encostando-me na perna dele —, não vá este ano. — Stacey encarou a noite que avançava, com seu rosto refletindo sua resignação e não dizendo nada.

O papai esticou sua grande mão e acariciou o meu rosto.

— Preciso ir, Cassie — respondeu ele, com ternura. — Temos contas para pagar, querida, e não tenho nenhum dinheiro para receber. Sua mãe não tem serviço para o outono, e temos que pensar na hipoteca e nos impostos do ano que vem.

— Mas, papai, nós plantamos mais algodão este ano. Isso não paga os impostos?

O papai balançou a cabeça.

— Com o sr. Morrison aqui, conseguimos plantar mais, mas esse algodão serve apenas para comprar comida; o dinheiro da ferrovia serve para pagar os impostos e a hipoteca.

Olhei para a mamãe, desejando que ela dissesse algo, que convencesse o papai a ficar, mas quando vi o rosto dela, sabia que ela não faria isso. Ela sabia que ele partiria, assim como todos nós sabíamos.

— Papai, só mais uma ou duas semanas. O senhor não pode...

— Não posso, querida. Já posso até ter perdido o emprego.

— Mas, papai...

— Cassie, já chega — ordenou a mamãe desde as sombras.

Fiquei em silêncio, e o papai colocou os braços ao redor de Stacey e de mim, com suas mãos caindo casualmente sobre os nossos ombros. Da beira do gramado, onde o Homenzinho e Christopher-John corriam atrás de insetos luminosos, o Homenzinho gritou:

— Tem alguém vindo! — Alguns minutos depois, o sr. Avery e o sr. Lanier surgiram da escuridão e subiram o gramado inclinado.

A mamãe pediu que Stacey e eu trouxéssemos mais cadeiras para a varanda, e então nos acomodamos atrás do papai, que ainda estava sentado nos degraus, com suas costas apoiadas no pilar que encarava os visitantes.

— Você está indo para a loja amanhã, David? — perguntou o sr. Avery depois de trocarem todas as formalidades. Desde a primeira viagem em janeiro, o sr. Morrison foi uma ou outra vez para Vicksburg, mas o papai nunca havia ido com ele.

O papai acenou para o sr. Morrison.

— O sr. Morrison e eu vamos depois de amanhã. A sua esposa trouxe aquela lista de coisas que vocês precisavam ontem.

O sr. Avery limpou a garganta, nervoso.

— É... é sobre aquela lista que gostaria de conversar, David... Eu não quero mais aquelas coisas.

A varanda ficou em silêncio.

Visto que ninguém disse mais nada, o sr. Avery olhou para o sr. Lanier, e o sr. Lanier balançou a cabeça e prosseguiu.

— O sr. Granger está dificultando as coisas para a gente, David. Disse que vamos precisar lhe dar sessenta por cento do algodão, em vez de cinquenta... agora que o algodão já está plantado e é tarde demais para plantar mais... Mas não acho que isso faça muita diferença. Do jeito que estão vendendo algodão hoje em dia, parece que quanto mais plantamos, menos dinheiro acabamos ganhando...

O sr. Avery tossiu para interrompê-lo, e ele esperou pacientemente até que o sr. Avery parasse de tossir antes de prosseguir.

— Vai ser difícil pagar aquela dívida em Vicksburg, David, mas vou pagar... Quero que saiba disso.

O papai acenou com a cabeça, olhando para a estrada.

— Suponho que o Montier e o Harrison também aumentaram suas porcentagens — observou ele.

— O Montier aumentou — respondeu o sr. Avery —, mas, até onde sei, o sr. Harrison não. Ele é um homem decente.

— Pronto! — exclamou a mamãe, suspirando profundamente.

O papai continuou olhando para a escuridão.

— Quarenta por cento.

Acho que um homem que está acostumado a viver com cinquenta consegue viver com quarenta... se realmente se esforçasse.

O sr. Avery balançou a cabeça.

— Os tempos estão difíceis.

— Os tempos estão difíceis para todo mundo — respondeu o papai.

O sr. Avery limpou a garganta.

— Eu sei. E-eu me sinto muito mal pelo que o T.J. fez...

— Eu não estava falando sobre isso — disse o papai bruscamente.

— O sr. Avery acenou com a cabeça, autoconsciente, e então se inclinou para frente na cadeira e olhou para a floresta.

— Mas... mas não foi só isso o que o sr. Granger disse. Ele também disse que se não abrirmos mão desse negócio de fazer compras em Vicksburg, podemos muito bem sair da terra dele. Disse que estava cansado da gente causando problemas para pessoas brancas decentes. Então os Wallace foram até a minha casa, na casa do irmão Lanier e de todo mundo que lhes deve dinheiro. Disseram que se não pagarmos nossas dívidas, eles vão chamar o xerife para nos prender... nos acorrentar e nos obrigar a trabalhar para pagá-los.

— Meu bom Senhor! — exclamou a vovó.

O sr. Lanier concordou com a cabeça e acrescentou:

— Vou precisar ir até aquela loja amanhã em demonstração de boa-fé.

O sr. Avery voltou a tossir e, por um tempo, ouvimos apenas a tosse e o silêncio. Mas quando a tosse cessou, o sr. Lanier disse:

— Peço a Deus para que possamos continuar nesse arranjo, mas não podemos ser presos, David.

O papai concordou com a cabeça.

— E nem espero que seja, Silas.

O sr. Avery riu baixinho.

— Nós com certeza os pegamos por um tempo, não é?

— Sim — concordou o papai, baixinho —, com certeza.

Quando os homens partiram, Stacey explodiu:

— Eles não podiam desistir! Só porque os Wallace os ameaçaram uma vez, eles estão pulando fora como um bando de coelhos assustados...

O papai se levantou de repente, agarrou Stacey e o levantou também.

— Garoto, não ache que está tão crescido a ponto de falar sobre mais do que sabe. Esses homens estão fazendo o que precisam fazer. Faz ideia do risco que correram só por terem feito compras em Vicksburg para início de conversa? Se eles forem presos, as famílias deles ficam sem nada. Elas vão ser expulsas da terra em que plantam e não terão para onde ir. Entendeu?

— S-sim, senhor — respondeu Stacey. O papai o soltou e encarou a noite, carrancudo. — Você foi abençoado, garoto. Nasceu com uma terra para chamar de sua. Caso contrário, estaria implorando por uma enquanto procurava por um meio de sobreviver...

como o sr. Lanier e o sr. Avery. E talvez até fazendo o mesmo que eles. É difícil para um homem desistir, mas às vezes parece que ele não tem nenhuma outra opção.

— D-desculpe, papai — murmurou Stacey.

Depois de um instante, o papai esticou o braço e o colocou nos ombros de Stacey.

— Papai, nós vamos desistir também? — perguntei, levantando-me também para me juntar a eles.

O papai olhou para baixo para me encarar e me trouxe mais para perto dele, e então acenou em direção à entrada do terreno com a mão.

— Vê aquela figueira ali, Cassie? Todas as outras árvores ao redor dela... aquele carvalho e aquela nogueira, elas são tão maiores, ocupam tanto mais espaço e fazem uma sombra tão maior que chegam a encobrir aquela pequena figueira. Mas aquela figueira tem raízes profundas e faz parte deste quintal tanto quanto o carvalho e a nogueira. Ela continua florescendo, dando bom fruto ano após ano, sempre ciente de que nunca chegará a ser tão grande quanto as outras árvores. Continua apenas crescendo e fazendo o que deve fazer. Não desiste. Se desistisse, morreria. Podemos aprender uma lição com essa pequena árvore, Cassie, porque somos como ela. Continuamos fazendo o que precisamos fazer e não desistimos. Não podemos desistir.

Depois que o sr. Morrison se retirou e foi para a sua própria casa, e a vovó, os meninos e eu fomos dormir, o papai e a mamãe continuaram na varanda, conversando em sussurros. Era gostoso ouvi-los; a voz da mamãe era um murmúrio caloroso e cadenciado e a do papai um zumbido silencioso e fluído. Depois de alguns minutos, eles deixaram a varanda, e o volume das suas vozes diminuiu. Saí da cama com cuidado para não acordar a vovó e fui até a janela. Eles estavam caminhando lentamente pela grama regada pela Lua, com seus braços ao redor um do outro.

— Logo de manhã, vou dar uma volta e ver quantas pessoas ainda estão apoiando esse arranjo — disse o papai, parando debaixo do carvalho que ficava perto da casa. — Quero saber antes de viajarmos para Vicksburg.

A mamãe ficou em silêncio por um instante.

— Acho que você e o sr. Morrison não deveriam ir para Vicksburg agora, David. Não com os Wallace ameaçando as pessoas dessa forma. Espere um pouco.

O papai esticou a mão e quebrou um galho da árvore.

— Não podemos parar de cuidar dos nossos negócios só por causa dos Wallace, Mary. Você sabe disso.

A mamãe não respondeu.

O papai se inclinou contra a árvore.

— Acho que vou levar o Stacey comigo.

— David, não...

— Ele vai fazer treze anos no mês que vem, querida, e precisa ficar mais comigo. Eu não posso levar ele comigo na ferrovia, mas posso levar ele comigo aonde eu for por aqui. E quero que ele saiba como conduzir os negócios... como cuidar dele, como cuidar das coisas enquanto eu não estiver por aqui.

— David, ele é apenas um menino.

— Querida, um menino do tamanho do Stacey por aqui é quase um homem. Ele precisa saber como fazer as coisas como um homem. Precisa saber como cuidar delas sozinho.

— Eu sei, mas...

— Mary, eu quero que ele fique forte... e não que se torne um tolo como o T.J.

— Ele tem mais cérebro e aprendeu bastante para não fazer isso — falou a mamãe.

— Eu sei — respondeu o papai, baixinho. — Mesmo assim, ainda fico preocupado ao ver no que o T.J. está se tornando.

— Acho que isso não está incomodando Joe Avery tanto assim. Ele não parece estar fazendo nada quanto a isso.

O papai permitiu que o silêncio se assentasse entre eles antes de dizer:

— Ficar amarga não combina com você, querida.

— Eu não estou amarga — respondeu a mamãe, cruzando os braços na frente do peito. É só que aquele menino está fora de controle, e parece que ninguém está fazendo nada quanto a isso.

— Outro dia, o Joe me disse que não podia fazer mais nada pelo T.J. É difícil para um homem admitir isso.

— Ele ainda pode acertar o traseiro dele com uma boa tira de couro, não pode? — Era óbvio que a mamãe não tinha empatia pelo problema do sr. Avery.

— Ele disse que tentou, mas que, devido à sua saúde, ele acabou com uma terrível crise de tosse. Ficou tão mal com isso que ficou de cama. Disse que, depois disso, a Fannie tentou bater no menino, mas que, como o T.J. é mais forte do que ela, isso não deu em nada. — O papai fez uma pausa e acrescentou: — Ele se tornou muito atrevido, eu entendo.

— Bem, atrevido ou não — resmungou a mamãe —, é melhor que eles encontrem uma maneira de corrigir aquele menino, porque ele vai arrumar muitos problemas.

O papai suspirou profundamente e se afastou da árvore.

— É melhor entrarmos. Preciso levantar cedo se quiser me encontrar com todo mundo.

— Você ainda está determinado a ir até Vicksburg?

— Eu já disse que sim.

A mamãe deu uma risada leve de exasperação.

— Às vezes, David Logan, me pergunto por que não me casei com o tranquilo Ronald Carter ou com o simpático e amável Harold Davis.

— Porque, mulher — respondeu o papai, o colocando o braço ao redor dela —, você viu este homem grande e lindo e, de repente, ninguém mais estava à altura. — Então os dois gargalharam e voltaram lentamente para a lateral da casa.

Sete famílias, incluindo a nossa, ainda se recusavam a fazer compras na loja dos Wallace, mesmo com a ameaça de prisão e trabalhos forçados. A mamãe disse que esse número não era suficiente para prejudicar os Wallace, só para irritá-los, e ficou preocupada, temendo pela segurança do papai, de Stacey e do sr. Morrison ao fazerem essa viagem. Mas nada que ela pudesse dizer poderia fazer o papai mudar de ideia, e eles partiram como planejado na quarta-feira de manhã, bem antes de amanhecer.

Na quinta-feira, quando deveriam voltar, começou a chover, uma chuva forte e pesada que trouxe um verde-escuro prematuro ao solo e nos obrigou a parar de capinar o campo de algodão e voltar para a casa. Enquanto os trovões ressoavam no céu, a mamãe encarava a estrada escura pela janela.

— Me pergunto por que estão demorando — disse ela, mais para si mesma do que para qualquer outra pessoa.

— Provavelmente ficaram presos em algum lugar — sugeriu a vovó. — Podem ter parado para se abrigar desta tempestade.

A mamãe se afastou da janela.

— A senhora provavelmente está certa — concordou ela, apanhando um par de calças de Christopher-John para remendar.

Enquanto a noite se tornava um breu total, ficamos cada vez mais em silêncio, com os meninos e eu falando muito pouco e com a mamãe e a vovó se concentrando na sua costura, com as sobrancelhas franzidas. Minha garganta ficou tensa, e fiquei com medo, mesmo sem saber de quê.

— Mamãe, eles estão bem, não estão? — perguntei.

A mamãe me encarou.

— Claro que estão bem. Só estão atrasados. Só isso.

— Mas, mamãe, a senhora acha que talvez alguém fez...

— Acho que é melhor vocês irem dormir, crianças — falou a mamãe bruscamente, sem me dar a oportunidade de terminar a frase.

— Mas eu quero esperar pelo papai — protestou o Homenzinho.

— Eu também — acrescentou Christopher-John, sonolento.

— Vocês vão vê-lo de manhã. Agora vão dormir!

Como ainda não havia nada que podíamos fazer além de obedecer, fomos para a cama. Mas eu não consegui dormir. Um medo frio subia pelo meu corpo, revirando-me o estômago e apertando minha garganta. Por fim, quando senti que estava a ponto de passar mal por causa disso, levantei-me e dirigi-me silenciosamente até o quarto da mamãe e do papai.

A mamãe estava de pé, com as costas voltadas para mim e com os braços cruzados, ao passo que a vovó ainda estava remendando. Nenhuma delas ouviu a porta se abrindo. Comecei a falar, mas a mamãe estava falando e decidi não a interromper.

— ...acho que vou selar a Lady e ir procurá-los — dizia ela.

— Mary, de que proveito seria isso? — questionou a vovó. — Você andando por aí naquela égua sozinha nesta escuridão e nesta chuva?

— Mas aconteceu alguma coisa com eles! Posso sentir isso.

— Isso está só na sua cabeça, filha — desconsiderou a vovó, sem convencer ninguém. — Os homens estão bem.

— Não... não — disse a mamãe, balançando a cabeça. — Os Wallace não estão só na minha cabeça, eles... — Ela parou de repente e ficou imóvel.

— Mary...

— Achei que tinha ouvido alguma coisa. — Os cachorros começaram a latir, e ela se virou e atravessou o cômodo, apressada. Empurrando a trava em uma pressa alucinada, ela abriu a porta e gritou na tempestade: — David! David!

Incapaz de ficar onde estava, saí correndo pelo cômodo.

— Cassie, o que você está fazendo acordada, garota? — perguntou a vovó, indignada, quando passei por ela. Mas a mamãe, encarando a noite molhada, não disse nada quando cheguei do lado dela.

— São eles? — perguntei.

Na escuridão, uma luz redonda surgiu, movendo-se lentamente na entrada do terreno, e pudemos ouvir a voz do sr. Morrison bem baixinho.

— Pode ir, Stacey — disse ele. — Eu levo ele. — Então Stacey surgiu, com a lanterna na mão, seguido pelo sr. Morrison, que estava carregando o papai.

— David! — soltou a mamãe, sua voz soando como um sussurro amedrontado.

A vovó, que estava atrás de mim, deu um passo para trás, puxando-me com ela. Ela tirou as coisas que estavam sobre a cama, deixando apenas o lençol, e ordenou:

— Deite ele aqui, sr. Morrison.

Enquanto o sr. Morrison subia as escadas, podíamos ver que a perna esquerda do papai estava esticada, imobilizada com sua espingarda amarrada com uma corda. A cabeça dele estava envolta em um pano, o qual seu sangue vermelho-escuro havia encharcado. O sr. Morrison ajudou o papai a atravessar a porta, com cuidado para não acertar a perna imobilizada, e o deitou gentilmente na cama. A mamãe foi imediatamente para o lado da cama e segurou a mão do papai.

— Oi, querida... — disse o papai, debilitado. — Estou... bem. Só quebrei a perna, só isso...

— A carroça passou por cima dela — explicou o sr. Morrison, evitando olhar nos olhos da mamãe. — É melhor ajeitarmos essa perna. Não tivemos tempo na estrada.

— Mas a cabeça dele... — observou a mamãe, com seus olhos interrogando o sr. Morrison. Mas o sr. Morrison não disse mais nada, fazendo com que a mamãe se voltasse para Stacey. — Você está bem, filho?

— Sim, senhora — respondeu Stacey, com seu rosto estranhamente pálido e seus olhos fixos no papai.

— Então vá tirar essas roupas molhadas. Não quero que você pegue pneumonia. Cassie, vá dormir.

— Vou acender o fogo — disse a vovó, desaparecendo na cozinha enquanto a mamãe ia até o armário para apanhar lençóis para servir de gesso. Mas Stacey e eu permanecemos parados, observando o papai, e só nos movemos quando Christopher-John e o Homenzinho fizeram uma entrada sonolenta.

— O que está acontecendo? — perguntou o Homenzinho, franzindo as sobrancelhas enquanto seguia em direção à luz.

— Voltem para a cama, crianças — mandou a mamãe, apressando-se para impedi-los de entrar mais no quarto, mas antes que pudesse alcançá-los, Christopher-John viu o papai na cama e correu em direção a ele.

— Papai, o senhor voltou!

O sr. Morrison o apanhou e o ergueu no ar antes que ele pudesse balançar a cama.

— O-o que foi? — perguntou Christopher-John, bem desperto agora. — Papai, qual é o problema? Por que está com essa coisa na cabeça?

— Seu pai está dormindo — disse a mamãe, enquanto o sr. Morrison colocava Christopher-John de volta no chão. — Stacey, leve-os de volta para a cama... e tire essas roupas. — Nenhum de nós se mexeu. — Movam-se quando eu lhes digo! — falou a mamãe, impaciente, com seu rosto refletindo mais preocupação do que raiva.

Stacey nos levou para o quarto dos meninos.

Assim que a porta se fechou atrás de nós, perguntei:

— Stacey, o papai está muito machucado? — Stacey tateou em volta procurando pela lâmpada, acendeu-a e sentou-se do lado da cama, cansado. Aglomeramo-nos ao redor dele. — Bem?

Stacey balançou a cabeça.

— Eu não sei. Ele machucou a perna na carroça... e levou um tiro.

— Tiro! — exclamaram Christopher-John e o Homenzinho, temerosos, mas eu fiquei em silêncio, pois estava com muito medo de falar e pensar.

— O sr. Morrison disse que acha que a bala não o feriu demais. Disse que acha que só pegou de raspão... aqui. — Stacey passou o dedo indicador na têmpora direita. — E que não entrou em nenhuma parte do corpo.

— Mas quem atirou no papai? — perguntou o Homenzinho, bem agitado. — Ninguém pode atirar no papai!

Então Stacey se levantou e gesticulou para que Christopher-John e o Homenzinho fossem para a cama.

— Eu já falei demais. Cassie, vá dormir.

Eu continuei sentada, com a minha mente incapaz de se mexer.

— Cassie, vá, como a mamãe mandou.

— Como foi que a carroça passou por cima dele? Como ele levou um tiro? — perguntei com raiva, já tramando a minha vingança contra quem quer que tivesse se atrevido a machucar o papai.

— Cassie... vá dormir!

— Não vou me mexer até que você me diga!

— Vou chamar a mamãe — ameaçou ele.

— Ela está muito ocupada — observei, cruzando os braços e sentindo-me confiante de que ele contaria a história.

Ele foi até a porta e a abriu. Christopher-John, o Homenzinho e eu o encaramos, ansiosos. Mas ele não demorou para fechá-la e voltou para a cama.

— O que eles estavam fazendo? — perguntou o Homenzinho.

— A vovó está cuidando da cabeça do papai.

— Bem, o que aconteceu lá? — repeti.

Stacey suspirou em desistência e se sentou.

— Estávamos voltando de Vicksburg quando as rodas se desprenderam — contou ele, com sua voz soando como um sussurro vazio. — Já estava escuro e chovendo, e o papai e o sr. Morrison, eles acharam que alguém havia mexido nas rodas, porque os dois desceram da carroça ao mesmo tempo. Então, quando lhes disse que eu havia visto dois garotos perto da carroça enquanto estávamos em Vicksburg, o papai disse que não tínhamos tempo para soltar e descarregar a carroça, tal como deveríamos ter feito, para colocar as rodas de volta. Ele achava que alguém estava vindo atrás da gente.

"Então, depois de encontrarmos as rodas e os pinos, o papai me disse para segurar as rédeas muito bem para manter o Jack parado... o Jack, ele estava bem nervoso por causa da tempestade. Então o sr. Morrison foi e ergueu a carroça sozinho. E ela estava pesada, mas o sr. Morrison a levantou como se não fosse nada. Então o papai colocou a primeira roda... Foi então que atiraram nele..."

— Mas quem... — comecei.

— Um caminhão apareceu na estrada e parou atrás da gente enquanto ele estava tentando colocar aquela roda, mas nenhum de nós o ouviu chegar por causa da chuva, dos trovões e tudo o mais, e eles só acenderam as luzes quando o caminhão parou. Enfim, havia três homens naquele caminhão, e assim que o papai os viu, ele tentou apanhar a espingarda. Foi então que atiraram nele, e ele caiu com a perna esquerda embaixo da carroça. Então... então o Jack andou para trás, com medo do tiro, e eu... eu não consegui segurá-lo... e... e a carroça passou por cima da perna do papai. — A voz dele estava variando bastante, e então, movido pelo remorso, ele explodiu: — É m-minha culpa que a perna do papai está quebrada!

Pensei no que ele disse e, colocando a mão sobre o ombro dele, eu disse:

— Não, não é. É daqueles homens.

Stacey ficou um tempo sem falar, e não o pressionei a continuar. Por fim, ele limpou a garganta e continuou com uma voz rouca.

— Assim que pude, eu... eu amarrei o Jack em uma árvore e corri até o papai, mas o papai me disse para não o mover e para me abaixar na vala. Depois que os homens atiraram no papai, eles vieram para tentar pegar o sr. Morrison, mas ele era rápido e forte demais para eles. Não consegui ver tudo o que aconteceu porque eles nem sempre ficavam na frente dos faróis, mas vi o sr. Morrison pegar um desses homens como se não fosse nada além de um saco de penas de galinha e jogá-lo no chão com tanta força que o homem deve ter quebrado as costas. Nunca vi nada parecido durante toda a minha vida. Então, um dos outros dois que tinha uma arma tentou atirar no sr. Morrison, mas não o acertou. O sr. Morrison saiu da frente dos faróis e se escondeu na escuridão, e eles foram atrás dele.

"Não pude ver nada então — prosseguiu ele, olhando para a porta do quarto em que o papai estava. — Ouvi ossos se quebrando. Ouvi alguém xingando e chorando. Então não ouvi nada além da chuva, e estava com muito medo. Com medo de que eles tivessem matado o sr. Morrison."

— Mas não mataram — recordou o Homenzinho, com os olhos brilhando de emoção.

Stacey fez que não.

— A próxima coisa que vi foi um homem andando bem devagar em direção aos faróis e apanhando o homem que estava deitado no meio da estrada – o que o sr. Morrison havia jogado no chão. Ele o colocou no caminhão e, então, voltou para ajudar o outro. Esse parecia que estava com o braço quebrado. Estava pendurado de um jeito muito estranho do lado do corpo. Então eles deram meia-volta com o caminhão e foram embora.

— E então? — perguntou o Homenzinho.

Stacey ergueu os ombros.

— Nada. Colocamos a outra roda e voltamos para casa.

— Quem eram eles? — perguntei, prendendo a respiração.

Stacey me olhou nos olhos e disse sem rodeios:

— Os Wallace, eu acho.

Houve um momento assustador de silêncio. Então Christopher-John, com lágrimas nos seus olhos negros, perguntou:

— Stacey, o... o papai vai morrer?

— Não! É claro que não! — negou Stacey imediatamente.

— Mas ele está tão parado...

— Eu não quero que o papai morra! — gemeu o Homenzinho.

— Ele está só dormindo – como a mamãe disse. Só isso.

— Bem, e quando ele vai acordar? — perguntou Christopher-John, com as lágrimas escorrendo pelas suas bochechas rechonchudas.

— De... de manhã — respondeu Stacey, consoladoramente colocando os braços ao redor de Christopher-John e do Homenzinho. — É só esperar. Vocês vão ver. Ele vai estar muito bem de manhã.

Stacey, ainda usando suas roupas molhadas e lamacentas, não disse mais nada, e nem o restante de nós. Todas as perguntas haviam sido respondidas, mas ainda estávamos com medo, e sentamo-nos em silêncio, ouvindo a chuva, agora mais branda, caindo sobre o telhado, e observando a porta por trás da qual o papai estava deitado, desejando pela manhã.

# 10

— Como está? — perguntou o papai enquanto eu passava pela sala em direção à porta lateral. Havia se passado uma semana desde que ele se machucara, e esta era a sua primeira semana de pé. Ele estava sentado ao lado da lareira fria, com a cabeça ainda enfaixada e a perna quebrada apoiada sobre uma cadeira de madeira. Seus olhos estavam voltados para a mamãe, que estava sentada à sua mesa.

A mamãe largou o lápis e franziu as sobrancelhas ao encarar o livro razão aberto na frente dela. Ela me olhou, distraída, e esperou até que eu fechasse a porta de tela atrás de mim para dizer:

— David, você acha que deveríamos fazer isso agora? Você ainda não está bem...

— Estou bem o suficiente para saber que não temos muito sobrando. Agora me diga.

Desci os degraus e me sentei no último.

A mamãe ficou em silêncio por um momento antes de responder.

— Com o dinheiro do Hammer para pagar metade da hipoteca, temos o suficiente para pagar até junho...

— E mais nada?

— Alguns dólares, mas é só.

Ambos ficaram em silêncio.

— Acha que deveríamos escrever para o Hammer para pedir algum dinheiro emprestado? — perguntou a mamãe.

O papai não respondeu de imediato.

— Não — disse ele, por fim. — Ainda não quero que ele saiba sobre isso. Se souber que não estou na ferrovia, ele vai querer saber por quê, e não quero me arriscar com aquele temperamento dele quando descobrir o que os Wallace fizeram.

A mamãe suspirou.

— Acho que você tem razão.

— Sei que tenho — confirmou o papai. — Com as coisas como estão, se vier até aqui com selvageria e raiva, ele vai acabar sendo enforcado. Contanto que as coisas não piorem, podemos nos virar sem ele. Vamos pagar essa dívida de junho com o dinheiro que temos. — Ele fez uma pausa. — Provavelmente vamos precisar vender algumas vacas e bezerros para pagar as de julho e agosto... talvez até aquela porca. No fim de agosto, acho que vamos ter algodão o suficiente para pagar a de setembro... É claro que provavelmente vamos precisar ir até Vicksburg para descaroçá-los. Não vamos poder usar o descaroçador do Harlan Granger este ano.

O silêncio pairou novamente, e então a mamãe disse:

— David, a mamãe estava falando sobre ir ao mercado de Strawberry no próximo...

— Não — disse o papai, cortando-a. — Há muitos sentimentos ruins lá.

— Foi o que eu disse a ela.

— Vou falar com ela... Precisamos de alguma coisa antes da primeira colheita do algodão?

— Bem... você já comprou as baterias e o querosene na última viagem... mas do que mais vamos precisar é de um pouco de inseticida para aplicar no algodão. Estamos tendo muitos insetos...

— E comida?

— Nossa farinha, açúcar, fermento e afins estão acabando, mas damos um jeito – não precisamos comer pãezinhos e pão de milho todo dia. A pimenta acabou e não temos muito sal, mas eles também não são obrigatórios. E o café acabou... O jardim está produzindo bem, porém. Nada com que se preocupar aí.

— "Nada com que se preocupar" — murmurou o papai, e os dois ficaram quietos. De repente, houve uma grande explosão, como se algo tivesse sido golpeado com bastante força. — Se ao menos esta perna não estivesse quebrada!

— Não deixe o Stacey te ouvir dizendo isso, David — alertou a mamãe com afeto. — Você sabe que ele se culpa pela sua perna.

— Já disse àquele garoto que a culpa não é dele. Ele só não teve força o suficiente para segurar o Jack.

— Eu sei disso, mas ele ainda se culpa.

O papai riu de forma estranha.

— Não é engraçado? Os Wallace apontam uma arma para a minha cabeça, eu quebro a perna e meu filho se culpa por isso. Ah, que vontade de dar umas chicotadas naqueles três Wallace e só parar quando meu braço estivesse tão cansado que não conseguisse mais erguê-lo.

— Você está parecendo o Hammer.

— Estou? Bem, muitas vezes eu tenho vontade de fazer as coisas como ele. Acho que ficaria muito satisfeito de chicotear o Kaleb Wallace e os irmãos dele.

— Fazer as coisas como o Hammer acabaria te matando, e você sabe disso. Então pare de falar assim. Já não temos muito com o que nos preocuparmos? Além disso, ouvi falar que o Thurston e o Dewberry Wallace ainda estão de cama. Alguns dizem até que as costas do Dewberry estão quebradas. De qualquer forma, o sr. Morrison deve tê-los machucado bastante.

— Onde ele está, por falar nisso? Eu não o vi esta manhã.

Houve um momento de silêncio antes que a mamãe respondesse.

— Saiu de manhãzinha para procurar emprego de novo.

— Ele não vai encontrar nada por aqui. Eu disse isso a ele.

— Eu sei — concordou a mamãe. — Mas ele disse que precisa tentar. David... — A mamãe parou, e quando voltou a falar, sua voz estava fraca, como se estivesse hesitante em dizer o que tinha em mente. — David, você não acha que ele deveria ir embora? Eu não quero que ele vá, mas depois do que ele fez com os Wallace, temo por ele.

— Ele sabe o que pode acontecer, Mary, mas quer ficar – e, francamente, precisamos dele aqui. Não o incomode com isso.

— Mas, David, se...

Antes que a mamãe pudesse terminar, vi o sr. Morrison vindo do oeste, de Smellings Creek. Levantei-me do degrau e corri até ele.

— Olá, sr. Morrison! — gritei enquanto Jack puxava a carroça pela entrada do terreno.

— Olá, Cassie — cumprimentou-me o sr. Morrison. — Seu pai está acordado?

— Sim, senhor. Ele saiu da cama e está sentado esta manhã.

— Não te disse que ele não iria parar por nada?

— Sim, senhor. Disse sim.

Ele desceu da carroça e dirigiu-se até a casa.

— Sr. Morrison, o senhor quer que eu desatrele o Jack para o senhor?

— Não, Cassie. Deixe-o assim. Preciso falar com o seu pai e já vou voltar.

— Ei, Jack — disse eu, acariciando a mula enquanto observava o sr. Morrison entrando pela porta lateral. Pensei em voltar para o meu assento nos degraus, mas decidi não fazer isso. Em vez disso, fiquei com Jack, refletindo cuidadosamente sobre o que havia ouvido, até que o sr. Morrison voltou da casa. Ele foi até o celeiro e então voltou com a plantadeira, uma ferramenta que se parece com um arado que tem um pequeno recipiente arredondado para soltar sementes e que fica preso na parte do meio. Ele colocou a plantadeira na parte de trás da carroça.

— Aonde o senhor vai, sr. Morrison?

— Vou na casa do sr. Wiggins. Eu me encontrei com o sr. Wiggins de manhã, e ele me pediu para usar a plantadeira do seu pai. Ele não tem carroça, então ele me pediu para levá-la para ele se seu pai concordasse.

— Não é meio tarde para semear?

— Bem, não para o que ele tem em mente. Ele estava pensando em plantar um pouco de milho de verão. Estará pronto em setembro.

— Sr. Morrison, posso ir com o senhor? — perguntei enquanto ele subia na carroça.

— Oras, sua companhia será um prazer, Cassie. Mas você vai precisar pedir para a sua mãe.

Corri de volta para a casa. Os meninos estavam no quarto da mamãe e do papai agora, e quando perguntei se podia ir para a casa do Pequeno Willie com o sr. Morrison, o Homenzinho e Christopher-John também quiseram ir, como era de se esperar.

— O sr. Morrison disse que não tem problema, mamãe.

— Bem, só não o atrapalhe. Stacey, você também vai?

Stacey se sentou na frente do papai, olhando com decepção para a perna quebrada.

— Vá, filho — incentivou o papai, com afeto. — Não tem nada para fazer aqui. Assim você vai ter a oportunidade de falar com o Pequeno Willie.

— Tem certeza que não posso fazer nada pelo senhor, papai?

— Só vá e aproveite a viagem até a casa do Pequeno Willie.

Como a ideia de ir foi minha, reivindiquei o lugar ao lado do sr. Morrison, e os meninos subiram na parte de trás. A família do Pequeno Willie morava nos seus próprios dezesseis hectares a cerca de três quilômetros ao leste da Great Faith. A manhã estava ótima para uma viagem, e os nove quilômetros até lá passaram rapidamente com o sr. Morrison cantando com a mais grave das vozes, e Christopher-John, o Homenzinho e eu cantávamos juntos sempre que podíamos ao passar pelos campos de algodão que estava dando flores brancas, vermelhas e rosas. Como Stacey estava mal-humorado, ele não cantou, e o deixamos em paz.

Ficamos menos de uma hora na fazenda dos Wiggins e então voltamos para casa. Havíamos acabado de passar pela Great Faith e estávamos nos aproximando da estrada da escola Jefferson Davis quando vimos uma caminhonete carcomida. Muito silenciosamente, o sr. Morrison mandou:

— Cassie, vá para trás.

— Mas por quê, sr. Mor...

— Faça o que eu disse, Cassie. Rápido! — A voz dele não passava de algo um pouco acima de um sussurro amigável, mas havia urgência nela, e obedeci, passando por cima do assento e me juntando aos meninos. — Fiquem todos abaixados.

A caminhonete freou ruidosamente com um guincho irritante de aço. Paramos. Os meninos e eu olhamos pela beirada da carroça. A caminhonete fez uma curva na estrada, bloqueando-nos. A porta da caminhonete se abriu, e Kaleb Wallace saiu dela, apontando um longo dedo acusador para o sr. Morrison.

Ele oscilou de um lado para o outro sem dizer nada por momento longo e terrível, e então disse:

— Seu crioulo! Eu deveria arrancar o seu coração pelo que fez! Meus irmãos estão de cama, e você está andando por aí livremente, como um branco. Isso é errado, com certeza! Oras, eu deveria atirar em você bem aqui...

— Você vai tirar a caminhonete da estrada?

Kaleb Wallace encarou o sr. Morrison e então olhou para a caminhonete, como se estivesse tentando entender a conexão entre os dois.

— A caminhonete está no caminho, rapaz?

— Vai tirar?

— Vou sim... quando estiver com vontade... — Ele parou de repente, esbugalhando os olhos com terror enquanto o sr. Morrison descia da carroça. A grande sombra do sr. Morrison o cobriu e, por um segundo de tensão, o sr. Morrison ficou perigosamente parado perto dele. Mas quando o rosto de Kabel Wallace ficou pálido de medo, o sr. Morrison se virou sem dizer nada e olhou para o interior da caminhonete.

— O que ele está procurando? — perguntei.

— Provavelmente uma arma — sugeriu Stacey.

O sr. Morrison deu a volta na caminhonete, analisando-a de perto. Então ele voltou para a frente dela e, dobrando os joelhos e encostando as costas na grade, posicionou suas grandes mãos por baixo do para-choque. Lentamente, com seus músculos se flexionando contra sua camisa fina e o suor escorrendo pela sua pele como óleo na água, ele ergueu a caminhonete com um único movimento fluído e poderoso, até que a frente estava a vários centímetros do chão, e a moveu para o lado esquerdo da estrada, onde ela foi colocada gentilmente como um bebê que dormia. Então ele foi até a parte de trás da caminhonete e repetiu a façanha.

Kaleb Wallace ficou mudo. Christopher-John, o Homenzinho e eu encaramos boquiabertos, e até Stacey, que já havia testemunhado a fenomenal força do sr. Morrison anteriormente, observou maravilhado.

Foram necessários vários minutos para Kaleb Wallace retomar sua voz. Já estávamos bem à frente na estrada e quase não podíamos mais ouvi-lo quando seus gritos frenéticos de ódio chegaram até os nossos ouvidos.

— Cuidado, seu crioulo! Vamos te pegar uma noite dessas! Vou te pegar pelo que fez! Cuidado! Em breve, uma noite dessas…

Quando chegamos em casa e contamos à mamãe, ao papai e à vovó o que aconteceu, a mamãe disse ao sr. Morrison:

— Eu disse que temia pelo senhor. E hoje, Kaleb Wallace poderia ter machucado o senhor… e as crianças.

O sr. Morrison olhou bem nos olhos da mamãe.

— Sra. Logan, Kaleb Wallace é uma daquelas pessoas que não conseguem fazer nada sozinho. Ele precisa do apoio de muitas outras pessoas e de uma arma carregada... e eu sabia que ele não estava armado; pelo menos não havia nenhuma na caminhonete. Eu verifiquei.

— Mas se ficar, ele vai conseguir esse apoio, e eles vão tentar pegá-lo, como ele mesmo disse...

— Sra. Logan, não me peça para ir embora.

A mamãe colocou sua mão fina sobre a do sr. Morrison.

— Sr. Morrison, o senhor é um de nós agora. Eu não quero que se machuque por nossa causa.

O sr. Morrison abaixou o olhar e deu uma olhada em volta, até que seus olhos pousaram nos meninos e em mim.

— Eu nunca tive filhos. Às vezes acho que, se tivesse, gostaria de um filho e de uma filha como a senhora e o sr. Logan... e netos como os seus filhos...

— Mas, sr. Morrison, os Wallace...

— Mary — disse o papai, baixinho —, deixe isso para lá.

A mamãe olhou para o papai, com seus lábios prontos para falar. Então não disse mais nada; mas as linhas de preocupação continuaram marcadas nas suas sobrancelhas.

Agosto chegou azulado e quente. O calor se apoderou da terra, apegando-se a ela como um manto invisível, fazendo com que as pessoas se movessem lenta e letargicamente através, como se estivessem debaixo d'água. Nos campos maduros, o algodão e o milho se espalhavam ociosamente em direção ao céu, aguardando pelo frescor de uma chuva que ameaçava vir ocasionalmente, mas que nunca vinha, e a terra assumiu uma aparência tostada e amarronzada.

Para fugir do calor, os meninos e eu costumávamos passear no frescor da floresta depois de completarmos nossas tarefas. Ali, enquanto as vacas e os bezerros pastavam por perto, sentamo-nos sobre os bancos do lago, com as costas apoiadas contra uma velha nogueira ou um pinheiro e com os pés tranquilamente mergulhados na água fria, esperando que uma melancia que trouxemos do jardim esfriasse. Às vezes, Jeremy nos encontrava ali, atravessando a floresta densa da sua própria fazenda a mais de um quilômetro e meio, mas esses encontros nunca eram planejados; os nossos pais não gostariam de saber disso.

— Como está o seu pai? — perguntou ele um dia ao se sentar do nosso lado.

— Ele está bem — respondeu Stacey —, com exceção de que a perna dele o está incomodando nesse calor. Coça muito. Mas a mamãe diz que esse é um sinal de que ela está melhorando.

— Que bom — murmurou Jeremy. — Que pena que ele se machucou. Agora ele não pode voltar para a ferrovia.

Stacey moveu-se, inquieto, olhou para Christopher-John, para o Homenzinho e para mim, lembrando-nos com seu olhar de que não deveríamos falar sobre como os Wallace estavam envolvidos na lesão do papai, respondendo apenas:

— Aham.

Jeremy ficou em silêncio por um momento e então gaguejou:

— A-algumas pessoas estão dizendo que estão felizes por ele ter se machucado. F-felizes por ele não conseguir mais ganhar o dinheiro da ferrovia.

— Quem disse isso? — gritei, pulando do banco. — Me diga quem falou isso que eu vou...

— Cassie! Sente-se e fique quieta — ordenou Stacey. Relutantemente, fiz o que ele mandou, desejando que esse negócio sobre os Wallace e os ferimentos do papai não fosse tão complexo. Para mim, parecia que, desde que os Wallace atacaram o papai e o sr. Morrison, a coisa mais simples do mundo teria sido ir contar isso ao xerife para colocá-los na cadeia, mas a mamãe disse que as coisas não funcionavam assim. Ela explicou que, enquanto os Wallace, envergonhados por terem sido feridos pelas mãos do sr. Morrison, não fizessem uma denúncia oficial sobre o incidente, deveríamos permanecer em silêncio também. Se não fizéssemos isso, o sr. Morrison poderia ser acusado de atacar homens brancos, o que poderia fazer com que ele fosse sentenciado à prisão e trabalhos forçados ou pior.

— N-não fui eu quem disse isso, Cassie — gaguejou Jeremy como desculpas.

— Bem, quem quer que seja, não deveria — respondi mal-humorada.

Jeremy acenou, pensativo, e mudou de assunto.

— Vocês viram o T.J. recentemente?

Stacey franziu as sobrancelhas, pensando se deveria responder ou não. As pessoas estavam sempre falando mal sobre T.J. e os irmãos Simms. O pai de Moe Turner contou ao papai que T.J. havia ido à casa dos Simms certa vez e, depois de ir embora, ele descobriu que seu relógio havia sumido; os Lanier tiveram a mesma experiência com um medalhão.

— Aquele T.J. se tornou uma pessoa muito ruim — concluiu o sr. Lanier —, e não quero ter nada a ver com um ladrão... principalmente um ladrão que fica andando por aí com garotos brancos.

Por fim, Stacey disse:

— Eu não o vejo muito mais.

Jeremy puxou o lábio.

— Eu vejo ele o tempo todo.

— Que pena — respondi empaticamente.

Stacey me deu um olhar de reprovação e então se deitou no chão, com a cabeça repousando sobre uma almofada feita com as mãos unidas debaixo da cabeça.

— Com toda a certeza é muito bonito lá em cima — observou ele, obviamente mudando de assunto de novo.

O restante de nós deitou também. Lá em cima, os galhos das nogueiras se encontravam como longos abanadores esverdeados, cobrindo-nos. A vários metros de distância, o persistente Sol criava vias âmbares de luz brilhante sobre o lago. Uma quietude pairou no ar, tenra, quieta e pacífica.

— Acho que quando eu crescer, vou construir uma casa em algumas dessas árvores e ficar aqui o tempo todo — disse Jeremy.

— Como você vai fazer isso? — perguntou o Homenzinho.

— Ah, eu vou encontrar algumas árvores bem fortes e construir. Acho que o tronco de uma vai ficar no quarto e o da outra na cozinha.

— Por que você quer morar em uma árvore? — perguntou Christopher-John.

— É tão pacífico lá em cima... e silencioso. E fresco também — respondeu Jeremy. — Em especial à noite.

— Como você sabe o quão fresca é à noite? — perguntei.

O rosto de Jeremy se iluminou.

— Porque meu quarto fica lá em cima.

Olhamos para ele, incrédulos.

— F-fica mesmo – é verdade. Eu mesmo construí e durmo lá. Quando chegam essas noites quentes, eu subo na minha árvore, e é como entrar em outro mundo. Oras, consigo até ver e ouvir coisas lá que aposto que só os esquilos e pássaros conseguem ver e ouvir. Às vezes acho que consigo ver todo o caminho até a casa de vocês.

— Ah, garoto, você é cheio de histórias — respondi. — Sua casa fica longe demais para isso, e você sabe disso.

Jeremy pareceu decepcionado.

— Bem... talvez eu não consiga, mas isso não me impede de fingir que sim. — Ele ficou em silêncio por um instante e então se levantou de repente, com o rosto iluminado novamente. — Ei, por que vocês não vêm comigo para vê-la? Meu pai vai ficar fora o dia inteiro, e seria muito divertido. Eu poderia lhes mostrar...

— Não — respondeu Stacey baixinho, com os olhos ainda fixos nas árvores acima de nós.

Jeremy voltou a se sentar, triste.

— S-só queria que vocês pudessem vê-la, só isso... — Por um tempo, ele pareceu ter se magoado com a recusa fria de Stacey; então, parecendo aceitar isso como parte de como as coisas eram, ele voltou a assumir sua posição e se voluntariou de boa vontade: — Se vocês tiverem a chance de construir uma casa da árvore algum dia, é só me avisar que venho para ajudar vocês. É tão legal...

O papai se sentou em um banco no celeiro, com a perna quebrada esticada de forma estranha na sua frente, consertando um dos arreios de Jack. Ele estava lá desde manhã cedo, franzindo as sobrancelhas com uma marca de expressão bem proeminente na testa, consertando silenciosamente o que precisava ser consertado. A mamãe nos disse para não o incomodar, e ficamos longe do celeiro o máximo que conseguimos, mas no fim da tarde, dispersamo-nos naturalmente e começamos a fazer nossas tarefas. O papai havia desaparecido dentro de si e não nos percebeu de início, mas não demorou muito para que ele levantasse a cabeça e nos observasse atentamente.

Quando nossas tarefas estavam quase terminando, o sr. Morrison chegou de Strawberry, aonde havia ido para pagar a hipoteca de agosto. Ele entrou no celeiro devagar e entregou um envelope para o papai. O papai olhou para ele interrogativamente e o abriu. À medida que lia a carta, sua mandíbula foi ficando mais tensa, e quando terminou, ele deu uma pancada tão forte no banco que os meninos e eu paramos o que estávamos fazendo, cientes de que algo estava terrivelmente errado.

— Eles te contaram? — perguntou ele ao sr. Morrison, com uma voz curta e raivosa.

O sr. Morrison fez que não com a cabeça.

— Eu tentei fazer com que eles esperassem até depois da colheita do algodão, mas eles me disseram que a dívida já estava vencida e que deveria ser paga imediatamente. Estas foram as palavras deles.

— Harlan Granger — disse o papai, baixinho. Ele apanhou a bengala e se levantou. — Está disposto a voltar para Strawberry... hoje à noite?

— Eu consigo, mas não acho que essa velha mula consiga.

— Então atrele a Lady à carroça — disse ele, apontando para a égua.

Ele se virou e entrou na casa. Os meninos e eu fomos atrás dele, incertos do que estava acontecendo. O papai entrou na cozinha; ficamos na varanda, olhando pela tela.

— David, algum problema, filho?

— O banco está cobrando a dívida. Vou para Strawberry.

— Cobrando a dívida? — repetiu a vovó. — Ai, Senhor. Mais essa?!

A mamãe encarou o papai com medo nos olhos.

— Você está indo agora?

— Sim — afirmou ele, saindo da cozinha e entrando no quarto deles.

A voz da mamãe o seguiu.

— David, está muito tarde. O banco já fechou. Eles só poderão te atender de manhã...

Não conseguimos ouvir a resposta do papai, mas a voz da mamãe se ergueu bastante.

— Você quer pôr o pé na estrada de novo no meio da noite depois do que aconteceu? Quer nos matar de preocupação por sua causa?

— Mary, você não entende que eles estão tentando tomar a terra? — respondeu o papai, erguendo a voz também, de modo que pudemos ouvir.

— *Você* não entende que não quero que você morra?

Não ouvimos mais nada. Mas o papai saiu alguns minutos depois e pediu ao sr. Morrison para desatrelar Lady. Eles iriam para Strawberry de manhã.

No dia seguinte, o papai e o sr. Morrison saíram antes que eu pudesse acordar. Quando voltaram no fim da tarde, o papai se sentou esgotado à mesa da cozinha com o sr. Morrison ao seu lado. Passando a mão no cabelo crespo, ele disse:

— Eu falei com o Hammer.

— O que você disse a ele? — perguntou a mamãe.

— Que a dívida foi cobrada. Ele disse que vai conseguir o dinheiro.

— Como?

— Ele não me contou e eu não perguntei. Só disse que ia conseguir.

— E o sr. Higgins do banco, David? — perguntou a vovó. — O que ele tinha a dizer?

— Disse que o nosso crédito não serve mais.

— Não estamos nem prejudicando mais os Wallace — observou a mamãe, com uma raiva ácida. — O Harlan Granger não precisa…

— Querida, você sabe do que ele precisa — concluiu o papai, puxando-a para perto dele. — Ele precisa nos mostrar onde nos encaixamos no grande esquema das coisas. Ele precisa muito fazer isso. Além disso, ele ainda quer ficar com este lugar.

— Mas, filho, aquela hipoteca nos dá mais quatro anos.

O papai deu um riso seco.

— Mamãe, a senhora quer que eu leve esse assunto para o tribunal?

A vovó suspirou e colocou a mão sobre a do papai.

— E se o Hammer não conseguir o dinheiro?

O papai não olhou para ela, e sim para o sr. Morrison.

— Não se preocupe, mamãe. Não vamos perder a terra… Pode confiar.

No terceiro domingo de agosto, o renascimento anual começou. Os renascimentos sempre eram ocasiões sérias, porém felizes e antecipadas, que tiravam potes e panelas de prateleiras altas, vestidos cheios de naftalina e calças amassadas de baús escondidos e faziam todas as pessoas da comunidade local e vizinhas caminharem na estrada vermelha da escola e se encontrarem na igreja Great Faith. O renascimento era realizado por sete dias e era uma ocasião esperada por todos, pois era mais do que um evento religioso; era o único evento social planejado, interrompendo a monotonia do dia a dia da vida no campo. Os adolescentes cortejavam abertamente, os adultos se encontravam com parentes e amigos que não viam desde a "grande reunião" do ano passado e as crianças corriam quase que livremente.

Para mim, a melhor parte do renascimento era o primeiro dia. Depois que a primeira das três cerimônias religiosas terminava, a massa da humanidade, que havia se espremido no sufocante interior da pequena igreja, se espalhava pelo terreno da escola, e as mulheres exibiam com orgulho seus jantares na traseira de carroças e em longas mesas que circulavam a igreja.

Era um banquete para se lembrar.

Tigelas transbordantes com folhas de nabo e feijão-de-corda com joelho de porco, fatias grossas do presunto curado com açúcar do último inverno e tiras de costelas grelhadas, frango frito e porções douradas de esquilo e coelho, pãezinhos flocosos de leitelho e pão de milho crocante, fatias de torta de batata-doce e bolo amanteigado e muito mais estavam à nossa disposição. Independentemente de quão pouco talvez houvesse na despensa, cada família conseguia contribuir com alguma coisa, e à medida que os fiéis iam de mesa em mesa, momentos difíceis eram esquecidos, pelo menos durante esse dia.

Os meninos e eu havíamos acabado de encher os nossos pratos pela primeira vez e nos sentado debaixo da nogueira quando Stacey colocou o prato no chão e se levantou de novo.

— O que foi? — perguntei, enchendo a boca com pão de milho.

Stacey franziu as sobrancelhas em direção ao Sol.

— Aquele homem ali, andando na estrada...

Olhei por um momento e peguei minha coxa de frango.

— O que é que tem?

— Ele se parece com... o tio Hammer! — gritou ele, e saiu correndo. Eu hesitei, observando-o, relutante em deixar o meu prato a menos que fosse mesmo o tio Hammer. Quando Stacey chegou até o homem e o abraçou, coloquei o prato no chão e atravessei o gramado correndo até a estrada. Christopher-John, com o prato ainda em mãos, e o Homenzinho correram atrás de mim.

— Tio Hammer, onde está o seu carro? — perguntou o Homenzinho depois que todos nós tínhamos acabado de abraçá-lo.

— Vendi — respondeu ele.

— Vendeu?! — gritamos em uníssono.

— M-mas por quê? — perguntou Stacey.

— Eu precisava do dinheiro — disse ele, sem rodeios.

Enquanto nos aproximávamos da igreja, o papai nos encontrou e abraçou o tio Hammer.

— Não esperava que você viesse até aqui.

— Estava esperando que eu te mandasse tanto dinheiro pelo correio?

— Poderia ter transferido.

— Não confio nisso também.

— Como o conseguiu?

— Peguei uma parte emprestada e vendi algumas coisas — falou ele, erguendo os ombros. Então ele acenou com a cabeça para a perna do papai. — Como isso aconteceu?

Os olhos do papai se encontraram com os do tio Hammer, e ele deu um sorriso leve.

— Estava meio que esperando que não me perguntasse isso.

— Aham.

— Papai — disse eu —, o tio Hammer vendeu o Packard.

O sorriso do papai sumiu.

— Eu não queria que isso acontecesse, Hammer.

O tio Hammer colocou o braço nos ombros do papai.

— O que vale um carro? Ele não faz o algodão crescer. Não dá para construir uma casa nele. E não dá para criar seus quatro belos filhos nele.

O papai fez que sim com a cabeça, entendendo.

— E agora? Vai me falar sobre essa perna?

O papai olhou para a multidão que devorava tudo ao redor das mesas de jantar.

— Vamos pegar alguma coisa para você comer primeiro — disse ele. — Depois eu te conto. Talvez o choque seja menor com um pouco dessa ótima comida forrando seu estômago.

Como o tio Hammer partiria na segunda de manhã, os meninos e eu recebemos permissão de ficarmos acordados muito mais tarde do que o normal para ficarmos com ele. Muitas horas depois da hora de dormir, sentamo-nos na varanda da frente, iluminada apenas com a luz branca da lua cheia e ouvindo os confortáveis sons das vozes do papai e do tio Hammer se mesclando.

— Vamos até Strawberry para fazer o pagamento logo cedo de manhã — disse o papai. — Acho melhor não ir até Vicksburg com essa perna, mas o sr. Morrison vai te levar até lá – para te levar até o trem.

— Ele não precisa fazer isso — respondeu o tio Hammer. — Eu consigo chegar até Vicksburg sozinho.

— Mas eu ficaria mais tranquilo se *soubesse* que você tomou o trem que vai para o Norte... em vez de se preparar para fazer alguma coisa tola.

O tio Hammer soltou um gruindo.

— Não tem nada de tolo no que eu gostaria de fazer com os Wallace... e com o Harlan Granger.

Nada indicava como ele se sentia, e ninguém tentou adivinhar.

— O que planeja fazer para ganhar dinheiro? — perguntou o tio Hammer depois de um tempo.

— O algodão parece bom — respondeu o papai. — Vamos conseguir, vai dar tudo certo.

O tio Hammer ficou em silêncio por um momento antes de fazer a seguinte observação:

— Apertando o cinto mais um pouco, não é?

Como o papai não respondeu nada, o tio Hammer acrescentou:

— Talvez seja melhor eu ficar.

— Não — respondeu o papai, determinado. — É melhor você voltar para Chicago.

— Talvez seja melhor, mas eu me preocupo bastante. — Ele fez uma pausa, puxando a orelha. — Vim de Strawberry com uma pessoa de Vicksburg. As coisas pareciam piores do que o normal por lá. Quando as coisas ficam agitadas assim, e as pessoas ficam insatisfeitas com a vida, elas começam a procurar em volta por alguém para culpar... Não quero que esse alguém seja você.

— Eu não acho que vou ser... — respondeu o papai — ...a menos que você fique.

De manhã, depois de os homens partirem, a vovó disse à mamãe:

— Eu definitivamente gostaria que o Hammer ficasse por mais tempo.

— É melhor que ele tenha ido — respondeu a mamãe.

A vovó fez que sim com a cabeça.

— Eu sei. O problema é que não é preciso muita coisa para causar problemas, e é justamente o que o Hammer poderia causar com aquele temperamento dele. Ainda assim — murmurou ela, esperançosamente —, gostaria que ele tivesse ficado...

Na última noite do renascimento, o céu assumiu uma cor amarelada estranha. O ar ficou pesado, sufocante, e nenhum vento soprava.

— O que você acha, David? — perguntou a mamãe enquanto ela e o papai estavam de pé na varanda da frente, olhando para o céu. — Acha que deveríamos ir?

O papai se apoiou na bengala.

— Vai chover, com certeza... mas talvez só comece bem tarde da noite.

Eles decidiram que iriam. A maioria das outras famílias chegaram à mesma decisão, pois a área da igreja estava cheia de carroças quando chegamos.

— Irmão Logan — chamou um dos diáconos quando o papai desceu com dificuldade da carroça —, o reverendo Gabson quer que comecemos a reunião o mais rápido possível para terminarmos mais cedo e voltarmos para a casa antes de essa tempestade começar.

— Está bem — concordou o papai, guiando-nos para a igreja. Mas quando nos aproximamos do prédio, fomos parados pelos Lanier. Enquanto os adultos conversavam, o Pequeno Willie Wiggins e Moe Turner, que estavam com vários outros meninos, acenaram para Stacey da estrada. Stacey se afastou para falar com eles, e Christopher-John, o Homenzinho e eu o seguimos.

— Adivinhe quem nós vimos — falou o Pequeno Willie quando Stacey se aproximou. Mas antes que Stacey pudesse tentar adivinhar, o Pequeno Willie respondeu sua própria pergunta. — O T.J. e os irmãos Simms.

— Onde? — perguntou Stacey.

— Bem ali — respondeu o Pequeno Willie, apontando. — Eles estão parados do lado das salas de aula. Olha só, aí vêm eles.

Todos os olhos se dirigiram para onde o dedo do Pequeno Willie apontava. Através do crepúsculo que avançava, três figuras atravessavam o gramado com segurança, com os dois Simms nas extremidades e T.J. no meio.

— Por que ele os trouxe aqui? — perguntou Moe Turner, com raiva.

Stacey ergueu os ombros.

— Não sei, mas acho que vamos descobrir.

— Ele parece diferente — mencionei quando consegui ver T.J. melhor. Ele estava usando um par de calças longas e sem remendos e, embora estivesse fazendo bastante calor, um paletó e gravata, com um chapéu inclinado para o lado de forma estilosa.

— Acho que ele está diferente — murmurou Moe, com azedume. — Eu também estaria diferente se estivesse ocupado roubando as coisas dos outros.

— Ora, ora, ora! O que temos aqui?! — exclamou T.J. alto ao se aproximar. — Vocês vão nos receber para a sua cerimônia de renascimento?

— O que você está fazendo aqui, T.J.? — perguntou Stacey.

T.J. riu.

— Eu tenho o direito de vir à minha própria igreja, não tenho? Estão vendo meus velhos amigos? — Ele passou os olhos pelo grupo, mas ninguém exibiu nenhum sinal de estar feliz em vê-lo. Seu grande sorriso diminuiu um pouco e, encarando-me, ele encostou no meu rosto com a mão úmida. — Ei, Cassie. Como vai?

Afastei a mão dele com um tapa.

— Não venha mexer comigo, T.J.! — alertei-o.

Ele riu novamente e disse, orgulhoso:

— Bem, este foi um ótimo reencontro. Vim de longe para lhes apresentar meus amigos, o R.W. e o Melvin, e vocês agem como se não tivessem educação. Sim, o R.W. e o Melvin — repetiu ele, dizendo os nomes dos Simms lentamente para trazer à nossa atenção que não precisava se incomodar em incluir um "senhor" antes — estão sendo ótimos amigos para mim. Melhores do que qualquer um de vocês. Vejam só o que eles me deram. — Ele deu um puxão na aba do paletó, orgulhoso. — Muito bom, não é? Eles me dão tudo o que eu quero porque gostam mesmo de mim. Sou o melhor amigo deles.

Ele se virou para os Simms.

— Não é, R.W. e Melvin?

Melvin acenou com a cabeça e deu um sorrisinho condescendente que se perdeu em T.J.

— Tudo – tudo o que eu quero –, eles me dão, incluindo... — Ele hesitou, como se não soubesse se estava indo longe demais, mas mergulhou de cabeça. — Incluindo aquela pistola de cabo perolado do mercado do Barnett.

R.W. se aproximou e colocou a mão no ombro de T.J., apoiando-o.

— É isso mesmo, T.J. Vamos te dar o que você quiser.

T.J. sorriu de orelha a orelha. Stacey se virou em repugnância.

— Vamos — disse ele —, a cerimônia já vai começar.

— Ei, qual é o problema com vocês? — gritou T.J. enquanto o grupo se virava em massa e se dirigia para a igreja. Olhei para trás e o encarei. Seria ele tão tolo assim?

— Muito bem, T.J. — disse Melvin, enquanto nos afastávamos. — Nós viemos, como você pediu. Agora vamos para Strawberry, como você nos prometeu.

— N-não fez a menor diferença — murmurou T.J.

— O quê? — perguntou R.W. — Você vai vir, não vai? Você ainda quer aquela pistola de cabo perolado, não quer?

— Sim, mas...

— Então vamos — ordenou ele, virando-se com Melvin e se dirigindo à caminhonete.

Mas T.J. não os acompanhou de imediato. Ele continuou parado no meio do terreno, intrigado e indeciso. Nunca o havia visto mais desesperadamente sozinho e, por um breve segundo, quase senti pena dele.

Quando chegamos aos degraus da igreja, olhei para trás de novo. T.J. ainda estava lá, um borrão indistinto se mesclando com o crepúsculo, e comecei a pensar que ele talvez não fosse com os Simms. Mas então o rude ruído da buzina da caminhonete soou naquela noitinha tranquila, fazendo com que T.J. desse meia-volta e atravessasse o gramado.

# 11

*Trovão,*

*Ouça meu grito*

*Sobre as águas*

*No Céu*

*O velho está vindo*

*Até aqui*

*Chicote na mão*

*Para me espancar*

*Mas não*

*Vou deixar ele*

*Me mudar*

A noite sussurrou um trovão à distância. Ela estava abafada, quente e terrível para dormir. Eu já havia acordado duas vezes, esperando que já fosse hora de acordar, mas, nas duas vezes, o céu ainda estava em total escuridão, sem nenhum indício do amanhecer. O sr.

Morrison estava sentado na varanda da frente, cantando com uma voz grave e suave na longa vigília, recebendo o trovão que se aproximava. Ele já estava lá desde que a noite havia tomado conta da casa depois da cerimônia na igreja, vigiando e aguardando, tal como havia feito toda noite desde que o papai se machucou. Ninguém nos explicou por que ele estava vigiando e aguardando, mas eu sabia. Tinha alguma coisa a ver com os Wallace.

O sr. Morrison parou de cantar, e supus que ele estava indo para a parte de trás da casa. Ele ficava lá por um tempo, caminhando silenciosamente pelo quintal, e depois voltava para a varanda da frente. Incapaz de dormir, limitei-me a esperar que ele voltasse ao passo que tentava me lembrar do nome dos estados. A sra. Crocker gostava muito dos estados, e descobri que, às vezes, se fingisse que estava tentando me lembrar do nome de todos eles, eu conseguia dormir. Decidi fazer isso geograficamente em vez de alfabeticamente; era mais desafiador. Fui ao leste, até as Dakotas, quando minha recitação silenciosa foi interrompida por passos na varanda. Eu permaneci imóvel, deitada. O sr. Morrison nunca fazia sons assim.

Ouvi-os novamente.

Com cuidado, saí da cama, procurando não acordar a vovó, que ainda estava roncando bem alto, e fui até a porta. Encostei o ouvido contra ela para escutar, abri o trinco furiosamente e fui para fora.

— Garoto, o que está fazendo aqui? — perguntei.

— Ei, Cassie, poderia falar baixo? — sussurrou T.J., que permanecia invisível na escuridão. Então ele bateu de leve na porta dos meninos, chamando baixinho: — Ei, Stacey, acorde. Me deixe entrar.

A porta se abriu, e T.J. entrou. Fechei a minha porta e o segui.

— E-estou com problemas, Stacey — explicou ele. — Em grandes problemas, de verdade.

— Nada de novo aí — observei.

— Por que você veio aqui? — sussurrou Stacey, com frieza. — Peça ao R.W. e ao Melvin para te ajudar.

Ouvimos um soluço na escuridão, e T.J., mal soando como ele, murmurou:

— Foram eles que me meteram nessa confusão. Onde está a cama? Eu preciso sentar.

Ele tateou pela cama na escuridão, arrastando os pés, os quais mal conseguia levantar.

— Eu não sou uma cama! — exclamei quando as mãos dele encostaram em mim.

Ouvimos um suspiro profundo. Stacey acendeu uma lanterna, e T.J encontrou a cama, sentando-se devagar e segurando a barriga, como se estivesse ferido.

— Qual é o problema? — perguntou Stacey, refletindo preocupação na voz.

— O R.W. e o Melvin — sussurrou T.J. — me machucaram bastante. — Ele levantou a cabeça, esperando empatia. Mas nossos rostos, sérios por trás da luz que Stacey segurava, não refletiam nenhuma compaixão. Os olhos de T.J. escureceram. Então, desabotoando a camisa, ele a abriu, mostrando a barriga.

Franzi as sobrancelhas e balancei a cabeça com a visão.

— Senhor, T.J.! — exclamou Stacey em um sussurro. — O que aconteceu?

T.J. não respondeu de imediato, encarando em horror ao grande inchaço negro-azulado na sua barriga e peito.

— Acho que alguma coisa estourou por dentro — soltou ele por fim. — Está doendo demais!

— Por que fizeram isso? — perguntou Stacey.

T.J. olhou para a luz brilhante.

— Me ajude, Stacey. Me ajude a ir para casa... Eu não vou conseguir chegar lá sozinho.

— Me diga por que fizeram isso com você.

— Porque... porque eu disse que ia contar o que aconteceu.

Stacey e eu trocamos olhares e então nos aproximamos de T.J.

— Contar o quê? — perguntamos.

T.J. engoliu e se inclinou para frente, com a cabeça entre as pernas.

— Estou... estou passando mal, Stacey. Preciso chegar em casa antes que o papai acorde... Ele disse que se eu ficasse fora de casa mais uma noite, ele ia me expulsar, e estava falando sério. Se ele me expulsar, não vou ter para onde ir. Você precisa me ajudar.

— Nos diga o que aconteceu.

T.J. começou a chorar.

— Mas eles disseram que fariam pior se eu contasse!

— Bem, eu não vou a nenhum lugar a menos que saiba o que aconteceu — determinou Stacey.

T.J. buscou o rosto de Stacey na borda da luz fantasmagórica emitida pela lanterna. Então ele contou a história.

Depois que ele e os Simms partiram da Great Faith, eles foram direto para Strawberry para comprar a pistola de cabo perolado, mas quando chegaram ao mercado, ele já estava fechado. Os Simms disseram que não fazia sentido voltar outro dia para comprar a pistola; eles simplesmente entrariam e a pegariam. T.J. ficou com medo dessa ideia, mas os Simms lhe garantiram que não havia perigo. Se fossem pegos, eles simplesmente diriam que precisavam da pistola naquela noite, mas tinham a intenção de pagar por ela na segunda.

No depósito, nos fundos da loja, havia uma pequena janela através da qual uma criança ou alguém magro como T.J. poderia passar. Após esperar quase uma hora depois que as luzes se apagaram nos cômodos onde os Barnett moravam, no segundo andar, T.J. passou pela janela e abriu a porta, e os Simms entraram, com máscaras de meias no rosto e usando luvas. Agora T.J. temendo que eles tivessem outra coisa em mente, queria partir sem a pistola, mas R.W. insistiu que ele ficasse com ela. R.W. quebrou o cadeado do mostruário de armas com um machado e entregou a T.J. a arma que ele tanto queria.

Então R.W. e Melvin foram até o armário da parede e tentaram quebrar o cadeado de latão. Depois de vários minutos sem sucesso, R.W. deu uma machadada no cadeado, e ele abriu. Mas quando Melvin foi pegar a caixa de metal que ficava dentro dele, o sr. Barnett surgiu nas escadas, com uma lanterna em mãos e com a esposa atrás dele.

Por um bom tempo, ninguém se mexeu nem disse nada, enquanto o sr. Barnett apontava a luz diretamente para T.J., então para R.W. e para Melvin, os quais estavam com os rostos escurecidos pelas meias. Mas quando o sr. Barnett viu que o cadeado do armário havia sido quebrado, ele entrou em uma ação frenética, descendo insanamente pelas escadas e tentando tirar a caixa de metal das mãos de Melvin. Eles lutaram, com o sr. Barnett prevalecendo sobre Melvin, até que R.W. bateu com força na cabeça do sr. Barnett com a parte chata do machado, e o sr. Barnett desabou no chão, como se estivesse morto.

Quando a sra. Barnett viu seu marido caído, ela atravessou o cômodo e avançou em R.W., chorando:

— Seus crioulos! Vocês mataram o Jim Lee! Mataram ele! — R.W., tentando fazer com que ela o soltasse, deu-lhe um tapa, fazendo com que ela caísse para trás e batendo a cabeça em um dos aquecedores, deixando de se mover.

Ao saírem, T.J. quis ir direto para casa, mas os Simms disseram que tinham assuntos para tratar e que ele deveria esperar na traseira da caminhonete. Quando T.J. protestou e disse que contaria a todo mundo que R.W. e Melvin feriram os Barnnet se não o levassem para casa, partiram para cima dele, batendo nele com selvageria até que ele não conseguisse mais se levantar. Então o jogaram na traseira da caminhonete e seguiram pela estrada em direção ao salão de bilhar. T.J. ficou deitado lá pelo que deve ter sido uma hora antes de sair rastejando da caminhonete e começar a ir para casa. A cerca de um quilômetro e meio de distância da cidade, ele pegou uma carona com um fazendeiro que estava indo para Smellings Creek pela Soldiers Road. Não querendo passar na frente da casa dos Simms por temer que R.W. e Melvin tivessem voltado para casa pela Jackson Road, ele não desceu no cruzamento da estrada da escola Jefferson Davis, mas cruzou a Soldiers Bridge com o fazendeiro e desceu no cruzamento depois da ponte e continuou caminhando, vindo do oeste até a nossa casa.

— T.J., os Barnett morreram? — perguntou Stacey quando T.J. ficou em silêncio.

T.J. balançou a cabeça.

— Eu não sei. Eles com certeza me pareciam mortos. Stacey, se alguém descobrir, sabe o que vão fazer comigo? — Ele se levantou, fazendo uma careta de dor. — Stacey, me ajude a ir para casa — implorou. — Estou com medo de ir sozinho... O R.W. e o Melvin podem estar esperando...

— Tem certeza de que não está mentindo, T.J.? — perguntei com suspeita.

— Juro que tudo o que contei é verdade. Eu... eu admito que menti sobre não ter dedurado a sua mãe, mas não estou mentindo agora. Não estou!

Stacey pensou por um instante.

— Por que você não fica aqui esta noite? O papai vai contar para o seu pai o que aconteceu e não vai colocar...

— Não! — gritou T.J., com os olhos cheios de terror. — Você não pode contar para ninguém! Eu tenho que ir! — Ele foi até a porta, com a mão do lado do corpo. Mas antes que pudesse alcançá-la, suas pernas cederam, e Stacey o segurou e o levou de volta para a cama.

Analisei T.J. de perto sob a luz, certa de que este era mais um dos seus truques. Mas então ele tossiu e saiu sangue da boca dele; seus olhos perderam o brilho e ele ficou pálido, então soube que T.J. não estava fingindo desta vez.

— Você está muito machucado — disse Stacey. — Vou chamar a vovó. Ela vai saber o que fazer.

T.J. balançou a cabeça, fraco.

— Minha mãe... vou simplesmente dizer a ela que alguns garotos brancos me bateram sem nenhum motivo, e ela vai acreditar em mim... ela vai cuidar de mim. Mas se você acordar sua vó, seu pai vai saber. Stacey, por favor! Você é meu único amigo... eu nunca tive nenhum amigo de verdade além de você...

— Stacey? — sussurrei, com medo do que ele poderia fazer. Desde que podia recordar, Stacey se sentia responsável por T.J. Eu nunca entendi realmente o porquê. Talvez ele sentisse que até alguém tão desprezível como T.J. precisava de alguém que pudesse chamar de "amigo" ou talvez ele conseguisse sentir a vulnerabilidade de T.J. melhor do que ele mesmo. — Stacey, você não vai chamar, vai?

Stacey lambeu os lábios, pensando. Então ele me encarou.

— Volte para a cama, Cassie. Vai dar tudo certo.

— É, eu sei que vai, porque eu vou contar para o papai! — gritei, virando-me para correr para o outro quarto. Mas Stacey esticou a mão na escuridão e me agarrou. — Olhe, Cassie, vai me levar apenas vinte e cinco ou trinta minutos para correr até lá e voltar. Está tudo bem. Mesmo.

— Então você é tão tonto quanto ele — acusei freneticamente. — Você não deve nada a ele, em especial depois do que ele fez com a mamãe.

Stacey me soltou.

— Ele está bem machucado, Cassie. Preciso levar ele para casa. — Ele se afastou de mim e pegou as calças.

Comecei a ir atrás dele; então eu disse:

— Bem, você não vai sem mim. — Se Stacey seria tolo o suficiente para sair correndo no meio da noite para levar um tolo ainda maior para casa, o mínimo que eu poderia fazer era me certificar de que ele voltasse inteiro para casa.

— Cassie, você não pode ir...

— Aonde? — perguntou o Homenzinho, acordando. Christopher-John também acordou, dando um bocejo sonolento. — Já é de manhã? O que vocês estão fazendo? — perguntou o Homenzinho. Ele piscou em direção à luz e esfregou os olhos. — T.J., é você? O que está fazendo aqui? Aonde vocês estão indo?

— A lugar nenhum. Só vou levar o T.J. para casa — respondeu Stacey. — Agora volte a dormir.

O Homenzinho saiu da cama e tirou as roupas do cabide, onde as pendurava com cuidado.

— Eu também vou — determinou ele.

— Eu não — falou Christopher-John, deitando-se novamente.

Enquanto Stacey tentava fazer o Homenzinho voltar a dormir, verifiquei a varanda para me certificar de que o sr. Morrison não estava por perto e então fui para o meu quarto para me trocar. Quando voltei, os meninos estavam na varanda, e Christopher-John, com as calças no braço, estava resmungando um forte protesto contra essa caminhada no meio da noite. Stacey tentou convencer ele e o Homenzinho a voltarem para dentro, mas o Homenzinho não se mexia e Christopher-John, por mais que protestasse, não seria deixado para trás. Por fim, Stacey desistiu, e com o T.J. apoiado nele, atravessou o gramado apressadamente. O restante de nós o seguimos.

Na estrada, Christopher-John entrou com dificuldade nas suas calças, e nos tornamos parte da noite. Quietos, com medo e desejando apenas jogar T.J. na frente da casa dele e voltar para a segurança das nossas próprias camas, apressamo-nos pela estrada invisível, iluminada apenas pela luz arredondada da lanterna.

O trovão estava se aproximando agora, fazendo a floresta densa tremer ferozmente e iluminando-a com seus raios quando surgimos da trilha que levava ao quintal deserto dos Avery.

— E-espere até que eu entre, está bem? — pediu T.J.

— Não tem ninguém aqui — disse eu, amarga. — Por que precisamos esperar?

— Vá, T.J. — falou Stacey. — Vamos esperar.

— O-obrigado, pessoal — agradeceu T.J. Então ele foi mancando até a lateral da casa e entrou com dificuldade no quarto dele através de uma janela aberta.

— Pronto, vamos sair daqui — ordenou Stacey, guiando-nos até a trilha. Mas assim que nos aproximamos da floresta, o Homenzinho se virou. — Ei, pessoal, olhem lá! O que é aquilo?

Além da casa dos Avery, luzes brilhantes surgiram na estrada perto da mansão dos Granger. Durante um segundo tenso, elas permaneceram lá e então viraram em direção à casa dos Avery. O primeiro conjunto de luzes foi seguido por um segundo, e depois um terceiro, até que seis conjuntos de faróis estavam brilhando na trilha.

— O-o que está acontecendo? — perguntou Christopher-John.

Pelo que pareceu uma espera interminável, ficamos parados, esperando as luzes se aproximarem cada vez mais, antes de Stacey desligar a lanterna e mandar que entrássemos na floresta. Silenciosamente, fomos para trás das moitas e nos deitamos no chão. Duas caminhonetes e quatro carros entraram no quintal, com suas luzes focadas como lanternas na varanda da frente da casa dos Avery. Homens barulhentos e nervosos saíram dos carros e cercaram a casa.

Kaleb Wallace e seu irmão Thurston, com a mão esquerda no quadril, bateram na porta da frente com as coronhas dos seus rifles.

— Saiam daí! — ordenou Kaleb. — Queremos esse seu filho preto, ladrão e assassino.

— St-Stacey — gaguejei, sentindo o mesmo medo nauseante que senti quando os homens da noite passaram e quando o papai voltou para casa ferido —, o-o que eles vão fazer?

— E-eu não sei — sussurrou Stacey, quando outros dois homens se juntaram aos Wallace na porta.

— Oras, aqueles... aqueles não são o R.W. e o Melvin? — exclamei. — O que diabos eles estão fazendo...

Stacey prontamente cobriu a minha boca com a mão quando Melvin se lançou contra a porta em uma tentativa de abri-la e R.W. quebrou uma janela com a arma. Na lateral da casa, vários homens estavam entrando pela mesma janela que T.J. havia entrado apenas há alguns minutos antes. Logo, a porta da frente foi aberta por dentro e o sr. e a sra. Avery foram brutalmente arrastados para fora da casa pelos pés. As filhas dos Avery foram jogadas lá de dentro pelas janelas abertas. As filhas mais velhas, tentando reunir as mais jovens, foram mandadas de volta para dentro a tapas e cuspe. Então o tímido e gentil Claude foi trazido para fora, jogado no chão e chutado.

— C-Claude! — sussurrou Christopher-John, tentando se levantar. Mas Stacey mandou que ele ficasse quieto e o segurou no chão.

— P-precisamos chamar alguém para ajudar — falou Stacey, mas nenhum de nós conseguiu se mover. Eu mesma estava observando o mundo fora de mim.

Então T.J. surgiu, arrastado da casa de joelhos. Seu rosto estava ensanguentado, e quando ele tentou falar, ele gritou de dor, murmurando as palavras, visto que sua mandíbula estava quebrada. O sr. Avery tentou se levantar para chegar até ele, mas foi mantido no lugar a golpes.

— Olhe o que temos aqui! — disse um dos homens, segurando uma arma. — Aquela pistola de cabo perolado da loja do Jim Lee.

— Oh, Senhor — resmungou Stacey. — Por que ele não se livrou daquilo?

T.J. murmurou alguma coisa que não conseguimos ouvir, e Kaleb Wallace berrou:

— Pare de mentir, moleque. Você se meteu em grandes problemas. Você estava lá. Quando a sra. Barnett recobrou a consciência, ela disse que três garotos negros roubaram a loja e atacaram ela e o marido dela. E o R.W. e o Melvin Simms viram você e outros dois garotos saindo correndo de trás da loja quando chegaram na cidade para jogar bilhar...

— Mas foi o R.W. e o Melvin... — comecei a falar antes de Stacey cobrir minha boca de novo com a mão.

—...agora diga quem eram os outros dois garotos e onde está o dinheiro que vocês roubaram?

O que quer que T.J. tenha dito, com certeza não era o que Kaleb Wallace queria ouvir, pois ele levou a perna para trás e chutou T.J. no estômago inchado com tanta força que T.J. soltou um grito terrível de dor, caindo de bruços.

— Senhor Jesus! Senhor Jesus! — gritou a sra. Avery, livrando-se dos homens que a estavam segurando e correndo em direção ao seu filho. — Não deixe esses homens machucarem mais o meu filho! Me mate, Senhor, mas não o meu filho! — Mas antes que pudesse alcançar T.J., ela foi apanhada por um braço que a jogou com tanta ferocidade contra a casa que ela caiu, atordoada. O sr. Avery, que estava tentando se soltar para chegar até ela, era incapaz de salvar tanto ela quanto T.J.

Christopher-John estava claramente chorando agora.

— Cassie — sussurrou Stacey —, leve o Homenzinho e o Christopher-John e...

Os faróis de mais dois carros surgiram à distância, e Stacey se calou de imediato. Um desses carros parou na Granger Road, com suas luzes brilhando aleatoriamente na escuridão dos campos de algodão, mas o carro da frente seguiu em alta velocidade e determinação pela estrada esburacada até chegar à casa dos Avery, e antes que tivesse parado por completo, o sr. Jamison saltou dele. Uma vez fora do carro, ele analisou a cena, imóvel; então encarou cada um dos homens como se estivesse se preparando para acusá-los no tribunal, dizendo brandamente:

— Vocês decidiram montar um tribunal aqui esta noite?

Houve um silêncio embaraçoso. Então Kaleb Wallace se pronunciou.

— Veja bem, sr. Jamison, não venha se intrometer nisso.

— Se se intrometer — alertou Thurston, de sangue quente —, provavelmente vamos cuidar de um amante de negros esta noite também.

Uma tensão elétrica encheu o ar, mas o rosto calmo do sr. Jamison não respondeu a essa ameaça.

— Jim Lee Barnett e a esposa dele ainda estão vivos. Deixem que eu e o xerife levemos o garoto. Deixem que a lei decida se ele é culpado ou não.

— Onde está o Hank? — perguntou alguém. — Eu não estou vendo a lei.

— Ele está lá na casa do Harlan Granger — respondeu o sr. Jamison, acenando com a mão sobre o ombro. — Ele vai estar aqui em um minuto. — Agora solte o garoto.

— Acho que deveríamos resolver isso agora — opinou alguém. — Não precisamos gastar dinheiro e tempo para julgar um neguinho ladrão!

As declarações de ódio foram se multiplicando entre os homens até que o segundo carro se aproximou. O falatório se silenciou por um tempo quando o xerife saiu do carro. O xerife olhou com desconforto para a multidão, como se preferisse não estar ali, e depois para o sr. Jamison.

— Onde está o Harlan? — perguntou o sr. Jamison.

O xerife deu as costas para o sr. Jamison e encarou a multidão sem responder nada a ele. Então ele se dirigiu aos homens:

— O sr. Granger disse que não vai aprovar enforcamentos na propriedade *dele*. Ele disse que se vocês tocarem em um fio de cabelo da cabeça desse menino enquanto ele estiver *nesta* terra, ele vai fazer cada um de vocês prestarem contas.

Os homens receberam a notícia com um silêncio funesto.

Então Kaleb Wallace gritou:

— Então por que não vamos para algum outro lugar? Acho que o que deveríamos fazer é levá-lo conosco na estrada e aproveitar para cuidar daquele negão gigantesco também!

— E por que não daquele menino para quem ele trabalha? — gritou Thurston.

— Stacey! — falei.

— Quieta!

Os homens deram um grande grito de afirmação.

— Eu tenho três cordas novas! — exclamou Kaleb.

— Novas? Por que você quer desperdiçar cordas novas com crioulos? — perguntou Melvin Simms.

— Grande como aquele crioulo é, uma velha poderia quebrar!

Os homens deram uma risada assustadora e começaram a ir para os seus carros, arrastando T.J. com eles.

— Não! — gritou o sr. Jamison, correndo para proteger T.J. com o próprio corpo.

— Cassie — sussurrou Stacey com uma voz grave. — Cassie, você precisa ir buscar o papai agora. Diga a ele o que aconteceu. Eu não acho que o sr. Jamison vai conseguir segurar...

— Você vem também.

— Não, vou esperar aqui.

— Eu não vou sem você! — declarei, temendo que ele fosse fazer alguma tolice, como tentar resgatar T.J. sozinho.

— Cassie, vá, por favor! O papai vai saber o que fazer. Alguém precisa ficar aqui caso eles levem o T.J. para a floresta ou alguma coisa do tipo. Vai dar tudo certo.

— Bem…

— Por favor, Cassie! Confie em mim, está bem?

Hesitei.

— Você promete que não vai lá sozinho?

— Sim, prometo. Vá buscar o papai e o sr. Morrison antes que eles… antes que os machuquem mais. — Ele colocou a lanterna apagada na minha mão e fez com que eu me levantasse. Agarrando a mão do Homenzinho, mandei que ele agarrasse a mão de Christopher-John e, juntos, nós três voltamos pelo caminho escuro, com medo de ligar a lanterna e a luz ser vista.

O trovão soou nos cantos do mundo, e um relâmpago partiu o céu quando chegamos na estrada, mas não paramos. Não nos atrevemos a parar. Não até encontrarmos o papai.

# 12

Quando chegamos perto de casa, a luz opaca de uma lamparina de querosene estava emitindo um brilho fraco no quarto dos meninos.

— S-será que eles já sabem? — perguntou Christopher-John, sem fôlego enquanto corríamos pelo gramado.

— Eu não sei — respondi —, mas eles sabem que estamos onde não deveríamos estar.

Corremos ruidosamente até a varanda e abrimos a porta que estava destrancada. A mamãe e a vovó, que estavam paradas com o sr. Morrison perto do pé da cama, viraram-se quando entramos, e a vovó gritou:

— Senhor, aqui estão!

— Onde vocês estavam? — perguntou a mamãe, com o rosto estranhamente abalado. — O que acham que estão fazendo, correndo por aí a essa hora da noite?

Antes que pudéssemos responder a qualquer uma dessas perguntas, o papai surgiu na entrada, vestido e com a tira de couro na mão.

— Papai — falei.

— Onde está o Stacey?

— E-ele está na casa do T.J. Papai…

— Aquele menino está se achando muito crescido — disse o papai, obviamente irritado. — Vou ter que dar a todos vocês uma boa lição sobre sair andando por aí no meio da noite… em especial ao Stacey. Ele deveria saber bem. Se o sr. Morrison não tivesse visto esta porta aberta, suponho que vocês teriam achado que tinham escapado – como o T.J. Bem, vocês vão aprender aqui e agora que não vai ter nenhum T.J. nesta casa…

— Mas, papai, eles machucaram o Claude! — gritou Christopher-John, com lágrimas escorrendo pelas bochechas por causa do seu amigo ferido.

— E o T.J. também — acrescentou o Homenzinho, tremendo.

— O quê? — perguntou o papai, estreitando os olhos. — Do que vocês estão falando?

— Papai, eles os machucaram bastante e… e… — Eu não consegui terminar.

O papai se aproximou de mim e pegou o meu rosto com as duas mãos.

— O que houve, Cassie? Me diga.

Tudo. Eu contei tudo. Falei sobre o T.J. invadir o mercado com os Simms, sobre como chegou até aqui depois de fugir deles, sobre a chegada dos homens e sobre o que eles fizeram com os Avery. Sobre o sr. Jamison e a ameaça dos homens de virem até a nossa casa para pegarem ele e o sr. Morrison.

— E o Stacey ainda está lá? — perguntou o papai quando terminei.

— Sim, senhor. Mas ele se escondeu na floresta. Eles não sabem que ele está lá.

O papai se virou de repente.

— Precisamos tirar ele de lá — disse ele, movendo-se mais rápido do que jamais pensei que fosse possível com a perna machucada dele. A mamãe o seguiu até o quarto deles, e os meninos e eu fomos atrás dela. O papai apanhou sua espingarda de cima da cama.

— David, a espingarda não. Você não vai conseguir impedi-los assim.

— Não tem outro jeito — respondeu ele, colocando uma caixa de balas no bolso da camisa.

— Se você atirar contra eles, eles o enforcarão com certeza. Não há nada de que eles gostariam mais.

— Se eu não for, eles vão enforcar o T.J. Isso já estava para acontecer há muito tempo, querida, e simplesmente coincidiu de o T.J. ser aquele que foi tolo o suficiente para dar início a tudo. Porém, tolo ou não, não posso apenas ficar sentado e deixar que eles matem o menino. E se eles encontrarem o Stacey...

— Eu sei, David, eu sei. Mas deve haver outra maneira. Alguma maneira em que eles não acabem te matando também!

— Parece que eles já estavam planejando fazer isso de qualquer forma — observou o papai, virando as costas para ela. — Se eles vierem aqui, não temos como dizer o que vai acontecer, e vou usar todas as balas que tenho antes de deixar que eles machuquem alguém desta casa.

A mamãe agarrou o braço dele.

— Peça que o Harlan Granger ponha um fim nisso. Se ele der a ordem, eles irão para casa.

O papai balançou a cabeça.

— Os carros deles tiveram que passar bem na frente da casa dele para ir até os Avery, e se ele tivesse a intenção de impedi-los, ele teria feito isso sem que eu tivesse que dizer a ele para fazer isso.

— Então o obrigue a fazer isso — sugeriu a mamãe.

— Como? — perguntou o papai, seco. — Apontando uma arma para a cabeça dele? — Ele deixou o quarto, voltando para o quarto dos meninos. — O senhor vem, sr. Morrison?

O sr. Morrison fez que sim com a cabeça e seguiu o papai até a varanda, com um rifle nas mãos. Como um gato, a mamãe foi atrás deles e agarrou o papai de novo.

— David, não... não use esta arma.

O papai olhou para fora quando um raio partiu a noite com um brilho atordoante. O vento estava soprando suave e gentilmente em direção ao leste.

— Talvez... — falou ele, calando-se logo a seguir.

— David?

O papai tocou no rosto da mamãe com ternura com as pontas dos dedos e disse:

— Vou fazer o que tiver que fazer, Mary... e você também. — Então ele virou as costas para ela de novo e, com o sr. Morrison, desapareceu na noite.

A mamãe nos levou de volta para o quarto dela, onde a vovó se colocou de joelhos e começou a fazer uma prece poderosa. Depois disso, a mamãe e a vovó trocaram de roupa, e nos sentamos bem quietos, ao passo que o calor fazia com que nossas roupas ficassem suadas e grudentas, e um trovão soou ameaçadoramente sobre as nossas cabeças. Com os nós dos dedos bem apoiados contra a pele, agarrando os braços da cadeira, a mamãe olhou para Christopher--John, para o Homenzinho e para mim, ao passo que nossos olhos bem abertos refletiam o nosso medo.

— Acho que não seria de nenhum proveito mandar vocês irem dormir — refletiu ela, baixinho. Olhamos para ela. Ela não buscava uma resposta; não demos nenhuma, e nada mais foi dito enquanto os minutos da noite passavam e a espera exercia uma forte pressão sobre nós, assim como o calor.

Então a mamãe ficou tensa. Ela cheirou o ar e se levantou.

— Qual é o problema, filha? — perguntou a vovó.

— Está sentindo o cheiro de fumaça? — perguntou a mamãe, dirigindo-se para a porta da varanda da frente e abrindo-a. O Homenzinho, Christopher-John e eu a seguimos, espiando a entrada pelo lado dela. Lá no fundo dos campos, onde a terra subia em direção à floresta dos Granger, um fogo subia e era levado para o leste pelo vento.

— Mamãe, o algodão! — gritei. — Está pegando fogo!

— Oh, meu bom Senhor! — exclamou a vovó, apressando-se para se juntar a nós. — Foram os raios que fizeram isso!

— Se ele chegar até aquelas árvores, o fogo vai queimar tudo daqui até Strawberry. Ela se virou rapidamente e atravessou a sala correndo até a porta lateral. — Fiquem aqui — ordenou ela, abrindo a porta, atravessando o quintal e chegando até o celeiro. — Mamãe, é melhor pegar um pouco de água! — berrou ela por cima do ombro.

A vovó foi correndo até a cozinha com Christopher-John e o Homenzinho, sendo seguida de perto por mim.

— O que vamos fazer, vovó? — perguntei.

A vovó foi até a varanda traseira, trouxe uma cuba e começou a enchê-la de água.

— Precisamos combater aquele fogo e tentar apagá-lo antes que ele chegue nas árvores. Fiquem fora do caminho para não se molharem.

A mamãe voltou depois de alguns minutos carregando sacos e mais sacos de juta. Ela prontamente jogou os sacos na água e saiu novamente. Quando voltou, ela estava carregando duas pás e muitos outros sacos.

— Mamãe, o que a senhora vai fazer com tudo isso? — perguntou o Homenzinho.

— É para combater o fogo — respondeu ela rapidamente.

— Ah — soltou o Homenzinho, agarrando uma das pás, enquanto eu já estava pegando a outra.

— Não — falou a mamãe. — Vocês vão ficar aqui.

A vovó, que estava encurvada mergulhando os sacos na água, ficou ereta.

— Mary, filha, não acha que seria melhor levá-los com a gente?

A mamãe nos observou cuidadosamente e mordeu o lábio inferior. Ela ficou em silêncio por um bom tempo e balançou a cabeça.

— Ninguém vai poder chegar até aqui dos Granger sem que possamos vê-los. Eu prefiro que eles fiquem aqui do que arriscar que fiquem perto do fogo.

Então ela ordenou com um brilho estranho nos olhos:

— Cassie, Christopher-John, Clayton Chester, ouçam-me bem. Não cheguem perto do fogo. Se colocarem um pé para fora desta casa, vou esfolar vocês vivos… me entenderam?

Assentimos solenemente.

— Sim, mamãe.

— E fiquem aqui dentro. Os raios são perigosos.

— M-mas, mamãe — gritou Christopher-John —, vocês estão indo lá para fora com os raios!

— Não tem outro jeito, querido — respondeu ela. — Precisamos apagar o fogo.

Então ela e a vovó colocaram as pás na cuba e agarraram uma alça cada. Ao saírem pela porta dos fundos, a mamãe olhou para trás e nos observou, com seus olhos refletindo incerteza, visto que não queria nos deixar sozinhos.

— Comportem-se — ordenou a vovó com uma voz rouca, e as duas saíram carregando a pesada cuba pelo quintal e foram em direção ao jardim. Do jardim, elas passaram pelo pasto sul e chegaram ao ponto onde o algodão estava queimando. Observamos até que elas foram engolidas pela escuridão que existia entre a casa e o fogo, então corremos de volta para a varanda da frente, onde a visão era melhor. Lá, observamos paralisados enquanto as chamas engoliam o algodão e se aproximavam perigosamente dos limites da floresta, que estava tão perto.

— A-aquele fogo, Cassie — disse Christopher-John —, ele vai queimar a gente?

— Não... está indo para o outro lado. Em direção à floresta.

— Então vai queimar as árvores — observou Christopher-John, triste.

O Homenzinho puxou o meu braço.

— O papai, o Stacey e o sr. Morrison, Cassie! Eles estão nas árvores! — Então o Homenzinho, que, em geral, era implacável, começou a chorar. E Christopher-John também. E nós três nos abraçamos, sozinhos.

— Ei, vocês estão bem?

Procurei na noite, mas não vi nada além da fumaça cinzenta e a borda avermelhada do fogo ao leste.

— Quem está aí?

— Sou eu — disse Jeremy Simms, correndo pelo gramado.

— Jeremy, o que você está fazendo aqui fora a essa hora da noite? — perguntei, surpresa em vê-lo.

— Não é mais noite, Cassie. Já está quase amanhecendo.

— Mas o que você está fazendo aqui? — repetiu o Homenzinho, fungando.

— Eu estava dormindo na minha árvore, como sempre…

— Em uma noite como essa? — exclamei. — Puxa, você *é* louco!

Jeremy pareceu um tanto envergonhado e ergueu os ombros.

— Bem, de qualquer forma, eu estava lá e senti o cheio de fumaça. Eu sabia que estava vindo daqui e fiquei com medo de que a casa de vocês estivesse pegando fogo, então eu entrei correndo em casa e avisei o meu pai, e nós viemos para cá já faz uma hora.

— Quer dizer que vocês estavam lá, tentando apagar o fogo?

Jeremy fez que sim.

— Meu pai, o R.W. e o Melvin também.

— O R.W. e o Melvin? — exclamamos o Homenzinho, Christopher-John e eu ao mesmo tempo.

— Mas eles estavam… — Cutuquei Christopher-John para que ele ficasse em silêncio.

— Sim, eles chegaram antes de nós. E vários outros homens da cidade estão lá também. — Ele pareceu confuso. — Me pergunto o que eles estavam fazendo lá.

— Quão ruim está? — perguntei, ignorando seus devaneios. — Queimou muito algodão?

Jeremy balançou a cabeça, distraído.

— É engraçado. O fogo veio daquele raio e acertou um dos postes de madeira da cerca, eu acho, e começou a queimar o algodão. Deve ter queimado um quarto dele... Vocês têm sorte de que ele não veio para cá.

— Mas as árvores — mencionou Christopher-John. — Ele não vai queimar as árvores, vai?

Jeremy olhou pelo campo, protegendo os olhos do brilho do fogo.

— Eles estão tentando de tudo para apagá-lo. Seu pai e o sr. Granger, eles...

— O papai? Você viu o papai? Ele está bem? — gritou Christopher-John, sem fôlego.

Jeremy fez que sim, olhando para ele com estranheza.

— Sim, ele está bem...

— E o Stacey, você viu ele? — perguntou o Homenzinho.

Jeremy fez que sim de novo.

— Sim, ele também está lá.

O Homenzinho, Christopher-John e eu nos entreolhamos, um pouco aliviados, e Jeremy prosseguiu, embora estivesse nos encarando com certa suspeita.

— Seu pai e o sr. Granger colocaram os homens para cavar uma trincheira profunda naquele declive e disseram que vão queimar aquele pasto da trincheira para trás, em direção ao algodão...

— Você acha que isso vai resolver? — perguntei.

Jeremy encarou o fogo inexpressivamente e balançou a cabeça.

— Não sei — respondeu ele, por fim. — Mas espero que sim. — Ouvimos um trovejar violento, e os raios iluminaram o campo. — Uma coisa que, com certeza, seria de ajuda é se começasse a chover.

Nós quatro olhamos para cima, para o céu, e aguardamos um minuto para a chuva começar a cair. Quando nada aconteceu, Jeremy se virou e suspirou.

— É melhor começar a voltar agora. A sra. Logan disse que havia deixado vocês aqui, então só vim ver como estavam. — Então ele desceu o declive, acenando com a mão enquanto ia. Quando chegou à estrada, ele parou de repente e ficou imóvel; então levantou as mãos, hesitou por um instante e voltou correndo a toda velocidade, como se tivesse ficado louco.

— Está chovendo, pessoal! — gritou ele. — A chuva está caindo.

O Homenzinho, Christopher-John e eu saímos da varanda e corremos descalços no gramado, sentindo a chuva fina e o frescor nos nossos rostos. E rimos, e demos gritos de alegria na noite tempestuosa, esquecendo-nos por um momento que ainda não sabíamos o que havia acontecido com T.J.

Quando a aurora surgiu com uma cor amarelo-acinzentada, suavizando o horizonte, o fogo já havia sido apagado e a tempestade já havia ido para o leste depois de uma hora de chuva pesada.

Levantei-me, tensa, com os olhos lacrimejando por causa da fumaça acre, e observei o declive além do algodão, o qual mal era visível nesse amanhecer nevoento. Perto do declive, onde ficavam as hastes com suas cápsulas amarronzadas surgindo com pequenas bolinhas de algodão, a terra jazia queimada, desolada, negra e ainda fumegando por causa da noite passada.

Eu queria ir e ver tudo de perto, mas, pela primeira vez, Christopher-John não cedeu.

— Não! — repetiu ele, vez após vez. — Eu não vou!

— Mas o que a mamãe *quis dizer* é que ela não nos queria perto do fogo, e o fogo apagou.

Christopher-John pressionou bem os lábios, cruzou seus braços gorduchos na frente do peito e permaneceu firme. Quando vi que ele não se deixaria convencer, olhei novamente para o campo e decidi que não esperaria mais.

— Está bem, fique aqui então. Já volto. — Ignorando seus protestos, o Homenzinho e eu corremos na estrada molhada.

— Ele não vem mesmo — observou o Homenzinho, surpreso, olhando por cima do ombro.

— Parece que não — concordei, procurando por sinais do fogo no algodão. Mais à frente na estrada, as hastes estavam chamuscadas, e a cinza fina do fogo estava se acumulando nelas, na estrada e nas árvores da floresta.

Quando chegamos à área queimada do campo, analisamos a destruição. Até onde podíamos ver, a linha do fogo havia se estendido do meio do declive até o topo, mas havia parado na trincheira. O velho carvalho não foi danificado. Atravessando o campo, de forma lenta e mecânica, como sonâmbulos, havia uma multidão de homens e mulheres jogando pás de terra em trechos que estavam em chamas e que se recusavam a apagar. Eles usavam grandes lenços no rosto e muitos estavam usando chapéus, o que dificultava identificar quem era quem, mas era óbvio que o grupo dos bombeiros havia aumentado de umas vinte pessoas para incluir fazendeiros locais. Reconheci o sr. Lanier pelo seu chapéu azul mole trabalhando lado a lado com o sr. Simms, ambos indiferentes um ao outro, e o papai perto do declive, dando ordens a dois cidadãos. O sr. Granger, batendo em duas hastes que queimavam com a parte chata da pá, estava perto do pasto sul, onde o sr. Morrison e a mamãe estavam batendo no chão em chamas.

Próximo à cerca, um homem atarracado, usando máscara como os demais, fazia uma busca no campo de forma robótica por fogo escondido debaixo dos esqueletos chamuscados de hastes quebradas. Quando chegou à cerca, ele se inclinou cansadamente contra ela, removendo o lenço para enxugar o suor e a fuligem do rosto. Ele tossiu e olhou ao redor inexpressivamente. Seus olhos se fixaram no Homenzinho e em mim, que o encarávamos. Mas Kaleb Wallace pareceu não nos reconhecer e, depois de um instante, apanhou sua pá e começou a andar em direção ao declive sem dizer nada.

Então o Homenzinho me cutucou.

— Olhe lá, Cassie. Lá vai a mamãe e a vovó! — Olhei para onde seu dedo apontava. A mamãe e a vovó estavam atravessando o campo para voltar para casa.

— Vamos — disse eu, correndo de volta para a estrada.

Quando chegamos a casa, arrastamos os pés no gramado molhado para limpá-los e nos juntamos novamente a Christopher-John na varanda. Ele parecia um pouco assustado por ter ficado sentado ali sozinho e ficou evidentemente feliz quando voltamos.

— Vocês estão bem? — perguntou ele.

— Claro que estamos bem — respondi, sentando-me na varanda e tentando recuperar o fôlego.

— Como estava lá?

Antes que o Homenzinho ou eu pudéssemos responder, a mamãe e a vovó surgiram do campo com Stacey. Os sacos que haviam levado agora não passavam de restos escurecidos nas suas mãos. Corremos em direção a eles, ansiosos.

— Stacey, tudo bem com você? — gritei. — O que aconteceu com o T.J.?

— E com o C-Claude — gaguejou Christopher-John.

E o Homenzinho perguntou:

— E o papai e o sr. Morrison? Eles não estão vindo?

A mamãe levantou a mão, exausta.

— Crianças! Crianças! — Então ela colocou o braço sobre os ombros de Christopher-John. — O Claude está bem, querido. E — prosseguiu ela, olhando para o Homenzinho — o papai e o sr. Morrison já estão voltando.

— Mas e o T.J., mamãe — insisti. — O que aconteceu com o T.J.?

A mamãe suspirou e se sentou sobre os degraus, colocando os sacos no chão. Os meninos e eu nos sentamos do lado dela.

— Eu vou entrar e me trocar, Mary — disse a vovó, subindo os degraus e abrindo a porta do nosso quarto. — A sra. Fannie vai precisar de companhia.

A mamãe assentiu.

— Diga a ela que vou para lá assim que colocar as crianças para dormir e ajeitar as coisas por aqui. — Então ela se virou e olhou para o Homenzinho, para Christopher-John e para mim, que estava ansiosa para saber o que havia acontecido. Ela deu um sorrisinho, mas não havia felicidade nele. — O T.J. está bem. O xerife e o sr. Jamison o levaram para Strawberry.

— Mas por quê, mamãe? — perguntou o Homenzinho. — Ele fez alguma coisa errada?

— Eles acham que sim, querido. Eles acham que sim.

— Então... então eles não o machucaram mais? — perguntei.

Stacey olhou para a mamãe para ver se ela tinha intenção de responder; então, com uma voz vazia e tensa, ele disse:

— O sr. Granger fez com que eles parassem tudo e mandou que eles ajudassem a apagar o fogo.

Senti que havia mais nessa história, mas antes que pudesse perguntar o que seria, Christopher-John perguntou:

— E... e o papai e o sr. Morrison? Eles precisaram lutar contra os homens? Eles não precisaram usar as armas?

— Graças a Deus que não — falou a mamãe. — Não precisaram.

— O incêndio começou — contou Stacey —, e o sr. Morrison veio, me pegou, e os homens vieram para combater o fogo, e ninguém precisou lutar contra ninguém.

— O sr. Morrison veio te pegar sozinho? — perguntei, confusa. — Onde estava o papai?

Stacey olhou novamente para a mamãe e, por um instante, ambos ficaram em silêncio. Então Stacey disse:

— Vocês sabem que ele não ia conseguir andar naquele declive com a perna machucada.

Olhei para ele com suspeita. Eu havia visto o papai andar com a perna assim. Ele poderia ter andado no declive se quisesse.

— Já chega — falou a mamãe, levantando-se. — Foi uma noite longa e cansativa, e já é hora de vocês irem dormir.

Agarrei o braço dela.

— Mamãe, o incêndio foi muito ruim? Sobrou algodão o suficiente para pagar os impostos?

A mamãe me encarou com uma expressão estranha.

— Desde quando você começou a se preocupar com os impostos? — Ergui os ombros e me aproximei mais dela, simultaneamente aguardando e temendo uma resposta. — Os impostos serão pagos. Não se preocupe — foi a resposta que ela deu. — Agora vamos dormir.

— Mas eu quero esperar pelo papai e pelo sr. Morrison! — protestou o Homenzinho.

— Eu também! — acrescentou Christopher-John, bocejando.

— Para dentro!

Todos nós entramos, com exceção de Stacey, e a mamãe não o obrigou a fazer isso. Mas assim que ela entrou no quarto dos meninos para se certificar de que o Homenzinho e Christopher-John haviam ido dormir, voltei para a varanda e me sentei do lado dele.

— Achei que você ia dormir — comentou ele.

— Queria saber o que aconteceu lá.

— Já te disse: o sr. Granger...

— Eu vim e chamei o papai e o sr. Morrison, como você pediu — lembrei-o. — Agora quero saber tudo o que aconteceu depois que vim embora.

Stacey suspirou e esfregou a têmpora esquerda, distraído, como se sua cabeça estivesse doendo.

— Não aconteceu muita coisa, com exceção do sr. Jamison tentando argumentar mais com os homens e, depois de um tempo, eles o empurraram para o lado e enfiaram o T.J. em um dos carros deles.

Mas o sr. Jamison entrou no carro dele e foi na frente deles, dirigiu até a frente da casa do sr. Granger e deixou o carro atravessado na estrada para que ninguém conseguisse passar. Então ele começou a buzinar.

— Você foi até lá?

Ele balançou a cabeça.

— Quando atravessei o campo até um ponto em que pude ouvir o que estava acontecendo, o sr. Granger estava parado na varanda dele e o sr. Jamison estava lhe dizendo que nem o xerife, nem nenhuma outra pessoa iria impedir o enforcamento com base naquele recadinho que ele mandou que fosse entregue na casa dos Avery. Mas o sr. Granger ficou apenas parado na varanda, com cara de sono e entediado. Por fim, ele disse ao xerife: "Hank, cuide disso. Foi para isso que você foi eleito."

"Então o Kaleb Wallace saiu do carro e tentou pegar as chaves do sr. Jamison. Mas o sr. Jamison as jogou nas flores do sr. Granger, e ninguém conseguia encontrá-las. Então o Melvin e o R.W. vieram e empurraram o carro do sr. Jamison da estrada. Então os carros estavam a ponto de começar a andar novamente quando o sr. Granger veio correndo da varanda, como se tivesse ficado louco. 'Tem fumaça vindo da minha floresta, lá!', ele gritou. 'Seca como essa madeira está, se pegar fogo, ela só vai parar de queimar daqui uma semana. Entregue esse menino para o Wade, tal como ele deseja, e vamos para lá!' E o pessoal começou a correr por toda parte, procurando por pás e outros objetos, e voltaram pela estrada, para a casa dos Avery, passando pela floresta e vindo em direção à nossa casa."

— E foi aí que o sr. Morrison veio te pegar?

Stacey fez que não.

— Ele me encontrou quando eu estava seguindo os homens pela floresta.

Fiquei sentada bem quietinha, ouvindo os sons tranquilos da manhã, mantendo os olhos no campo. Ainda havia uma coisa que não conseguia entender.

Stacey acenou em direção à estrada.

— Aqui vêm o papai e o sr. Morrison. — Eles estavam dando passos lentos e cansados em direção à entrada do terreno.

Nós corremos pelo gramado, mas antes de chegarmos à estrada, um carro apareceu e parou bem atrás deles. O sr. Jamison estava dirigindo. Stacey e eu, curiosos, paramos no gramado longe o suficiente para não sermos percebidos, mas perto o suficiente para ouvirmos.

— David, achei que deveria saber... — disse o sr. Jamison. — Acabei de vir de Strawberry para ver os Avery...

— Quão ruim é a situação?

O sr. Jamison olhou para a estrada. — Jim Lee Barnett... ele morreu às quatro horas da manhã.

O papai deu um soco forte no teto do carro e se virou para o campo, com a cabeça abaixada.

Durante um minuto bem longo, nenhum dos homens disse nada; então o sr. Morrison perguntou baixinho:

— O menino, como ele está?

— O dr. Crandon disse que ele está com algumas costelas quebradas e com a mandíbula quebrada, mas que vai ficar bem... por enquanto. Estou indo visitar os pais dele para contar isso e levá-los à cidade. Só achei que deveria contar isso a vocês primeiro.

O papai disse:

— Eu vou com eles.

O sr. Jamison tirou o chapéu e passou os dedos pelo cabelo úmido em direção à testa. Então, cerrando os olhos, ele olhou por cima dos ombros em direção ao campo.

— O pessoal acha... — disse ele devagar, como se não quisesse dizer o que estava para dizer — O pessoal acha que foi um raio que acertou a sua cerca e começou o incêndio... — Ele puxou a orelha. — Acho que seria melhor se não se envolvesse mais com isso, David, e que não desse a ninguém motivos para elaborar nenhuma teoria sobre a sua pessoa, com exceção de que o senhor teve o que merecia e perdeu um quarto do seu algodão...

Houve um silêncio cauteloso enquanto ele erguia os olhos para encarar o papai e o sr. Morrison, cujos rostos estavam sérios e esgotados. — ...Senão alguém poderia começar a fazer perguntas sobre esse incêndio...

— Stacey — sussurrei —, do que ele está falando?

— Quieta, Cassie — mandou Stacey, com os olhos fixos nos homens.

— Mas eu quero saber...

Stacey me encarou com seriedade, com o rosto cansado e ansiedade nos olhos, e sem que ele precisasse dizer mais nada, entendi o que aconteceu. Entendi por que o sr. Morrison foi buscá-lo sozinho. Por que o sr. Jamison estava com medo de o papai ir até a cidade. O papai encontrou um jeito, tal como a mamãe havia pedido, de fazer o sr. Granger parar o enforcamento: ele começou o incêndio.

E entendi que essa era uma daquelas coisas que sabíamos, mas não sabíamos; algo que nunca deveria ser mencionado nem entre nós. Olhei para Stacey, e ele viu nos meus olhos que eu sabia e que havia entendido o significado do que sabia. Então ele simplesmente disse:

— O sr. Jamison está indo agora.

O sr. Jamison fez o retorno na entrada e seguiu em direção à casa dos Avery. O papai e o sr. Morrison observaram enquanto ele partia. Então o sr. Morrison caminhou silenciosamente até a entrada para realizar suas tarefas matinais e o papai, ao nos perceber pela primeira vez, encarou-nos, com seus olhos vermelhos e sérios.

— Achei que vocês estariam dormindo agora — falou ele.

— Papai — sussurrou Stacey com uma voz grave —, o que vai acontecer com o T.J. agora?

O papai olhou para o Sol nascente, uma sombra arredondada e vermelha por trás do calor nevoento. Ele não respondeu de imediato, e parecia que estava se perguntando se deveria fazer isso ou não. Por fim, bem lentamente, ele nos encarou, primeiro a mim e depois Stacey. Ele falou, baixinho:

— Ele está na cadeia agora.

— E... e o que vai acontecer? — perguntou Stacey.

O papai nos analisou.

— Ele pode acabar sendo sentenciado a trabalhos forçados...

— Papai, ele pode... pode morrer? — perguntou Stacey, com dificuldade para respirar.

— Filho...

— Papai, ele pode morrer?

O papai colocou uma mão forte sobre cada um de nós e nos observou atentamente.

— Como vocês sabem, eu nunca menti para vocês.

— Sim, senhor.

Ele aguardou, mantendo os olhos fixos em nós.

— Bem, eu... eu gostaria de poder mentir agora.

— Não! Oh, papai, não! — gritei. — Eles não fariam isso com o T.J.! Ele consegue escapar de qualquer situação com aquela boca dele! Além disso, ele não fez nada *tão* ruim. Foram os Simms! Diga isso a eles!

Stacey, balançando a cabeça, afastou-se, em silêncio, não querendo acreditar, mas acreditando mesmo assim. Seus olhos se encheram de lágrimas pesadas, então ele se virou e saiu correndo, atravessando o gramado, seguindo pela estrada e se abrigando na floresta.

O papai ficou olhando para ele enquanto corria, abraçando-me bem apertado.

— Oh, papai, p-precisa ser assim?

O papai ergueu o meu queixo e olhou para mim com ternura.

— Tudo o que posso dizer, Cassie... é que não deveria ser assim. — Então, olhando novamente para a floresta, ele pegou minha mão e me levou para dentro de casa.

A mamãe estava esperando por nós quando subimos as escadas. O rosto dela estava abatido e cansado. O Homenzinho e Christopher-John já estavam dormindo, e depois que a mamãe colocou a mão sobre a minha testa para sentir minha temperatura e me perguntou se eu estava bem, ela me mandou para a cama também. A vovó já tinha ido visitar os Avery, então fui dormir sozinha. Alguns minutos depois, a mamãe e o papai vieram ajeitar as minhas cobertas, falando palavras suaves, frágeis e gentis que pareciam a ponto de se quebrar. A presença deles suavizava a dor, e consegui não chorar. Mas depois que eles se foram e vi o papai pela janela aberta desaparecer na floresta em busca de Stacey, as lágrimas começaram a descer rápida e pesadamente pelas minhas bochechas.

À tarde, quando acordei, e nos dias seguintes depois desse, os meninos e eu ainda recebemos permissão de correr pela estrada vermelha, vaguear pela floresta e ficar sentados tranquilamente sobre os bancos do lago. Quando outubro chegou, caminhávamos para a escola como sempre, descalços e resmungando, lutando contra a poeira, a lama e o ônibus escolar da Jefferson Davis. Mas T.J. nunca mais voltaria a fazer isso.

Nunca gostei de T.J., mas ele sempre esteve lá, fazendo parte de mim, parte da minha vida, assim como a lama e a chuva, e achei que sempre seria assim. Porém a lama, a chuva e a poeira passariam. Eu sabia e entendia isso. Eu não entendia o que aconteceu com T.J. naquela noite, mas sabia que isso não passaria. E chorei pelas coisas que aconteceram naquela noite e que não passariam.

Chorei por T.J. Por T.J. e pela terra.

# ÁLBUM DE FAMÍLIA DE MILDRED D. TAYLOR

Fui abençoada por fazer parte de uma família de contadores de histórias, pessoas que contavam a história da nossa família vez após vez, desde a época da escravidão até a minha infância. Também fui abençoada pelo fato de a minha família possuir várias fotografias de muitas pessoas que foram importantes para essa história. Outra bênção foi o fato de várias gerações da minha família terem crescido na mesma casa, a casa que os meus bisavôs construíram com as próprias mãos em Mississippi na virada do século XX. Meu pai, seus irmãos e suas irmãs cresceram nessa casa, e embora tenham se mudado para o Norte quando se tornaram adultos, a cada ano, eles visitavam essa casa com os seus filhos, para visitar a família e para visitar a terra.

Eu fui uma dessas crianças.

Quando era pequena, eu ficava impressionada com as gigantescas fotos emolduradas que adornavam a casa dos meus bisavôs e ficava fascinada quando os membros da minha família falavam sobre as pessoas nessas fotos, contando histórias sobre elas e sobre si mesmos. Ao ouvir essas histórias, eu era levada a outra época e tinha a sensação de já conhecer essas pessoas há muito tempo. Através dessas histórias e fotografias, eu conseguia visualizar meu pai quando era criança. Conseguia visualizar minha tia e meus tios quando eram crianças. Conseguia visualizar todos os membros da minha família cujas histórias estavam sendo contadas.

Assim como acontece com tantas famílias, a história da minha família não se limitou à nossa herança africana. Dois dos meus tataravôs paternos eram de linhagem europeia, donos de escravos do Sul. Ameríndios também fazem parte da nossa herança através dos meus avós paternos. Uma das minhas bisavós era ameríndia, mas como ela morreu enquanto era jovem, sua história e cultura acabou quase se perdendo na família; contudo, quando meu pai ainda era pequeno, nas décadas de 1920 e 1930, alguns membros ameríndios da família apareciam na terra às vezes e acampavam por lá, e durante a década de 1950, meus avós foram convidados a assinar documentos tribais.

Minha família se arrepende muito de não sabermos mais sobre a nossa herança ameríndia. Porém, temos a satisfação de saber bastante sobre nossa herança afro-americana durante e após a escravidão, e é sobre essa herança que escrevo. Embora tenha transformado as histórias da minha família em ficção, escrevi sobre as vidas dos meus bisavôs, que nasceram escravos, mas que compraram uma terra no Mississippi depois da escravidão. Paul-Edward Logan e Caroline Logan (a vovó) foram inspirados na história deles. Escrevi sobre meus avós; minha avó era professora na escola da comunidade rural e, durante muitos anos, meu avô trabalhou longe de casa, na ferrovia. Mary e David Logan foram inspirados neles. Dois dos meus tios-avôs foram combinados em uma única pessoa; Hammer Logan foi inspirado neles. Escrevi sobre o meu pai, que se tornou Stacey Logan nos livros, e escrevi sobre seus irmãos mais novos, com base em quem criei Christopher-John e o Homenzinho.

A narradora de todos os livros sobre os Logan é Cassie Logan. Cassie é uma combinação da minha linda tia, da minha linda irmã, de mim mesma e, claro, da minha imaginação. Em *The Gold Cadillac*, os nomes dos personagens são diferentes dos livros dos Logan, mas a família é a mesma: Wilbert, meu pai; Dee, minha mãe; Wilma, minha irmã; e eu sou a narradora, Lois. *The Gold Cadillac* também apresenta a casa de Toledo, Ohio, que foi comprada pelos meus pais durante a Segunda Guerra Mundial e na qual moraram minhas tias, meus tios e muitos primos, além dos meus pais, da minha irmã e de mim, por vários anos depois que nossa família se mudou para Toledo. A casa também apareceu em *Logan*, o livro concludente da saga dos Logan.

Tenho certeza de que todos os leitores dos livros sobre os Logan formaram sua própria visão sobre essa família. Além disso, diversos artistas retrataram a família Logan, mas, em grande parte, suas visões foram diferentes da minha. Convido-o a ver o álbum de fotos da minha família comigo, um álbum de meus bisavôs, minhas avós, minhas tias, meus tios, meus primos, minha mãe, meu pai e minha irmã. Eu também estou lá. Espero que goste de ver as fotos de tantas pessoas em quem a família Logan se baseia, pessoas que você já conheceu lendo os meus livros, e espero que se lembre delas vividamente e com afeição, assim como eu.

Tudo de melhor,

*Mildred D. Taylor*

2016

**MILDRED D. TAYLOR** é a autora de nove livros, incluindo *The Road to Memphis*, *Let the Circle Be Unbroken*, *The Land* e *Trovão, ouça meu grito*. Seus livros ganharam vários prêmios, incluindo a Medalha Newbery (para *Trovão, ouça meu grito*), quatro Prêmios Coretta Scott King e um Prêmio *Boston Globe–Horn Book*. Seu livro *The Land* recebeu um Prêmio *L.A. Times* Book e um Prêmio PEN de Literatura Infantil. Em 2003, a sra. Taylor se tornou a primeira ganhadora do Prêmio NSK Neustadt de Literatura Infantil. Hoje em dia, a sra. Taylor passa o tempo com a família, escrevendo, no que chama de "rancho da família", nos sopés das montanhas Rochosas.

Este livro foi impresso nas oficinas gráficas da Editora Vozes Ltda.,
Rua Frei Luís, 100 – Petrópolis, RJ.